你微笑时很美 2

青浼 / 著

图书在版编目（CIP）数据

你微笑时很美. 2 / 青浼著. -- 北京：西苑出版社，
2021.6

ISBN 978-7-5151-0799-8

Ⅰ.①你... Ⅱ.①青... Ⅲ.①长篇小说－中国－当代
Ⅳ.①I247.5

中国版本图书馆CIP数据核字(2021)第079693号

你微笑时很美2
NI WEIXIAO SHI HENMEI 2

责任编辑	汪昊宇　刘 崴
装帧设计	沈 鸿　富 贵　张 强
责任印制	荆永华
出版发行	西苑出版社
地　　址	北京市朝阳区和平街11区37号楼　邮政编码：100013
电　　话	010-88636419
印　　刷	北京盛通印刷股份有限公司
开　　本	787mm×1092mm　1/32
字　　数	216千字
印　　张	10.5
版　　次	2021年6月第1版
印　　次	2021年6月第1次印刷
书　　号	ISBN 978-7-5151-0799-8
定　　价	45.00 元

（图书如有缺漏页、错页、残破等质量问题，由印刷厂负责调换）

主要人物介绍

童 谣	ZGDX 战队现任中单
陆思诚	ZGDX 战队现任 AD 兼队长
老 猫	ZGDX 战队现任上单
老 K	ZGDX 战队现任打野
小 胖	ZGDX 战队现任辅助
陆 岳	ZGDX 战队替补中单,陆思诚弟弟
明	ZGDX 战队前任中单,现任数据分析师
小 瑞	ZGDX 战队经理

主要人物介绍

凉　生	YQCB 战队现任辅助兼队长
教　皇	YQCB 战队现任 AD，陆思诚好友
艾　佳	YQCB 战队现任中单，陈今阳男朋友
陈今阳	艾佳女朋友，童谣闺密
简　阳	CK 战队现任打野，童谣前男友
好运来	CK 战队现任上单
小　花	CK 战队现任中单
蝴　蝶	CK 战队现任 AD
老　王	CK 战队现任辅助
阿　太	TAT 战队现任中单
阿　光	KING 战队现任打野
李恒硕	HW 战队现任打野

技术名词解释

RANK	排位赛
致残	召唤师技能,使敌方移动速度和攻击减半
GANK	指敌人的偷袭、包抄、围杀等行动
Carry	指带领队伍获胜
Debuff	减益状态
Buff	增益状态
双 C 位	指中单和 ADC 两个核心输出 Carry 点
solo	两名玩家单独游戏,线上单挑
灼烧	五秒持续性的燃烧伤害,并且附带减疗
治疗	召唤师技能,可恢复血量,救人于水火,一般为 ADC 携带
惩戒	召唤师技能,对野区怪物造成大量伤害,通常是打野携带
传送	召唤师技能,可从当前位置传送到地图内任意拥有己方视野的位置

目录

第一章	/ 001 /	第 十 章	/ 075 /
第二章	/ 011 /	第十一章	/ 081 /
第三章	/ 019 /	第十二章	/ 087 /
第四章	/ 029 /	第十三章	/ 095 /
第五章	/ 041 /	第十四章	/ 107 /
第六章	/ 045 /	第十五章	/ 117 /
第七章	/ 053 /	第十六章	/ 123 /
第八章	/ 061 /	第十七章	/ 129 /
第九章	/ 067 /	第十八章	/ 135 /

第 十九 章	/ 143 /	第二十九章	/ 233 /
第 二 十 章	/ 155 /	第 三 十 章	/ 245 /
第二十一章	/ 167 /	第三十一章	/ 259 /
第二十二章	/ 177 /	第三十二章	/ 271 /
第二十三章	/ 189 /	第三十三章	/ 281 /
第二十四章	/ 197 /	第三十四章	/ 291 /
第二十五章	/ 207 /	第三十五章	/ 299 /
第二十六章	/ 211 /	第三十六章	/ 307 /
第二十七章	/ 221 /	第三十七章	/ 315 /
第二十八章	/ 229 /	第三十八章	/ 321 /

第一章

四人坐电梯下楼时，童谣的伞已经到了陆思诚的手上，她双手抓着皮卡丘的爪子还在碎碎念："早就让你出门带伞你不带，结果果然下雨了吧？又让人给你送伞，在商场买一把啊！"

"看过了，没伞卖。"

"打车回去啊！"

"几步路，打什么车？"

"那现在又让打车！"

陆思诚看了一眼站在前面一个台阶的人的头顶，短发上还有雨水飘落未干的痕迹，他停顿了一下，说："不是找了一个小时吗，你还想走回去？"

"有多远啊？几步路，打什么车？"童谣说完发现这句话好像有点耳熟——怎么又跑到她嘴里来了？

"你不是快冻死了？"

"夸张的修辞手法懂不？"用软件叫好一辆车，童谣将手机揣进口袋里，又哆嗦了一下，"但是确实有点冷……你妈妈没有告诉过你，和大人走散以后，要么站在原地等，要么在最显眼的地方站着，要么找警察叔叔吗？瞎跑什么？手机还关机！"

"没电了啊，我还纳闷怎么没人打电话给我。"陆思诚低头瞥了她一眼，"嗯，我错了，下次站在门口等你。"

认错态度积极，然而——

童谣："并不会有下次了，这次我也就是被瑞哥抓了个正着……这个故事告诉我们，在基地没事干就打RANK训练，稍微偷懒一下的代价就是被派出来跑到断腿。"

陆思诚："我背你啊。"

站在他们前面的隔壁战队辅助凉生回过头看了他们一眼。

童谣面无表情道："都到司机在等的地方了，你早三分钟说这话，你以为我不敢往你背上爬？"

凉生又回头看了他们一眼，看着脖子上挂着皮卡丘的臭脸小姐姐，他笑着用息事宁人的语气道："回去赶紧洗个热水澡祛下寒气，晚上还要去做夏季赛抽签，别感冒了。"

童谣愣了愣，然后一拍脑门想起来："哦，晚上还真是夏季赛分组抽签。"

职业联赛从今年开始使用新的赛制，HPL的十二支队伍会在赛季前进行分组抽签，每六支队伍一个分组，先组内循环比赛，再跨组循环比赛，然后再回到组内循环比赛，BO3（BEST OF 3，三局两胜制），赢一场比赛记1分，输了不计分。

赛季末，每个小组积分前四名的队伍进入季后赛，争夺更好的名次，获取更高的全年总积分。

S系全球总决赛HPL战区有三个名额，第一个名额是夏季赛总决赛冠军，第二个名额是夏季赛和春季赛的总积分加起来最高的队伍，第三个名额通过剩下积分靠前的队伍重新进行冒泡赛选出。如果拿夏季赛冠军无望，春季赛的排名又不好，那么第三个冒泡赛就是剩下的那些队伍出席S系全球总决赛唯一的办法。

而ZGDX战队因为是春季赛亚军，积分比较高，基本可以说是和CK战队一样，半只脚踏进了S系总决赛的大门——

虽然他们的目标一直都是夏季赛总决赛冠军。

"希望今晚抽签不要抽到和你们一组。"凉生双手合十做拜拜状，站在他旁边的教皇瞥了他一眼，凉生并没有看见，只是自顾自地说，"春季赛保级，夏季赛冠军是不敢想了，所以夏季赛必须要进季后赛才能有资格打冒泡赛……"

童谣："抽签是队长去抽吧？回去沐浴焚香吧……讲真，我觉得抽到CK战队也并没有什么差别啊？他们还是春季赛阵容，我们这边多了我这个新人。"

因为CK战队和ZGDX战队是春季赛的冠亚军队伍，两个队伍都在一号种子池，所以夏季赛他们肯定不会被分到一个小组——这意味着其他的队伍面临的不是ZGDX战队就是CK战队，只能是二选一的问题。

凉生闻言，停顿了一下，回过头看着童谣咧嘴笑笑："但是我觉得CK战队没你们运营商队那么不可战胜，最近跟他们打过一局训练赛，我们赢了。"

教皇听不懂旁边的人在嘀嘀咕咕说什么，就听懂了个"CK"，也要强行加入话题，他低声"嗯"了声，言简意赅地说了句："CK? Noob（菜鸟），can win（能赢）。"

童谣愣了愣，YQCB战队训练赛赢了CK战队哦？有点厉害啊。

正琢磨着，突然脑袋上落下一只大手拍了拍她的脑袋，男人慢悠悠的声音传来："不可战胜，嗯，矮子听见没？人家多会说话——阿嚏。"

童谣抓着皮卡丘的爪子翘了翘它的屁股，然后抬手拍掉男人的手："看，打喷嚏了吧？老天爷都看不下去了。"

四个人坐进车里，童谣走了一个小时这会儿终于坐下，顿时感觉腿又是自己的了。把脖子上的皮卡丘取下来抱在怀里，下巴搭在皮卡丘的脑袋上，她一双黑色瞳眸盯着坐在前面副驾驶座的男人，看着他皱着眉，又打了一个喷嚏——

第五个。

方才那个喷嚏就像是开了个头，走出商场陆思诚的喷嚏一路上就没停下来过，这会儿就连司机大叔都乐呵呵地说："小伙子是不是淋雨感冒啦？最近天气多变，出门记得带伞，淋雨又吹空调肯定要感冒的啦！"

"没事。"

陆思诚懒洋洋地应了一声，从后视镜瞥了一眼缩在后座的矮子，看见她半干的头发被车内的空调风吹动，他伸手拨弄了一下空调——

后座的人立刻有了反应："别动空调，我热。"

陆思诚的大手还放在空调上挡着风："外面这么凉快，你热什么热？"

童谣："把空调给我拨回来，你都感冒了还吹什么吹？"

陆思诚："你就不怕自己成为下一个感冒的人？"

童谣："我身强体壮。"

陆思诚："也是，傻子是不会感冒的。"

他一边说着，一边将窗子降下来了一些，外面夹杂着雨水气息的凉风吹入，坐在副驾的男人面无表情地说道："司机大叔，麻烦您关空调。"

众人磨磨蹭蹭，接近下午三点才各自回到基地。童谣和陆思诚一前一后地走进屋时，小瑞大概是刚好忙完，此时正一脸安逸地蹲在沙发上撸猫，见两人都是一脸狼狈的模样，他愣了一下："童谣不是带伞去了吗？怎么还搞成这样？"

"这么大的雨，伞有个屁用哦。"童谣说着转身上楼找了一块毛巾擦脸。

小瑞看向陆思诚："童谣说你手机关机。"

陆思诚："没电了啊。"

小瑞："没电你还乱跑？"

陆思诚："不知道没电了啊。"

小瑞："最后你们怎么回来的啊？"

陆思诚："打车。"

小瑞："这么近放个屁就到了，打什么鬼车？"

陆思诚停顿了一下，看上去是不太懂为什么又要把一样的话题重新过一遍，只是一脸无奈，嗓音有些嘶哑道："那短腿矮子走累了，所以就打车回来了。"

小瑞心想你还真是体贴队友啊，转念一想，好像又有哪里不太对："咦，你感冒啦？"

陆思诚："不知道。"他一边说着，一边在电脑前面坐下来。

小瑞站起来晃到他身后，踢了踢他的板凳："感冒就吃药啊，不然晚上的抽签仪式，你准备挂着鼻涕去？我还指望避开隔壁战队的，听说他们训练赛赢了CK战队，这个夏季赛搞不好会从保级队变成棘手的硬骨头……喂，队长，你流着鼻涕去抽签运气怎么会好？"

陆思诚短暂哼笑了声："隔壁战队也是这么想的啊。"

小瑞："什么？"

陆思诚："避开我们。"

小瑞："那我们还是期待凉生的手气好一点算了……你这流着鼻涕的家伙！啧啧啧，吃药啊你，我去给你拿感冒药。"

陆思诚："着凉而已，吃什么药？"

这时候楼上的房门打开又关上，脑袋上挂着浴巾的人从楼上走下来，看了一眼稳坐在电脑前的人以及他面前空空如也的桌面，她愣了愣："诚哥，你吃药了吗？"

第一章

陆思诚掀起眼皮扫了她一眼，假装没听见似的点击鼠标进入游戏排位模式。

小瑞看了一眼摇摇晃晃从楼梯上蹦跶下来的少女，目光不可避免地被她脖子上挂着的那一坨黄灿灿的东西吸引："你脖子上挂着的是什么东西？"

童谣伸手抓着它的爪子晃了晃："皮卡丘。"

"我也有童年的，"小瑞抽了抽嘴角，"哪来的皮卡丘？"

童谣看了一眼小瑞身后垂着眼、面无表情打游戏的人："最后我是在儿童乐园区找到我们战队和隔壁战队两个加起来身高接近四米的AD同志的，当时他们正在夹娃娃机前驰骋沙场，一副不把商场夹到破产不肯走的模样……"

小瑞："职业选手手指灵活，搞这种东西确实厉害。"

童谣一脸嫌弃地摆摆手："当我和CK战队的打野还在一起的时候，他浪费在这种机器上的钱够把那台机器连同里面的娃娃一起买下来。"

小瑞："所以你们分手啦！"

童谣："有道理，哈哈哈哈！"

两人一唱一和其乐融融，坐在电脑前面的男人终于忍无可忍地掀了掀眼皮，淡淡道："吵死了。"话音刚落，又打了个喷嚏。

小胖："诚哥，我给你打了一年半的辅助，至今还没有一只皮卡丘。"

陆思诚："你让这矮子给你。"

童谣："不给。"

晚上的抽签仪式是以直播的方式公布给所有观众的，一号种子池的两个队伍先抽，CK战队的队长拿出蓝色的彩球，被分到了B组，他下去之后，ZGDX战队的分组结果毫无疑问已经出现——

于是在所有观众的注视中，只见陆思诚冷着一张脸上台，从箱子里把剩下的那一颗红色的球掏出来，交到公布分组结果的主持人手中，然后便头也不回地匆匆下台，走得很急。

"诚哥怎么啦？"

"看着杀气腾腾的。"

"急着上厕所？肾虚？"

"今天的诚哥依然很帅！"

"讲我男神肾虚的那个，你站住，我保证不打死你！"

"已经期待起了夏季赛！后天啊！我等了那么久，终于等到了啊！"

"诚哥的表情好可怕……发生了什么？"

"希望开幕赛是我ZGDX战队和CK战队，跨组也可以吧？哈哈哈哈！迫不及待看到这两个队伍再互相怼一波了。"

"不知道的还以为你尿急……"

守在下面等着看分组结果的队友们纷纷嘲笑。

话音刚落就听陆思诚连打几个喷嚏，此时男人的眼角和鼻尖都微微泛红，嘟囔了声："是憋着不打喷嚏，憋死了。"

一脸杀气腾腾、面黑如锅底的原因是为了憋住不打喷嚏吗？童谣坐在座位上，闻言抽了抽嘴角："哪来那么重的偶像包袱？"

陆思诚瞥了她一眼，没说话，只是挨着她在她旁边的座位上坐了下来,长吁一口气,看上去好像很疲倦的样子。

童谣转过脑袋看着他:"还不吃药?"

"回去吃。"

"哦。"

十五分钟后,抽签结果公布了。

A组:ZGDX、HW、红箭、KING、岚、黑曜。

B组:CK、YQCB、末日兽人、阿尔法、DQWL、ANT。

夏季赛将于2016年5月28日正式开赛,也就是两天以后。

开幕赛为万众期待的春季赛总决赛复仇之战——ZGDX战队VS CK战队。

陆思诚:"不吃药了。"

童谣:"嗯?"

陆思诚:"吃了感冒药人容易变迟钝,影响操作。"

童谣:"你听谁说的?"

陆思诚:"我说的。"

陆思诚:"开幕赛不能输,丢人。"

童谣:"你的偶像包袱啊!"

话音刚落,脑袋上便落下一只带着温度的大手,后者用不轻的力道揉乱了她的短发,轻笑了声,用沙哑的声音缓缓道:"加油,新中单。"

童谣愣了愣,抬起头看向身边的人,在后者那双难掩疲惫的瞳眸之中,她看见了兴奋与求胜的光芒,这是童谣入队一个月以来第一次看见眼前的男人露出这样生动的表情。

他等待这一刻大概也很久了——

为春季赛一雪前耻,然后,总有那么一天,站在世界的巅峰。

第二章

抽签仪式之后，童谣真的开始紧张了，就像是某些乐观派，高考前几天还在浪啊浪，直到第二天要进考场了才想起来"我要高考了，怎么办？急，在线等"一样。

童谣："HW战队我们打过啦，上单偶尔还能欺负一下，老猫把他压得生活不能自理，挺厉害的……"

童谣："这个红箭战队的前身是暗杀军团战队，我知道这个队伍拿过S3亚军呢，也挺厉害的！"

童谣："KING战队是今年春季赛次级联赛升上来的升班马，听说他们的打野是抢龙小能手，五局三胜制皇帝，逆风局翻盘概率高达80%……啧啧啧，我好慌。"

童谣："岚是老牌俱乐部了，同样全华班，人员一直很稳定，从S3打到S6，三年间队员未换一人，我怀疑他们打比赛的时候可能都不用指挥，敲个1就能完成推塔、杀人、拿龙、上高地等一系列困难系数5.0的高难度动作。"

童谣:"今年春季赛黑曜战队和隔壁战队一样打过保级赛,但是隔壁战队现在都能赢CK战队了啊!还有什么不可能!"

陆岳:"训练赛被我们暴打的手机(HW)战队你也怕?"

老猫:"红箭战队的前身暗杀军团战队是拿过前两年总决赛的亚军,又怎么了?就算拿过冠军,现在也不是一批人了,你慌什么慌……"

老K:"次级联赛的升班马你也怕?"

小胖:"岚战队的五个人是打了三年的老队友没错,但是他们菜啊!"

小瑞:"黑曜战队能和隔壁那群人比?人家的AD是教皇,和我们诚哥五五开的人,黑曜战队的队员ID名字我都还没记全,你给我醒醒!"

陆思诚吸了吸鼻子,皱着眉半张脸埋在宽松的卫衣外套里,言简意赅地做总结:"吵死了,滚下车。"

童谣:"我就是有点紧张,你们有没有点爱心了?"

小瑞:"回来的一路上就听见你一个人在碎碎念,不知道的还以为我们分到了什么死亡之组——稍微棘手一点的明明都在B组,你慌什么慌?尊重一下诚哥给我们抽的好签吧!"

陆思诚冷笑一声。

童谣将之理解为"骄傲"。

或者"傲娇"也行。

"手机给我。"小瑞一把抢过童谣的手机,看了一眼屏幕,随后一脸"我就知道"的嘲讽,"你果然在百度这些队伍的中单的英雄池。"

要不是保姆车内光线有点暗,大家就能轻而易举地看见这时候他们的首发中单已经羞红了脸。

陆岳嗤笑一声,伸长了腿伸了个懒腰:"那么怕就换我上。"

"想得美,你等着冷板凳坐穿吧!"

童谣瞪了他一眼,要从小瑞那里抢回自己的手机。小瑞高举起手不让童谣够到:"你想看这些资料回去找明神,他那里还有这些队伍的经典比赛录像,最能体现队伍风格和个人打法以及战术套路的那种——今晚分组完毕他就开始搜集这些东西了。"

童谣愣了愣,随即双眼放光:"明神厉害了哦!"

小瑞得意地说:"那是,别百度了!真当百度什么都知道啊?"

"数据分析师不就是干这个的?你俩别像傻子一样行不行?"

沙哑的声音响起,此时坐在童谣和小瑞中间的队长大人动了动,长手一伸将童谣的手机抢回来扔给她——后者手忙脚乱地接住坐下来,停顿了一下,小心翼翼地侧过头看了眼身边的人:"诚哥,你真的不要吃感冒药吗?"

"不吃。"

"你嗓子都哑了,后天怎么指挥?"

"后天就好了……阿嚏。"

童谣一脸"我没看出你有要好的趋势"的样子在自己的位置上坐直,小胖则嚷嚷着不想被传染,把车子窗户打开了。

大约一个小时后,众人回到了ZGDX战队基地。此时,已经是晚上十一点。童谣回到基地,安抚了一下被孤零零扔在基地的大饼,又管明神要了一份他们这一组各个队伍外加CK战队的文字资料,然后就转身上楼了。

洗漱完毕躺在床上,考虑到后天就要打CK战队,童谣当然是优先看了看CK战队的资料——

CK战队上单选手好运来,曾经和隔壁战队的辅助凉生一起被人称作次级职业联赛的皇帝。两个人曾经是队友,打了一年后,好运来就幸运地被职业联赛上游队伍CK战队买走,凉生则进入了当时的中游队伍YQCB战队。后来好运来在CK战队坐稳首发,擅长坦克型英雄——大树、巨怪、远古恐龙,尤其是一手远古恐龙,经常做出一巴掌拍下去壁咚对方三四个人的壮举,被人称为"如来神掌"。

CK战队ADC蝴蝶,人如其名,长得不错,虽然有点矮,但不妨碍他女粉丝一大堆。本人最会撒娇卖萌,打起游戏来风格却是激进派,喜欢一言不合就是干,在世界ADC排名中也是榜上有名,擅长的英雄有轮子妈、冰原射手和大嘴。

CK战队辅助老王,游戏ID其实是"×门庆",虽然不知道为什么这位选手能取出这样的游戏ID,但是因为大家都戏称他是"武松家的隔壁老王",所以最后爱称定为"老王"——和ADC蝴蝶搭档两年,两个下路老油条组合基本可以欺负除陆思诚和小胖之外的一切下路组合。英雄池深不可测,啥都能掏出来用一下,用得最好的应该是亡灵之灯。

CK战队打野简阳……略(白眼)。

CK战队中单小花。

第二章

童谣从床上坐起来,开始认认真真地翻看手中的资料——

这是她后天需要直接面对的对手。

小花是个胖子,眯眯眼,看着丝毫没有攻击性的模样,然而和童谣一样,他极擅长刺客型英雄,妖姬也算是他的拿手英雄——除此之外还有一手九尾狐狸、海洋精灵,这两个英雄童谣用得都不算好,但是大概也知道应该如何与它们对线并取得优势。

春季赛总决赛最后一局,小花拿出海洋精灵——这是整个春季赛海洋精灵唯一的一次登场,而且是在争夺冠军的生死局这么重要的比赛里!也不知道是他完全不把ZGDX战队最后上的替补中单看在眼里,还是因为他过分自信……

童谣只记得,他的海洋精灵大概是在第十五分钟左右就配合简阳通关了当时ZGDX战队的替补中路,然后开始疯狂游走,把ZGDX战队原本优势的剩下两路也抓到崩溃。

思及此,童谣垂下眼,同时暗暗发誓:在后天的比赛中,我一定不会给小花这个机会,哪怕是线上劣势,我也会争取把小花死死地捆绑在中路。

中野联动?想都别想。

在网上找了一些CK战队的比赛视频——托这支战队粉丝挺多的福,战队的经典战役随便输入关键字就一抓一大把。

在iPad缓存比赛视频的时候,童谣没事做,就用手机到处乱看直播,然后她惊讶地发现陆思诚这个病号居然没有睡觉还在直播,只是没有声音、没有摄像头的那种,一堆粉丝在直播间哭号"舍友临死前想看诚哥开摄像头"系列——

这样的哭号换上陆思诚心情好、心血来潮想宠粉的时候可能真的有用,但是偶像包袱……是原则问题。

童谣放下手机出去看了一眼,陆思诚的旁边放着两盒抽纸,还有一个巨大的垃圾桶,这会儿里面已经堆满了白花花的纸巾。

童谣无语地趴在栏杆上,转身回到房间给陆思诚的微信发了"吃药吧"三个字,想了想又补充了一句:"你确定感冒药要比你腾出一只手擤鼻涕更影响操作?"

童谣发完微信切回直播,看见陆思诚的人物补着补着刀突然不动了,几秒后这才迟钝地动了起来,她面无表情地猜测是不是又在擤鼻涕,结果下一秒屏幕上方就跳出来一行字——

"你怎么还没睡?"

打着游戏还有空回微信?

fhdjwhdb2333:"真人在你面前,还跑来看直播,是不是有病?"

童谣惊讶了,穿了拖鞋踢踢踏踏下楼,走到陆思诚身边:"你怎么知道我在看你直播?"

"进房间有系统公告,有人看见了。"陆思诚声音沙哑,踢了踢脚边的垃圾桶,"来了别走,顺便给我倒下垃圾。"

童谣无语地拎起垃圾桶往外走。

小胖百忙之中抽空瞥了一眼陆思诚和童谣:"她怎么突然跑下来了?"

陆思诚:"微信上多管闲事让我吃药。"

小胖:"楼上楼下还发微信,你俩没毛病吧?"

陆思诚想了想,发现差不多的话他好像刚才跟童谣说过,于是阴沉着脸不吭声了。

这时候童谣拎着空的垃圾桶回来,放下之后听见陆思诚嘟囔了声谢谢,她转身去洗手,然后在自己的电脑前坐下。

"咔嚓咔嚓"的鼠标声中——

"不去睡觉?"

"等等,看一把CK战队的比赛视频就睡。"

"小花挺厉害的。"

"是啊,海洋精灵我也不怎么会玩,至少要知道怎么打吧。"

童谣打了个哈欠,低下头继续看直播。陆思诚瞥了她的手机屏幕一眼,正想说她人都在这儿了还开着手机看他直播是什么奇怪癖好,结果余光瞥到童谣在看的直播右下角开了摄像头。

这家伙看的不是他的直播。

陆思诚收回目光,目不转睛地盯着自己的屏幕,问道:"在看谁的直播?"

童谣抬起头,眨眨眼:"大王。"

大王就是"微笑"——正版的那个"微笑",职业战队前任ADC,让童谣发誓要带着"微笑"这个ID重返世界舞台的人。

微笑很强,曾经是蓝脑公司公认的世界第一ADC。

陆思诚:"最好的AD在你面前打游戏,你坐在他旁边开着手机看别的AD直播?"

童谣一脸茫然地抬起头,一下子没反应过来——最好的AD?谁?难道不是她家大王?

几秒后,她恍然大悟!

童谣："诚哥啊，不开摄像头和麦克风，不代表你可以这么不要脸。"

陆思诚"嗖"地抽出一张纸巾，单手取敌方项上狗头，当游戏人物身上冒出"+300"的击杀赏金字样时，他目不转睛道："你给我滚去睡觉，大半夜看什么直播？"

第三章

在惴惴不安的等待中,童谣终于迎来了她的首战日。早上爬起来洗澡换上队服的那一刻,她站在镜子前看了自己很久,还恍然如穿越,有一种不真实的感觉。

背起装键盘和鼠标的包包,临出门前,童谣拿起手机看了一眼,里面塞满了来自亲朋好友的"祝福"——

"我已经跟同学约好了,上课坐后排偷偷拿流量看你的比赛,别给我丢人啊!姐啊,弟弟能不能吹牛吹一年就看你了。"

这是童谣的弟弟,万年不叫她一次"姐"的弟弟。

"出发了吗?下午我坐前排哦,下午见。"

这是好友今阳。

"让你弟弟教我怎么看直播了,下午可以看到你,虽然看不懂你在干什么。你们队服是短袖吧?今天上海挺凉的,晚点又要下雨,记得穿外套。下午比赛好好表现,要对得起人家给你的八十万年薪。"

这是她妈。

还有一堆打游戏的、不打游戏的狐朋狗友,打游戏的无非在说"我就知道你有今天",不打游戏的都在说"虽然看不懂比赛,但是我也会好好看你的"……至此,微信上的画风还是正常的,只是微博上的画风就有点诡异了——

"实不相瞒,有一种老婆要出嫁的感觉。"

"楼上错了,明明是嫁女儿的心情。"

"期待女儿在婆家发光发热,疯狂抽打那些'电竞是男人的世界'的直男的脸……同时有一种'我女儿这么棒,为什么要送给你们糟蹋'的失落感!"

"对对对,就是楼上那样!闺女啊,我们回来直播吧,不打比赛了,那群臭男人配不上你!"

"下午比赛加油啊!"

"宝宝,我在现场等你,比赛赢了的话跟你求婚好不好?"

童谣将手机塞进口袋里,穿上外套,背上外设包,下楼了。

此时所有人都集合得差不多了,小胖在玄关站着低头穿鞋,看见童谣走下来,问:"今天气温多少摄氏度,你穿个外套是怎么回事?"

"我妈让我穿的,"童谣放下外设包蹲下穿鞋,"一会儿她看直播,看到我穿短袖又要狂轰滥炸……咦,诚哥呢?"

"车上睡觉去了。"小胖的眼珠子在眼眶里转了一圈,说道,"临上车前扔下一句令人毛骨悚然的话,说今天速战速决。"

童谣抽了抽嘴角上车,果不其然看见眼角和鼻尖都微微泛红的男人坐在车子的最后一排闭目养神——前天还说着什么"比赛那天感冒肯定能好"的话,此刻显然在啪啪打脸。

"这都快病死的样子了,还能打比赛?"童谣回头问跟着爬上车的小瑞。

"哪怕是一具'尸体',只要没冷透,都要给我抬上来摆到电脑前面。"小瑞面无表情道,"叫他不吃药。"

陆思诚似乎听见了他们的唠叨,懒洋洋地掀起眼皮,用王之蔑视的眼神瞥了他们一眼,扔下两个字:"闭嘴。"

小瑞:"晚上打完比赛还有个传媒公司的嘉年华活动要出席,连场的。"

陆思诚皱眉翻了个身,整张脸藏在阴影之中:"不去。"

这回答像是在意料之中,小瑞冲着陆思诚的方向翻了个白眼:"不去就不去,谁叫你也是老板之一,你说了算。"

说话间,队员们陆续上车坐好,车子启动开往比赛场地。

到了比赛场地,将外设包里的键盘和鼠标交给工作人员检查,然后队员们自己去化妆间休息以及化妆。

"不化,捂着难受。"

这是依然拒不合作的队长大人,但是他皮肤好,长得好,化不化也无所谓,更何况今天他话少到没人敢招惹他,大家索性就随他去了。

童谣乖乖地坐在椅子上化妆,化完以后距离开幕式还有十几分钟,她觉得肚子有点痛就去上了个厕所,结果啥也没上出来。她怀疑自己难道是紧张到便秘了?将此疑惑分享给自己的闺密,却换来一顿无情的嘲笑。

其间童谣一路玩着手机从洗手间往ZGDX战队的休息室走去。

因为今天是开幕式，所以HPL所有战队的队员都到齐了，一路上童谣遇见了很多认识的、不认识的职业选手，大家看向她的目光有好奇的，有赞扬的，当然也有奇怪的，他们用高高在上、优越感十足的眼神看着她，仿佛在看着一盘下酒菜似的……

不过童谣并不在意。

毕竟赛场上见真章，现在跟他们计较什么？废话少说，打爆就好。

童谣回到休息室后没多久，开幕式便开始了，所有战队的队员排好队一个个入场。入场的走廊铺着地毯，两旁是巨大的镜子，有摄影师蹲在走廊用相机"咔嚓咔嚓"照相，童谣跟在打野老K身后往外走时，恍惚觉得自己不是去打比赛的，而是去参加什么电影节颁奖典礼，她只能微微收下巴，昂首挺胸，外加祈祷没有人听见此时此刻她那几乎快要跳出胸腔的心脏跳动声！

ZGDX战队和CK战队是最后两支入场的队伍，两支队伍入场后分别站在舞台的两端，在他们的中间，分成两半的舞台上分别摆放着五台电脑，童谣他们站在右边的电脑旁边。此时此刻，没人知道ZGDX战队的中单虽然低着头，其实正在心中疯狂念叨——

欢呼声好大！

我们的粉丝比较多，还是CK战队的比较多来着？

有没有人喊我的名字啊？好像没有……

有没有人举我的应援牌啊？好像也没有……

第三章

我没有粉丝……

那个要跟我求婚的大兄弟,你现在不呐喊我的名字,还指望我等下答应你的求婚吗?

我为什么要站在这里?

肚子啊,肚子更痛了……

救命,我想拉屎……

童谣低头认真玩着自己的手指,主持人噼里啪啦说了一堆,她一个字也没听进去,正当她忙着堂而皇之地走神以缓解紧张狂躁症时,在她旁边的小胖推了她一把:"发什么愣?走啊!"

童谣猛地回过神,一抬头才发现其他的队伍都已经走光了,台上只剩下了ZGDX战队和CK战队准备直接各就各位进行开幕赛,而此时,老猫和老K已经走到电脑后面的座位上坐下了,对面CK战队那边,简阳屁股半悬,眼巴巴地看着这边……

开幕式结束,开幕赛正要开始。

童谣:"小胖,实不相瞒,我紧张得午饭都快吐出来了。"

小胖:"你确实很紧张,咱们今天还没来得及吃午饭,虚空吐一波?"

陆思诚站在小胖身后,大概是听见了自家中单和辅助的对话,低头扫了童谣一眼,然后满脸嘲讽地抽了抽嘴角——只是因为鼻子和眼睛都红通通的,他这副模样看上去没平常那么刻薄。

童谣瞪了他一眼,转头在自己的位置上坐下——职业联赛中,选手所坐的位置大多数也是固定的,从右到左,按照上单、打野、中单、ADC、辅助的顺序安排,童谣并不知道这样安排究竟有什么科学原理，可能是为了需要联动配合起来的位置更好沟通之类的。

童谣在陆思诚和老K的中间坐下来。

选手就位。

主持人退场。

解说就位。

解说A："下面我们马上就要进入2016年《英雄王座》职业联赛HPL赛区的第一场开幕赛！小B啊，你有没有觉得，不光是观众，就连我们这些解说也相当期待这一场腥风血雨的开幕赛啊！"

解说B："那是，主要是这两支队伍今年夏季赛的看点太多了——运营商队能不能在首战完成春季赛总决赛的复仇？CK战队能不能延续他们的胜利？最让人期待的就是今年刚刚加入运营商队的新中单，人家是个妹子啊，妹子打职业，看过没有？"

童谣心想，没看过没看过，别提我别提我。你们一提，我顿时感觉又有好多人看过来。谁有镜子？我妆花了没有？现在直播平台弹幕有没有人吐槽我脸大？头发不油吧？脸上浮粉了吗？

坐在电脑后面，好不容易因为下面坐着的观众的脸被电脑挡住看不见才稍微冷静一些的童谣又紧张了起来，她索性深吸一口气，飞快地戴上隔音耳机，两个解说的声音顿时听不见了，她听见耳机里传来陆思诚沙哑的声音："再说一遍，今天速战速决。"

此时这沙哑又有些冷漠的声音听上去竟然让人备感亲切。

童谣稍稍弯下腰看了眼就坐在她隔壁的男人，此时此刻，后者手中捏着一杯咖啡靠在椅子上，垂着眼盯着电脑屏幕，一副从容淡定的模样。

第三章

相比心里早就像有猴子在上蹿下跳一样的童谣，老司机果然是老司机。

看着那张近在咫尺的冷漠侧脸，童谣鼓了鼓腮帮子，强行让自己镇静下来，用略微冰凉的指尖登录比赛服务器，输入自己的游戏ID——

在她登录链接的同一时间，背景音乐响起，开幕赛进入游戏的第一个BAN&PICK环节！

今天上台来帮助他们BAN&PICK的人是明神，也算是给心中记挂着他的粉丝们一个安慰与交代。此时，明神拿着速记板走到童谣身后，耳机里传来他的声音："童谣，先BAN了好运来的大树，那玩意儿在他手里我看着头疼。"

童谣这才反应过来是自己进行第一个BAN位，她"哦"了一声，飞快地找到大树这个英雄，禁用掉。

童谣BAN完一个英雄，轮到对方，他们第一手直接BAN了童谣的妖姬，从耳机里童谣隐约听见观众席一片哗然，解说飞快地说了些什么，不过因为隔音耳机，她什么都听不清楚。

接下来又是一系列关于阵容的讨论和研究，ZGDX战队这边继续禁用掉光头法师和轮子妈，CK战队则禁用掉扇女以及吸血公爵。

一共六个BAN位，双方一个激动就直接BAN掉了光头法师、扇女、吸血公爵以及妖姬四个中单英雄！

童谣抽了抽嘴角："什么鬼？英雄池不深还真不敢上来玩。"

明神在她后面哈哈大笑："你这话一会儿我转达给在后台看饮水机的那位。"

队友们纷纷在语音频道里调侃,气氛比方才稍微轻松了一些。陆思诚从头到尾都很少说话,蔫了吧唧的,只是在选英雄环节偶尔发表一下看法。

此时,对方帮ADC蝴蝶率先锁掉了老鼠,这是一个AD英雄,前期线上会被压制,但是一旦发育到后期,就是个团战十分恐怖的后期英雄。

对目前的游戏版本来说,AD位在前期作用很小,对方选择这一手确实很聪明!

而这时,老猫却一脸轻松地嘟囔着"你选老鼠我就不客气喽",他吹着口哨选了个上单英雄机械爵士,这个英雄可以在一定程度上压制住老鼠的团战能力,足够叫对方针对接下来的选择头疼一会儿了。

人们都说,游戏其实从BAN&PICK环节就已经开始了。

最终,CK战队队伍成型时,童谣他们已经隐约看出对方是想打前期发育拖后期的阵容。

此时童谣已经拿了自己的魔术大师,全队只剩下陆思诚最后一个还没选择英雄……

他会选择什么呢?

冰原射手?大嘴?伊泽?

童谣稍稍侧过头看着陷入沉思的男人,突然在耳机里听见他懒洋洋道:"帮我拿个小丑女。"

明神:"对方拿的这个阵容,你拿小丑女后期伤害可能会有点疲乏啊。"

小丑女，这个英雄理论上是个前中期英雄，前期手长，爆发高，在初期团战中可以大有作为，但是因为游戏版本几次大砍，这个英雄在正式比赛中登场机会少之又少。

陆思诚："打什么后期？说了要速战速决的，这局比赛，没有后期。"

队友一阵沉默。

童谣评价道："霸道陆总，陆总万福金安。"

小胖一脸"你是老大，你说了算"的表情给陆思诚锁了小丑女。此时游戏的禁选环节终于结束，选手们进入游戏载入界面。

"人家选大后期英雄，咱们全部选大前期！哎呀，队友同志们，你们真的很膨胀啊。"老猫叹息道。

"我头疼，"陆思诚道，"快点打完回家睡觉。"

童谣："附议。"

老猫："小姐姐你又怎么啦？"

童谣："肚子痛，想拉屎。"

小胖："我看你是想上赛时语录了。"

童谣一愣，随后惨叫一声，忘记还有这个东西的存在了！

老猫："后台工作人员大哥听见没？素材来了，猝不及防地，在夏季赛比赛开始不到三十秒的时候。"

童谣："别别别，后台工作人员大哥给我个面子，这段还是剪掉，剪掉，给你们跪下拜早年了！"

陆思诚抬手调整了下耳机声音："别嚷嚷，当心一激动拉裤子上了。"

小胖:"一个'病猫',一个'屎意盎然'。队友们,还能不能好好打一局开幕赛了?"

童谣:"我不打了,叫陆岳来,我要回家。"

陆思诚:"晚了,贼船已上。"

第四章

虽然刚开始很紧张,但是当五个英雄"砰砰砰砰砰"地出现在召唤师峡谷地图的泉水基地时,童谣一下子就冷静了下来,什么观众啊、对手啊、后台工作人员大哥啊之类的,一下子就被她抛到了脑后,小腹像是被大象在里面跳迪斯科的痛也稍微减轻了些。童谣抬起手扶了扶耳机,现在她的眼里只有眼下唯一的对手——CK战队中单小花。

小花拿的英雄是时间猎人,这个英雄是游走型刺客英雄,有控制,有伤害,还有位移,基本一个英雄该有的东西它都有了,线上能力强,打团有群控,能克制他的英雄并不算多,童谣拿的魔术大师前期在线上打它也并不好打。

但是对童谣来说这无所谓,反正拿了魔术大师就意味着基本上打谁都是半抗压,只要对方敢上来凶她,她自然会找机会反打一波,也正是因为盼望着能有反打的机会,童谣带的召唤师技能是凌波和灼烧。

凌波是往前位移一小段距离，一般用来切入团战或者逃命跑路，而灼烧则会对敌人造成持续性真实伤害，具体伤害值根据英雄当前的等级决定。

这两个技能基本算是童谣杀敌的关键。

只是，光对付小花肯定是不行的。

童谣清了清嗓子："队友们，实不相瞒，对方的打野是我前男友，我们不是和平分手，所以他等下可能会住在中路……老K，一会儿要不要来中路你看着办。"

老K笑着道："知道了知道了，这是我听过最奇葩的申请打野来抓的理由。"

小胖："我知道你们的电竞白蛇传！哈哈哈哈，那个帖子脑洞开得我根本欲罢不能！"

陆思诚："哪里好笑？"

小胖的笑声戛然而止。

童谣："你是许仙，救死扶伤。"

此时，赛场上坐在前排的粉丝朋友大概会惊讶地发现打着打着比赛，不知道陆思诚说了句什么，ZGDX战队里上单、打野、辅助三人不知道听到了什么，突然一脸惊恐地将脑袋转向他们的中单——他们的中单保持着面无表情。

此时游戏正式开始，双方基地开始往三条路派出小兵。童谣一边小心翼翼地躲对方的Q键二段伤害技能，一边用自己的Q技能蹭血补兵。双方达到三级的时候，童谣突然想起了不久前被TAT战队中单阿太支配的恐惧，她哆嗦了一下，开始下意识地往回压兵线同时回撤，结果刚回到自己这边的视野保护范围，就看见简阳的身影从眼皮底下一闪而过……

童谣有种劫后余生的感觉。

"对方打野去上啦！"童谣提醒老猫。

老猫应了一声，而听见童谣的提醒后，陆思诚在下路也有了动作——

本来小丑女在线上前期比老鼠优秀，所以陆思诚理所当然地压了蝴蝶约十个补刀，此时他先到三级，前期三个技能全部点开，他点点地板，打了个信号，嘟囔了句"小胖往前走两步吃他两个技能"，等小胖乖乖上去卖了半管血，陆思诚让他往自己这边走，果不其然，敌人想要乘胜追击。

就在这时，小胖反身套了个致残，陆思诚从草丛跳了出来，一套技能打出，夹杂几个普攻，手速极快，轻易就让蝴蝶的血量见底！

蝴蝶见状不妙想要回头就跑，陆思诚并没有给他这个机会，利用小丑女的手长优势，几下将蝴蝶最后的血皮点掉，将第一滴血的四百赏金稳稳收入囊中——FRIST BLOOD！

系统提示音响起，麦克风里响起一片队友舒心的赞扬，陆思诚却没有说话，这对他来说只是一个开始。

对方的辅助老王见自家AD死了，陆思诚的血量状态又还可以，稍一判断就毫不犹豫地要往回走。此时陆思诚的E技能冷却时间转好，转身在他脚前扔了三个手雷，而小胖的亡灵之灯技能也转好，回身一个反钩，将老王往自己这边拖拽了一下。老王走位歪了歪，一脚踩在陆思诚扔的其中一枚手雷上，造成1.5秒晕眩——

1.5秒，足够陆思诚对着他贴脸一阵狂A，将一个前期还不够硬朗的辅助收割！

双杀！

在选手们听不见的现场，所有观众都沸腾了，大家为小胖和陆思诚的完美配合欢呼鼓掌！开局五分钟，下路已经产生人头，陆思诚两个人头在手，瞬间肥得流油，愉快地将眼皮底下的一波兵收掉后直接回城更新装备。

两个人头，加一个一血奖励，就是七百块的赏金，这意味着重新回到线上时，他将领先对方AD一小件装备，在前期，老鼠被这么压制，接下来的日子绝对苦不堪言！

而此时此刻，下路打开局面，童谣感觉压在自己肩上的压力小了不少，反而是对方的小花不知道为什么急了起来——大概是陆思诚下路拿下双杀的一分钟后，简阳又跑来中路GANK了一波，童谣一边往自家防御塔下跑，一边用Q技能抽他的脸。这时候她的W选牌技能冷却转好，叫了声老K，于是在小花和简阳的眼皮底下，一个狂猎女猎"嗷嗷"地从草丛里跳了出来。与此同时，童谣秒切黄牌，稳稳定住简阳，抽牌，打脸，普攻，灼烧，一套技能打出，简阳的血量立刻见底，再想往后撤时已经来不及了，童谣稳稳地收下队伍的第三个人头！

打野GANK不成被反蹲，此时一大拨小兵又进了自己的防御塔，被防御塔自动攻击迅速点掉，刚才勉强逃跑回城的小花此时吃不了经验，吃不了钱，亏了一大拨兵，再加上童谣拿到了击杀人头赏金，两个人原本勉强持平，甚至小花占据优势的对线天平一下子向童谣那边倾斜！

接下来，虽然老猫的机械爵士因为没有位移被简阳中途抓了两次，但是此时ZGDX战队的中路和下路已经成为一个没办法解决的难题，手握两个人头的陆思诚丝毫没给蝴蝶任何喘息的机会，从头凶到尾，将蝴蝶彻底摁死在自家塔下。

陆思诚压得这么凶，蝴蝶也不是傻子，自然会叫简阳来蹲，但是无论简阳来了几次，都发现ZGDX战队的打野老K也在！

老K就像是住在中、下两路一样死保两条优势路线，尽管CK战队用尽了全力想要反扑，拉拉扯扯的，直到双方等级到六级，还是没有再产生新的人头。

此时，场上人头是3:2，ZGDX战队领先大概一千块经济，在人头差距不多的情况下，这经济差基本来源于中、下两路的补刀差距！

在童谣率先到六级有了大招的情况下，CK战队这边乱成一团，小花拼命点信号，嚷嚷着"她到六了，你们自求多福"。话音刚落，蝴蝶甚至还没来得及对此做出反应，就看见自己身后几步开外的地上出现一个黄色的传送圈，他立刻想要后撤，然而此时童谣已经用魔术大师的位移大招出现在他的身后！

落地手速极快地秒切红牌给了蝴蝶和老王减速，小胖怪叫着上来钩，触发二段钩，贴脸上蝴蝶附近，开大将蝴蝶和老王束缚在亡灵之灯的牢狱大招内——两个人的血量像是开了闸门似的哗哗往下掉，想要跑却立刻被小胖E技能再反手一钩耽搁了时间，而就这么一会儿,ZGDX战队的AD和中单已经如同猛虎般扑上来。

童谣:"给个人头,给个人头,我辛辛苦苦飞下来,你敢不给我人头,我这辈子再也不来下路!"

陆思诚:"给给给,嚷嚷什么?当心拉裤子上。"

童谣:"你就不能忘记这事!"

陆思诚:"怎么忘?"

童谣:"至少别提醒我!"

最后的结局是童谣和陆思诚一人拿了一个人头,继续滚雪球一般推掉了对面下路一塔,老K则跳下龙坑,一个人安心地将第一条元素火龙拿掉。

而此时,简阳带着自家上单好运来收了上路野怪小Boss先驱开拓者。

老猫:"你们中、下两路美滋滋,是不是忘记这游戏还有一个地方叫上路啊?好运来又拿了个先驱开拓者的Buff,让不让我玩了?老K呢?平时打排位跟我缠缠绵绵,一到打比赛就放生我,是不是人啊你?"

童谣:"下波飞上,下波飞上!"

陆思诚:"老K也去,把对方上路一塔推了。"

如此这般,在老猫的抱怨中,四分钟后,几人在CK战队的上路表演了一波ZGDX战队中、上、野三人抱团越塔,CK战队立刻做出反应,小花交出传送技能飞上,简阳也及时赶到。

但是因为童谣他们选择的时间是好运来的远古恐龙刚刚从变身状态恢复的脆弱期,所以哪怕是背靠防御塔,他们还是没能打过这一次团战。童谣将三个人头分别让给被压得快生活不能自理的老猫，还有忙活了十几分钟没有人头进账的老K，自己转回线上吃小兵补发育。

比赛进行到第二十分钟，在中、下两条路的影响下，CK战队逐渐丢失了原本上路的小小优势。

比赛进行到第二十五分钟，在针对下路的第三条元素龙的争夺中，前期发育烂成一坨的CK战队AD根本没有发力空间，基本进了战场就被童谣和小胖一连串的技能直接秒掉，少了个AD就是断了条腿，其他位置发育也不怎么样的CK战队很快输掉了这次重要的团战。

比赛进行到第二十八分钟，ZGDX战队推上敌方高地，此时双方经济差距已经有一万五千，人头比是13:5。

CK战队知道自己这样哪怕是拼命拖也不可能拖到后期，直接点了投降准备下一局。

这时候童谣他们正准备开大龙，打着打着突然发现画面移动，对方水晶自爆，她先是愣了一下，然后笑得眯起了眼。摘下耳机从位置上站起来的一瞬间，她听见了下面的欢呼声，有人在叫："Nice！运营商队up up！"

"smiling小姐姐牛啊！"

观众席黑压压的，根本看不清楚谁是谁，童谣只能冲着下面叫她名字的方向笑眯眯地优雅挥手致意，然后转身一溜烟地冲进了厕所。

"憋死我了。"

好不容易放松下来，蹲在厕所里，童谣发现刚才汹涌的冲动突然又没有了，只好窘着脸坐在马桶上刷手机，看看贴吧、微博各地的实时评论——

"CK战队被打到投降，这是最骚的！"

"都这样了还不投降等什么？总比信心彻底被击溃好吧？"

"ZGDX战队的下路以前就像挂了个牌子，上书'内有恶犬一只'一样，现在有了smiling，就变成了两只。"

"整场比赛我就看着魔术大师飞上飞下狂收人头疯狂带节奏，这ZGDX战队像是有两个打野啊，怎么玩！这个魔术大师真的有点强，从操作到大局观！"

"相比之下阳神像在梦游。"

"CK战队最近怎么回事？感觉状态真的不太好，听说前段时间训练赛输给YQCB战队，这场比赛也是完全没有拿出强队水准。"

"这一局诚哥和谣妹都打得有点急啊，两个人像是拉都拉不住似的，他们急着干吗去啊？"

"回楼上的，可能是尿急，哈哈哈哈！"

童谣默默地关上手机，从马桶上站起来提起裤子。

洗手推开门走出去，回到休息室里看见缩在角落里一副已经病死等待收尸模样的陆思诚，和赛场上精神抖擞的人头狂魔俨然判若两人。

此时小胖见童谣推门走进来，笑着说："完啦？"

童谣面色严肃："便秘。"

小胖："有人说现在ZGDX战队有两条拉都拉不住的疯狗。"

第四章

童谣:"不是很好吗?电竞就是年轻人的运动。激情,激情很重要。"

陆思诚翻了个身,低低咳嗽了两声,童谣走到他面前,将他盖在脸上的衣服掀开,然后伸手摸了摸他的额头——在男人不耐烦地睁开深褐色的眼睛时,她无所畏惧地与他对视:"队长,你发烧了。"

陆思诚:"哦。"

这时,休息时间接近尾声,小瑞像是驱赶小鸡崽似的将他们轰起来赶上赛场。

第二局比赛开始,陆思诚明显状态不如第一局,前期被蝴蝶压得有点凶,一直拖拖拉拉到中期,又是针对小龙的争夺战!

这一次是老K站了出来,一个惩戒抢龙送对方集体升天。因为童谣拿的妖姬先链住蝴蝶,顺便一套秒掉,打乱了对方的阵容,队伍获得胜利的希望,前期的劣势被这一波团战弥补!

ZGDX战队抓住机会疯狂滚雪球发育,场面局势瞬间逆转,并且他们没有再给CK战队翻盘的机会,一鼓作气拿塔,拿龙,抢资源,上高地。

第四十二分钟,又一次在高地的团战中,ZGDX战队取得胜利,并一波结束了比赛!

ZGDX战队首战告捷!

看着对方水晶被点爆,童谣摘下耳机,耳边响起比赛结束的背景音乐,观众席上传来欢呼的声音。童谣站起来,回头看见自己身后写着"Win"的蓝色背景墙,愣了愣。

赢了？

三秒后，童谣心里"哗"的一下炸开了锅——

赢了啊！我赢了啊！

童大大！

童英俊！

童Carry！

童谣表面面无表情，内心欢呼雀跃，恨不得当场扭个秧歌。这时，她见老K站起来往CK战队那边走，才想起来还有个握手环节——赢了的队伍主动走到失败者的队伍席位，然后跟他们一一握手。

童谣排在老K后面，第一次跟人握手还有点小紧张。CK战队的队员虽然面色难看，但还是很有礼貌，上单好运来在跟童谣握手时甚至笑了笑："小姐姐很强哦，期待下一次对战。"

这一次，童谣那张面瘫脸终于绷不住地露出了一个收都收不住的灿烂笑容。

然而这笑容大概就持续了三秒。

因为好运来之后就到了简阳，童谣犹豫了一下后大方地伸出手，时隔两年，再一次握住了面前的这只手——后者的手心微微出汗，两只手握住之后，他一下子扣住了她的手腕。

童谣抬起头，尴尬地笑了笑，无声地想要将自己的手往外抽，然而她的挣扎却让对方握得更紧。

所有队员的握手最多三秒，到了童谣和简阳这儿，时间一下子被拖长了十倍，童谣脸上的笑容有点绷不住了，她感觉到观众

第四章

席有人开始好奇地往这边看。

"你变强了。"简阳垂下眼淡淡道。

"是啊,所以以后我会经常走过来跟你握手,一直握到你退役,"童谣面无表情道,"现在给我撒手。"

话音刚落,童谣的脑袋便被人从后面轻轻拍了一下:"没礼貌。"

男人沙哑的声音响起的同时,高大的身形不着痕迹地挤上来,简阳停顿了一下,无奈地放开了童谣。陆思诚立刻一把握住他的手,摇了摇,然后是中单小花、AD蝴蝶和辅助老王。

等下面的人反应过来之前,陆思诚不知道什么时候已经插队到童谣前面,直到握手完毕,一行人回到舞台最前方向观众鞠躬致谢,那高大的身形都一直挡在她的前面。

第五章

跟观众鞠躬完毕之后,童谣他们回到自己的位置上收拾各自的鼠标和键盘,陆思诚嚷嚷着头疼,把这个任务无情地丢给了辅助小胖。

"我是你的辅助又不是你的保姆!"

小胖一边碎碎念,一边还是老老实实外加小心翼翼地把陆思诚的外设收起来放进包里。

童谣看着小胖将耳机拿下来的时候,这才反应过来陆思诚连耳机都是带自己的。

"这玩意儿有什么必要带自己的吗?"

"因为有些选手着急起来会出汗,因为他太龟毛,因为他洁癖,这么多的因为,你随便选个喜欢的吧。"小胖面无表情地将键盘也放进包里,然后背起包,"顺便一提,这耳机五万。"

正背着包往前走的童谣猛地一个趔趄,回过头见了鬼似的瞪着小胖,后者咧嘴笑了笑:"没错,够在我老家那个八线城市买个厕所了,咱们的队长就是如此讲究。"

童谣摸了摸背上的包,曾经她以为四位数的键盘已经是作为职业选手的骄傲与奢侈了,现在她的骄傲碎了一地……

走进休息室时,讲究的队长大人已经不见了——听小瑞的意思是他已经率先上车"挺尸",准备"运尸"回基地就地掩埋。

而其他的队友正忙着统一把外设包交给工作人员,准备一会儿直接坐另外一辆车前往今晚要参加的嘉年华晚会活动地点。童谣也乖乖交出了自己的外设包,正想说晚上要不要给陆思诚从晚会上带点贡品回去摆灵台用,突然感觉到小腹又是一阵突如其来的绞痛,就像是刚从她小腹路过的那群大象去某个地方过了个冬天,此时又成群结队地杀回来了。

童谣面色一变,弯下腰,正琢磨着比赛都打完了,因为紧张才肚子痛好像也说不通啊,结果还没来得及回过神,便感觉到另外一种更加不对劲的感觉蹿上了天灵盖——

具体的就是……小河流水潺潺那种。

童谣的脸当时就绿了,扔下一句"我去厕所",在小胖"你又去厕所"的碎碎念中飞快奔进厕所……

三分钟后,童谣叉着腰出现在战队经理面前,一脸冷静道:"瑞哥,那个什么鬼活动,我也去不了了。"

小瑞炸了:"你又怎么了?要给诚哥殉葬?"

童谣面无表情:"裤子脏了。"

小瑞的脸也跟着绿了:"你拉裤子上了?"

整个休息室的人"唰"的一下看了过来。

童谣继续面无表情。

大约三十秒后，小瑞终于福尔摩斯上身，结合之前眼前的人疯狂喊肚子痛又拉不出来等一系列症状，才明白过来是怎么回事，"哎呀"了一声，停顿了下，又"哎呀"了一声，然后头疼地挥挥手："去吧，我叫诚哥的'运尸车'回来接你，他们应该还没走远。"

于是，十分钟后。

躺在车后排"挺尸"的陆思诚发现车开了一会儿又停了下来，他奇怪地掀开盖在脸上的衣服爬起来，看了眼窗外，发现车又回到比赛场地的停车场了。他停顿了一下，掀了掀眼皮，疲惫地问："怎么回事？"

话音刚落，车门开了。

从车下面"吭哧吭哧"地爬上来一个矮子，她将背上背着的外设包一放，停顿了一下，对半躺在最后一排，此时此刻正莫名其妙地瞅着自己的队长大人道："我不放心，特地申请来照顾你。"

陆思诚："我是发烧了，但是脑子还没烧坏。"

陆思诚："怎么回事？"

童谣："裤子脏了。"

陆思诚"哦"了一声，一脸平静道："拉裤子上了？那坐得离我远点。"

童谣骂骂咧咧地抬起屁股往远离陆思诚的位置挪了三排："你鼻子塞得又闻不到。"

"辣眼睛行不行？"

男人瞥了她一眼，掀起外套盖住脸，身子一歪又睡去了，留下童谣一个人坐在车里,还有一两个随行的、此时一脸茫然的男工作人员。

童谣沉默了一下,最后在持续的"小河流水潺潺"之中,终于忍无可忍地说:"司机大叔,麻烦您开快点,我亲戚来了,急着回家探望她。"

第六章

到了基地,童谣连滚带爬地跳下车,身后有个工作人员看她这么迫不及待,一脸天真地问:"不是说你亲戚来了吗,在哪儿?"

在车下站稳的少女回过头,面无表情地对视上他,特别淡定地如实回答了。

工作人员顿时一脸被雷劈过的模样。

此时,披着外套的高大身影出现在他身后。男人从车上走下来,瞥了一眼背着外设包、叉腰站着等人开门的少女,轻咳了几声,嗓音低沉嘶哑:"你能不能斯文点?"

童谣撩了下头发,扔下一句"不能",昂首挺胸地回了基地。

回房间卸妆洗澡换舒服的睡衣,之后吹干了头发下楼,不出所料地发现整座基地一层空无一人。因为知道今晚他们要去参加嘉年华活动,所有的工作人员该下班的都下班了,包括看不下去他们天天吃外卖,偶尔给他们煮晚饭的阿姨。

基地二层,在童谣他们房间正对面的二队队员今天有次级联赛的比赛安排,这会儿也还没回来。

童谣看了看时间,正想上楼点个外卖然后在床上"挺尸",这时,在一堆恭喜她首战告捷的短信中,收到了小瑞的短信,短信里战队经理让她看着陆思诚吃药。

ZGDX smiling:"多大人了,自己不会吃哦?"

ZGDX 小瑞:"你让他自己吃他肯定不会吃的,没办法,担待着点吧,病死了咱们就没队长了。"

ZGDX smiling:"扶持佞臣小胖上位。"

ZGDX 小瑞:"那你和陆岳吵架的时候就没人帮你了,小胖管不住陆岳,最近他因为愧疚,对陆岳千依百顺,吃个饭还要给他夹菜。"

ZGDX smiling:"医药箱在哪儿?"

队长大人不能死,他一死,这天下就是陆岳的了。

本着对天下太平的美好祈愿,童谣琢磨着自己正好也要泡个红糖水什么的,索性转身乖乖烧水,又在小瑞的指挥下顺利找到了基地的医药箱,从里面翻出了感冒药和退烧药。这个时候童谣的肚子又开始隐约作痛,体内抑制不住的洪荒之力让她想要发狂。

忍着小腹被大象踩蹋似的疼痛,童谣端着装热水的杯子和药上楼。陆思诚的房间门是半掩的,一手举着杯子、一手拿着药盒的童谣用脚蹬开了它,走进陆思诚和小胖的房间。

这是她第二次进陆思诚的房间。

上一次太急没来得及看清楚,今天倒是有时间让她打量四周——陆思诚的房间里很干净,地上铺着看着就有点贵的地毯,

第六章

门口是拖鞋,童谣犹豫了一下,将自己的家居鞋脱了,赤着脚踩在地毯上,抬头扫了一眼周围,床单、被子什么的都是黑色的,地上有个小茶几,上面摆着一个笔记本电脑还有几本书,茶几旁边放着一个懒人沙发。

靠外面的这张床应该是小胖的,在这么素色调的房间里,他垂死挣扎一般在床上放了鳄鱼、美国队长盾牌、小猪等大概是粉丝送的各色玩偶,而里面那张床则干干净净,什么都没有,堪称了无生趣。此时床上鼓起一个包,躺在床上的人背对着童谣,身上的队服都还没脱下来。

"队长大人,吃药药了。"

童谣端着药"噔噔噔"地走过去。

背对着她的人丝毫没有反应。

童谣又"噔噔噔"地绕到他的正面。

将杯子和药盒放在那个茶几上,在床边蹲下来抱着膝盖,无声地盯着那张大概在沉睡中的脸看了一会儿。陆思诚长得是真的好看,五官拆开看,哪儿哪儿都像是从整容医院里出来的标准配置,合在一起看是真的有些刻薄相,但是并不妨碍他还是很好看。

童谣的语文水准比较差,她盯着陆思诚的脸说不出个所以然来,但是她知道自己的目光停留在对方因为发热而微微泛红的鼻尖和眼角时,根本挪不开自己的眼睛——

直到她以为睡着的人突然无声地睁开了眼睛。

猝不及防地与那双深褐色的瞳眸对视上,童谣身体向后倾,摇了摇,然后"咚"地一屁股坐在了柔软的地毯上。

陆思诚咳嗽了两声:"鬼鬼祟祟进我房间干什么你?"

童谣眨眨眼,在那双平静瞳眸的注视下她还真有点心虚,哑口无言了十几秒后突然才想起来自己是来干什么的,连忙转身将水杯和药抓起来:"来给你送药,瑞哥说让我看着你吃完药再睡。"

童谣坐在床边柔软的地毯上,将水杯递给陆思诚,自己盘着腿看药盒后面的说明,又按照说明上的剂量将该吃的药从锡纸里抠出来,递给陆思诚。

陆思诚半坐起来,接过水杯和药:"水太烫。"

陆思诚:"重新倒。"

童谣站在原地一动不动:"你知道吗?女人每个月的那几天……哪怕是哥斯拉入侵地球我都能一拳把它送回海里,就因为它打扰我做一个安静痛经的美少女。"

童谣:"所以,喝水,吃药,别作。"

话音刚落,童谣见陆思诚沉默了一下,仰头将掌心的药吃了,然后安静地抿了两口水将药送下去。童谣坐在地上,仰着小脑袋盯着男人的喉结动了动,见他确实喝下了水,这才满意道:"再喝一口,生病就是要多喝热水。"

陆思诚又喝了一口——无比配合,也不知道是不是真的被童谣刚才形象又生动的比喻吓着了。

童谣希望是。

童谣站起来接过水杯,举着喝掉大半的水杯和药盒站在床边,看着掀起被子又想睡回去的男人,问道:"空腹吃药不行,我叫外卖,你想吃什么?"

第六章

陆思诚捂在被子里沉默了下,几秒后沉闷道:"我想死。"

"死也并不是不能死,只是现在还不是时候,"童谣无情道,"陛下要死你也要死在陆岳那个乱臣贼子之后。所以你想吃什么,黄焖鸡米饭?麻辣香锅?日本料理?还是韩国菜?"

想着那些油油腻腻的东西,陆思诚掀开被子,脸都青了:"你痛经还能食欲这么好?"

陆思诚:"肚子痛还吃什么日本料理啊?"

童谣:"我是问你啊,我想喝粥。"

陆思诚"哦"了声:"我也想。"

童谣:"我想喝白粥,加红糖。"

"你叫外卖吧,红糖厨房有,粥到了自己放。"

陆思诚一边说着,一边掀起被子,咳嗽了几声,吸了吸鼻子。童谣在他床边重新坐下准备点外卖,陆思诚见状也没有直接躺下,就半坐着,越过童谣的肩膀看着她在手机屏幕上点点点,点来点去也没点出个所以然来,最后终于忍无可忍地问:"怎么回事?"

"这些粥店没白粥啊,唯一有的几家评价又不太好。"童谣放下手机,"算了,自己煮吧,正好我也不怎么吃得惯外面的粥,有些加了增稠剂。"

陆思诚又"哦"了一声。

童谣站起来,揉揉肚子,将男人的被子拎起来盖到他的肩膀以上:"你睡一会儿,粥好了我再叫你。"

她弯下腰时,整张脸隐藏在阴影之中,带着淡淡洗发水香味的短发在陆思诚的鼻尖一扫而过。她像是注意到了这个,抬起手,顺手将垂落的一边头发别至耳后，于是她半张白皙的脸暴露在房间昏暗的光线中，她垂着眼，睫毛在眼下投下一小片阴影，侧脸曲线柔和。

陆思诚没说话，只是深褐色的瞳眸颜色变得暗沉了些，直到俯身在他上方的人替他拉好被子直起身。他什么也没说，就看着她拿起药盒和杯子转身往外走。

站在门口，一手举杯，一手捏着药盒摇摇晃晃地穿好鞋，再在原地幼稚地踩了踩，然后头也不回地下楼去了。没一会儿，那"沙沙"的脚步声便消失在了走廊的另一头。

童谣下楼放了杯子和药盒，开始准备淘米煮粥，弯着腰从橱柜的米桶里倒了两人份的米，她直起腰"哎哟"了声，差点忘记除了肚子痛和小河流水潺潺，特殊期间还有个腰酸背痛的Debuff。

现在她觉得自己像是穿越到了拳皇街机里刚被人打了九九八十一连招，血条从只剩三分之二到瞬间几乎快要清空！

"痛痛痛……"

童谣一只手撑在灶台上，一只手捂着肚子弯下腰冷静了一下，其间嘴巴里碎碎念将能想到的脏话骂了一遍，她开始努力回忆医药箱里有没有止痛药，并开始怀念她的床……

余光瞥了眼放在脚边的饭锅内胆，她停顿了一下，这才想到楼上还有个病重人士，嘟囔着"一基地的老弱病残还能不能好了"，她松开揉肚子的手，将那锅捡起来。

不仅是陆思诚，她自己也是真的饿了，毕竟忙活了一早上，

第六章

午餐都还没吃。

将装了米的锅往洗菜池里一扔,童谣正想打开水龙头,这个时候却听见身后传来脚步声。她愣了愣回过头去,一眼看见那个应该在床上"挺尸"的人出现了——

他身上还是穿着队服,只是肩膀上披了个外套,正慢吞吞地从楼上走下来。

"干吗?有东西忘了拿?还是口渴想喝水?发个微信叫我给你送上去啊……"

陆思诚径直来到厨房,在童谣莫名其妙的注视中越过她的肩膀,伸手打开了她身后洗菜池的水龙头。

陆思诚:"让开。"

童谣下意识地扭了扭腰让开了些,眼睁睁地看着男人霸占了她的位置,动作熟练地洗米倒水,以上动作重复三遍,然后将水注入煮粥需要的量,一只手拎起锅的内胆,顺手放进电饭煲里,盖上盖,弯腰调时间和火候——

整个过程一气呵成,童谣只有瞪着眼并满脸问号在旁边干看的份。

"哥斯拉入侵地球的时候女人不能碰冷水。"做完一系列举动之后,陆思诚直起腰瞥了她一眼,又低咳两声用沙哑的声音道,"煮好了叫我,我先上去。"

说完,抬起大手,动作自然娴熟地拍了拍呆愣在灶台边的少女的脑袋,他转身目不斜视地从她身边走过,上楼。

第七章

陆思诚上了几个台阶，听见身后有"吧唧吧唧"的声音，他停住脚步，转过身去，把紧紧跟在身后的人吓了一跳。

站在稍高一些的台阶上，陆思诚低下头扫了眼那张写满了"你干吗突然回头"的无辜脸，挑了挑眉："跟着我做什么？"

童谣傻眼了。

她张了张嘴，犹豫了半天也没说出自己跟着他干吗。不是她不说，主要是因为她自己都不知道她跟着他干吗，但是眼下如果回答"不知道"，好像并不能敷衍过去，于是童谣支支吾吾憋了半天，最后憋急了，不过脑子就从众多可选的没有营养的借口里选了一个最有营养甚至营养过剩到有些可怕的——

"诚哥，你是不是有女朋友了？"

几秒死寂。

ZGDX战队的基地从未像此刻一般接近坟墓，庄严且肃穆。

此时不要说是陆思诚，就连童谣都被自己的问题雷了一下。

她放轻呼吸，感觉空气都因此而凝固了起来——在男人毫不避讳的注视中，她感觉到自己的耳根开始燃烧，舌头打结："不是不是，其实我也不是那么好奇，就是随便问问，如果你不想说……"

"没有。"

"因为读书时都在家住，每个月都有几天会被我妈指使着干这干那——那时候起就被灌输了一个思想，女人就是有权力在每个月的固定某一段时间内为所欲为。"

陆思诚面色平静，像是在说什么很平常的话题。

"是哦，"童谣灵魂出窍似的顺口答道，"那估计蛮辛苦的。"

"所以后来我住校了，夏天宁愿在宿舍被热死也不要回家。"

"我不会轻易找女人谈恋爱的。"

"是哦，你看上去不像是会喜欢人类的模样。"

"你说什么？"

童谣恨不得咬掉自己的舌头。

"我不是不喜欢人类，我喜欢游戏。如果要恋爱，我希望能找一个打游戏打得比我好的人来交往。"

陆思诚说完，似乎有意结束这段在他看来有些无趣的对话。他面无表情地拉扯了下肩上披着的衣服，转身继续上楼——从头到尾，就好像没有看见听到他的回答后整个人都惊呆了似的愣在原地的少女脸上的错愕。

直到他关上房门，"咔嚓"的关门声让定格在楼梯上的人回过神来。

比Chessman游戏打得好的人？Excuse me？！

第七章

精神恍惚之中,童谣摸出了自己的手机——

ZGDX smiling:"完了,你诚哥真的不喜欢人类!"

几秒后,今阳那边给了回复,而且是特别冷静的四个字——

阿毛它娘:"何以见得?"

ZGDX smiling:"他说他要找个游戏比他打得好的人谈恋爱!"

阿毛它娘:"养成类游戏行不行?"

阿毛它娘:"又没指定说要哪个游戏打得好。"

童谣一脸无语地收起手机,独自坐在沙发上等了一会儿粥。因为闲了下来,所以肚子又开始痛了,十分钟内她在沙发上换了十个姿势,坐着,躺着,趴着,怎么摆都不对,最后她索性放弃了挣扎,整个人像条死狗一样瘫在沙发上,拿起手机开始看直播。

作为一个合格的老迷妹,童谣看的还是微笑的直播。他是个强迫症型的ADC,哪怕退役三年,补兵基本功底还是一流职业选手的水准,走位流畅,很少漏兵。听说微笑以前就是个"电竞BB机",打比赛的时候疯狂念叨自己的辅助,和陆思诚完全不一样。

和陆思诚打过一场比赛之后,童谣发现这个人在比赛里的话是真的不多,除了必要的指挥,大多数情况下他都是安静地做自己的事,听队友在那儿闲不住地废话"讲相声",也有可能开启了自动屏蔽功能,根本没在听他们在废话什么……

童谣看着微笑的直播,思绪却不知道飘到了哪儿去,直到手机里微笑手一抖,漏了个大炮车,他"啊"了一声将神游中的童谣吓了一跳,手一抖,举着的手机砸下来砸到鼻尖,童谣"嗷"的一声捂住脸,像只虾米似的蜷缩起来。与此同时,楼上的房门被人拉开了——

陆思诚皱着眉从房间里走出来,脸上还带着迷迷糊糊的睡意,头发被枕头蹭得有点乱。他站在二楼往下看,声音冷漠道:"怎么回事?"

童谣抹掉被疼出的眼泪,抬起头道:"什么?怎么了?你怎么起来了?不再睡一会儿?粥还没好……"

"刚才什么东西在叫?"

"我在看直播。"

陆思诚脸上的面无表情变得更加面无表情。

童谣弯下腰捡起手机:"吵着你了?不好意思哦,那我开小声点,你再睡一会儿。"其实她本来开的音量就不大,不知道陆思诚的耳朵是怎么长的……

"不用了。"

陆思诚冷淡地说。童谣犹豫了一下,还是按了静音,抬头发现陆思诚从二楼走了下来,路过童谣的时候他瞥了眼被她在沙发上蹭得乱七八糟的头发,还有白里泛青的脸色。

男人停顿了一下,突然没头没尾地说道:"我还以为你被粥烫着了。"

"什么?"坐在沙发上的人愣了愣,抬起头笑道,"怎么可能,我哪有那么——"

当男人转过头,用那双看不出什么情绪的深褐色瞳眸看着她时,到了嘴边的话又被童谣吞咽了回去,她原本想说"我哪有那么笨手笨脚",现在她闭着嘴,尴尬地抬起手摸了摸鼻尖。

第七章

恍惚之间,突然好像听见旁边响起了一声无奈的叹息,她愣了下,不确定自己是不是听错了。此时余光瞥见面前人影一晃,一个高大的身影笼罩了她,一只手扣住她的胳膊,将她拎起来一些,替她整理好家居服下摆,下一秒,陆思诚往后退开了些:"自己不知道灌个热水袋?"

童谣干瞪眼,只配瑟瑟发抖:"基、基地没有热水袋这东西。"

"你不问怎么知道没有?"

陆思诚扔下这句话就转身上楼了,再下楼的时候手里真的拿了个热水袋。"去年冬天粉丝送给小胖的。"男人一边说着一边将它扔给童谣,"刚才烧的开水还有吗?"

童谣捧着上面印着去年ZGDX战队全员阵容的Q版头像的热水袋,摇摇头,又点点头。

陆思诚挑起眉,看着她宛如看着一个智障——弯腰将她手里捧着的热水袋不怎么温柔地一把抽走,转身走进开放式厨房,顺手将已经煮好粥的电饭煲摁了,再转身打开刚烧好水还在保温的电热水壶,捏着热水袋的那只手灵活地用修长指尖撬开塞盖,另外一只手拎着热水壶将滚烫的开水灌进去。

整个动作一气呵成。

童谣从沙发上跳下来跟在陆思诚的身后,踮着脚伸长了脖子,从侧面认真地看他灌热水袋,那奶白色的水蒸气蒸腾,将男人英俊的侧脸模糊了一些。

"你刚才怎么可以突然这样?放在古代你这样是要娶我的。"

"我还以为我在做好事,"陆思诚垂着眼,"为什么要接受这种惩罚？"

灌完热水，男人指尖一挑，将热水袋的塞子塞回去，同时掀起眼皮扫了眼站在自己身后面无表情的家伙，用大拇指将边缘溅出来的热水抹去，他将热水袋往她怀里一塞："放在古代我娶你八百回了，然后也休妻八百回。"

"休了又娶还要重复八百回，难道不是贱得慌？"

"不知道，大概是不幸患上了间歇性眼瞎。"

男人说完，转身从碗柜里拿出两个碗盛粥。

五分钟后，基地中仅有的两个活人各自占据餐桌一头，低头安静喝粥——童谣盘腿坐在椅子上，肚子贴着温暖的热水袋，整个人仿佛沐浴在温暖的海洋里，再加上暖洋洋的红糖白粥下肚，方才冰冷的脚趾此时也有了温度。

童谣放下粥碗。

"诚哥。"

"嗯？"

"不好意思，说好了我照顾你的，结果最后变成你照顾我。"

陆思诚从碗的边缘瞥了桌子那边的人一眼："什么时候？谁和你说好了你照顾我的？你不是因为自己不舒服才死皮赖脸地跟着回来的吗？"

童谣干笑几声，站起来将碗放回洗碗池，一般用过的碗不用洗，第二天基地的阿姨来了会帮忙收拾。吃过东西之后胃里也舒服了不少，童谣睡意全无，索性窝在沙发上继续看直播。

陆思诚随后也吃完了，端着碗准备放进厨房，经过沙发时，沙发上的人突然叫了声:"诚哥啊。"

男人脚下一顿,转过身来,居高临下,英俊又冷漠的脸上仿佛写着五个字:又有何贵干?

童谣放下手机爬起来,拽着男人的衣服下摆让他弯下腰,她跪在沙发上,伸长了手臂摸了摸他的额头:"怎么还没退烧?"

"你以为你刚才喂给我的是什么仙丹?"

童谣站起来接过他手里的碗,顺手扔进洗碗池里,将男人往楼上推,一边推一边说:"走走走,换我照顾你。"

"肚子不痛了?"

"痛啊。"

"那走远点,我不想看见一个面色铁青的人在我房间的地毯上滚来滚去。"

两个人就"队长需不需要人照顾"这个问题争论了一番,直到最后那声音变得越来越小,消失在陆思诚的房间,然后房门"砰"的一声被关上了,整个基地又陷入了刚才的宁静,只有童谣方才忘记的手机还孤零零地放在沙发上,手机里直播还在继续……

热水袋她倒是没有忘记拿,直接别在裤腰带上带走了。

晚上,接近十二点半。

ZGDX战队基地外终于有了动静,参加了一晚活动的队员们风尘仆仆地赶回来,一群人热热闹闹、一窝蜂地冲回基地,小胖冲在最前面,嚷嚷着"我们回来啦,给你们带了吃的",结果一开门,发现基地一层人都没有一个,安安静静的。

小胖"咦"了一声，又琢磨着可能是两个病号分别吃了药睡了，索性跟身后的人打了个手势——

大家都很贴心地放轻了脚步。

小胖嘟囔着"我去看看诚哥好点没有"，然后在众人的目送中蹑手蹑脚地上了楼，打开房门，进了房间。

五秒后，他可以算是屁滚尿流地从房间里冲了出来，并没忘记"哐"的一下带上门。

"干吗你？"陆岳挑起眉，"见鬼了？"

小胖摆摆手，然后一脸不知所措地看着楼下众人。

在众人莫名其妙的目光注视中，陆岳淡淡扔下一句"不会是我哥病死了吧"，往楼上走去，径直路过小胖，打开房门，探脑袋进房间的第一秒，他脸上的表情就凝固了——

房间最里面靠窗的那张床上，此时黑色的被子高高隆起，床上的男人面朝房门方向，显然正在安静沉睡。ZGDX战队的队长显然还活着，然而快要把他的队友吓死的是，此时此刻在他脚边的被子下还蜷缩着另外一个人，那人的腿勾起来，羊羔绒的家居鞋还露在被子外面。

陆岳退后两步，表情虽然比小胖冷静一点，但是也并没有好太多，伸手关上了房门。

"干吗你？"战队经理小瑞挑起眉，问了三十秒前陆岳问过的一模一样的话，"见鬼了？"

陆岳沉默三十秒，而后薄唇轻启："比鬼还恐怖。"

第八章

童谣睡得不是很沉。

其实准确来说,她是怎么睡着的自己都不知道。原本她就趴在陆思诚的床旁边看着他,直到吃了药、吃了饭的男人安然入睡,看他睡得那么安稳,她看着看着也就困了,最后经不住诱惑也想要睡,她原本只是想趴在床边随便眯一会儿,等会儿爬起来给陆思诚换个湿毛巾之类的,谁知道这一"随便"就"随便"出了大事。

像是植物有趋光性一样,童谣睡着以后身体就有自动寻找温暖的地方的功能,而此时此刻,最大的温暖源来自床上那个发烧的人以及他暖烘烘的被窝。

以上,只是一个猜测。

在陆岳关上门没多久,童谣就被外面窸窸窣窣的说话声吵醒了,她打了个哈欠迷迷糊糊地睁开眼,发现周围一片黑暗时她还以为自己瞎了,慌了神,下意识地伸出手摸了摸,然后就摸到了一片温暖、结实的腹肌。

童谣更慌了,这是什么情况?

鼻息之间都是陌生的雄性气息,她整个人都保持着醒来的姿势,错愕而迷茫——就在这个时候,莫名其妙被她抓了把腹肌的男人也被闹醒了,今晚注定得不到安眠的男人无奈地睁开眼,然后感觉有个什么玩意儿蜷缩在自己床上。

一团。

软绵绵,毛茸茸的。

男人停顿了一下,拿开手,一脸平静地掀起被子,低下头,然后对视上一双正仰着头看着自己的黑色瞳眸——那双眼无辜得像夜晚高速公路车灯下的小鹿,水灵灵的,十分无助——虽然傻子也知道,大半夜跑上高速公路,被撞死也是它自己有错在先。

如果童谣决定要给自己一生的尴尬巅峰选个最佳时刻颁个奖,那毫无疑问就是此时此刻。

童谣:"我……"

话还没说清楚,就见男人用食指压在唇上"嘘"了一声,她下意识地闭上嘴,感觉到对方的大手在她的头上拍了拍,被子又重新放了下来——周围再次黑了下来。与此同时,她听见"咔嚓"一声轻响,房间门被人从外面小心翼翼地推开,童谣整个背脊都僵直了。

"做什么?"

她听见陆思诚低声问,胸腔振动,那声音近在咫尺。

来人沉默了一下,然后觉得被陆思诚这样理直气壮地反问"做什么"根本是莫名其妙,那人稍微停顿了下,然后问:"诚哥,你醒了啊,我还以为你会再睡一会儿,呵呵。"

说话的人是小瑞。

"呵呵"二字,大概已经包括了此时此刻他内心的万马狂奔,从他的语气里可以听出他此时说的话的另外一层意思:做什么?我什么也不做,你给我起来解释解释,你床上的另外一坨是怎么回事!

但是面对小瑞的万马奔腾状,陆思诚偏不配合,他"哦"了一声,掀开被窝,一低头对视上一双紧张地看着自己的双眼,男人又一脸平静地捂上被子,跟站在门口的人说道:"你小声点,她还在睡。"

童谣用手揪住陆思诚的衣领,陆思诚不为所动地继续道:"她床睡脏了,来借我的地方挤一挤,你们在大惊小怪什么?"

小瑞站在门口,一脸"我听你胡扯"的表情:"你知道整座基地除了你的床和她的床,还有几张空着的床吗?"

陆思诚:"她怕再弄脏别人的床。"

此时此刻众人已经完全不想再掩饰自己的好奇心,一窝蜂地堵在房间门前。陆岳探了张脸进来:"那你听说过男女授受不亲吗?哥,看不出来啊,平时闷不作声的,一搞就搞个大新闻,转头就把未成年少女拐上床了……"

陆思诚:"她十九岁了。"

小胖:"这是重点?"

明神:"这不是重点。"

陆岳:"哦,成年了不犯法是吧?"

小瑞:"诚哥你真禽兽,你这样我怎么跟人家小姑娘家里人交代——不行不行,你先把她弄醒!"

陆思诚轻轻嗤笑一声,反问:"怎么弄?"

那一笑,轻蔑得爆炸,还很鬼畜。

被子下,童谣拎着陆思诚领子的手颤抖着松开了——陆思诚的烧还没退,但是此时此刻的男人好像是在发烧的情况下开启了一种第二人格模式。听见他的反问,童谣满脸通红得能滴出血来。

如果此时她能看见站在门口的那堆人,就会发现一群少年的神色并没有比她好到哪儿去,就连小瑞也是狠狠地噎了一下,堂堂战队经理居然被陆思诚呛得狠狠后退一步……

小胖颤抖地捏着手机,摁下"110"并将手指放在拨号键上方:"诚哥你好好说话,我要报警了。"

"你们先出去,"陆思诚淡淡道,"一会儿我叫醒她。"

站在门口,众人面面相觑,嘴巴上说着"是啊走吧""不然多尴尬""走吧走吧",但是脚底却像扎了根似的,没有一个人挪动哪怕一下。

陆思诚又叫了声"小胖",小胖颤抖了一下,可怜兮兮地看了眼房间里面,一边嘟囔着"这难道不是我的房间",一边不情不愿地伸手替陆思诚关上门。

"哐"的一声,门关上了。

陆思诚掀开被子,对被子下的人言简意赅地说了句"起来",童谣立刻像是炸蜢似的蹦跶起来,手脚并用地从陆思诚的床上爬下来,还没站稳就急道:"对不起啊诚哥,我……我就是睡着了迷糊了觉得冷就开始、就开始往上爬……"

陆思诚打了个哈欠,掀开被子爬起来,低低咳嗽了两声,缓缓道:"放在古代你这行为够不够浸猪笼?"

童谣的声音戛然而止,那张刚刚还红得能滴出血的脸"唰"的一下白了。她嘴唇抖了抖,低声说了声"可能够",然后一口咬住下唇低下头,正想说第无数次"对不起",陆思诚瞥了她一眼。

"或者我该收拾收拾准备娶你第八百零一回?这么能搞事,你骗聘礼来的吧?"

第九章

童谣那张脸啊,就像秋风里的柿子,白了,青了,又红了。她沉默了一下,随后满脸不确定外加惊恐地问:"什么意思,你在跟我求婚?"

陆思诚:"你脑子坏了?我在问你是不是想骗……算了,我在嘲讽你。"

童谣缓缓瞪大了眼:"什么骗聘礼?你好好说话,我年薪八十万的人,稀罕你那点穷酸聘礼?"

陆思诚冷笑一声不理她,掀开被子低头看了眼床。

童谣的声音戛然而止,停顿了下,问:"看什么呢你?"

"看你有没有弄脏我的——"

话还没说完,那原本老老实实站在他床边的人忽然跃起,一个猛虎落地式扑上了他的床,男人被撞了个猝不及防,向后倒去,满眼恼火地抬起头,就看见趴在被子上紧张地瞪着自己的人:"别看了!弄脏了我给你洗!别看了!"

陆思诚刚才也就是随口一说,见她这么紧张,好像还真的有少女羞耻心呢,顿时勾起嘴角:"那今晚我睡哪儿?"

童谣挥手一指小胖的床。

陆思诚瞥了一眼:"他床太软,我睡得腰疼。"

你这老年人。童谣抖了抖嘴角,恨不得扑上去把这难搞的家伙掐死。她慢吞吞地从床上爬起来,掀开被子一边摸索着有没有可疑液体,一边摸黑观察,忙碌之间听见陆思诚在被窝外面懒洋洋道:"你就不能做事靠谱点,少蹦跶,你自己说我替你背了多少黑锅……"

"是是是,队长大人万万岁,我下辈子给你做牛做马……"

而就在这时,门被人从外面打开,小胖的声音传来——

"诚哥,小瑞让我问问你们要不要再吃点给你们打包回来的虾饺……"

小胖的声音在他看清屋里的状况后突然消失,然后门被"哐"的一声关上了。

房间内,陆思诚一脸平静地挑挑眉。

童谣将捂在脑袋上的被子掀开:"床没脏,你别啰唆了……刚才是谁?小胖?他怎么又回来了?虾饺?我想吃虾饺!"

陆思诚曲起腿,看热闹不嫌事大地笑道:"去啊。"

童谣从床上跳下来,用手整理了下头发,转过身看见陆思诚也慢吞吞地坐起身,她犹豫了一下:"你要不要换件衣服,刚才出汗了吧?小心着凉。"

陆思诚瞥了她一眼,没说话。

第九章

五分钟后,身着家居服的童谣和换了一件T袖的陆思诚一前一后地下楼了。

看着楼下坐着一地瞪着眼瞧着自己的众人,童谣挠挠头,意识到自己今天不说点什么恐怕是过不去了,于是一脸尴尬道:"不好意思啊,刚才看着诚哥吃药,原本等着给他换毛巾,结果趴着趴着就趴在床边睡着了,睡着后又有点冷,迷迷糊糊自己找被子就顺着爬到诚哥床上跟他挤了……呃,那什么,吓着你们了吧?其实我自己也吓了一跳。"

"没有没有。"

"正常正常。"

"哎呀怕冷嘛,今天是挺冷的,女孩子怕冷也正常。"

"还没吃晚餐吧?来吃点虾饺,挺好吃的,专程给你们打包来的……"

众人一副言不由衷还要配合演戏的模样。

童谣这时也知道说得越多问题越大,索性闭上嘴,走到餐桌边坐下,准备用食物压压惊——她刚才说的都是大实话,她不仅吓了一跳,现在还觉得自己因为受到惊吓而出窍的灵魂仍旧尚未归来。

打开打包盒,童谣发现虾饺还热乎,赶紧掰开筷子迫不及待地夹起一个往嘴巴里塞。这时,她余光看见陆思诚走到沙发边坐下,将陆岳刚刚插好吸管还没来得及往嘴里送的酸奶接过来喝了两口。

小胖清清喉咙:"你们……好啦?"

周围突然陷入死寂。

陆思诚目光平静地扫了一眼默默看着自己的众人，显然猜到了刚才小胖第二次关门下楼后肯定和这些人说了些什么有的没的，于是一脸刻薄地反问："我就十五分钟？"

周围紧张的气氛一下子轻松下来，众人不仅没有对此产生异议，反而纷纷松了一口气。

只有叼着第二只虾饺的童谣一脸莫名其妙。

陆思诚："好吃吗？"

童谣点点头。

陆思诚"哦"了声："多吃点。"

童谣将嘴里的食物吞咽下肚，依旧莫名其妙。

第二天。

童谣坐在椅子上掰着手指数这一周的比赛，昨天，也就是周四下午打了一场开幕赛，周五没有比赛，周六也没有，周日下午三点，ZGDX战队将回到小组内循环赛，应战他们在小组内的第一支对手队伍：KING战队。

春季赛从次级职业联赛升级到HPL职业联赛的升班马，在春季赛总决赛中，KING战队打满了五局，最后一局生死局表演惊天大翻盘，劣势局一直顽强拖后期，在落后一万五经济的情况下抢大龙、强开团送对手升天，一脚迈入HPL十二支队伍的行列。

他们的队伍中单是个韩国人，ID名为拉面，以韩服王者分段高分路人身份被买来中国，童谣打排位的时候排过和他一边，操作还不错，但是童谣没跟他对线过，所以其他情况并不太了解。

"明神，KING战队春季赛总决赛的视频有吗？"

"有啊，你要？"

"要，我看看拉面。"

"哦，好的，"明神低头看了看自己在吃的泡面，"一会儿我发你啊。"

童谣坐回椅子上，这个时候陆思诚从她身后经过，听见她管明神要视频，不咸不淡地扔下一句："有时间掰手指数什么时候和升班马打比赛，不如数数自己的直播时间——月底了，又到了大家不当人拼命直播补时间的时候，凭什么就你一脸逍遥快活？"

"升班马怎么了？看不起升班马吗？"

"至少不会掰着手指数什么时候跟他们比赛。"

童谣鼓了鼓腮帮子，拒绝继续跟陆思诚争——今天早上睡醒之后她和陆思诚之间的气氛就有点奇怪，大概是因为昨晚的"同床共枕"之后她这才回过味来，不知不觉就在气势上矮了他一头。

很气。

此时童谣伸长了脖子看了看基地里的其他队友，除了陆思诚这个从头到尾眨下眼睛都能因违反规矩被扣工资的老油条，所有的队员都实力化身打工仔在拼命直播补时间——

难怪今天小胖打排位用语特别文明。

难怪老K和老猫今天双排那么礼貌，简直举案齐眉，相敬如宾。

童谣："我应该没剩多少直播时间了吧？签合同那天都几号了，瑞哥说我这个月时间可以打折扣的。"

童谣一边碎碎念，一边点开自己的电脑记事簿，先懒洋洋地数了数这个月的直播时间，又掏出手机来加加减减——加减完毕后她碎碎念的声音消失了，盯着手机上巨大的阿拉伯数字"42"眨了眨眼，然后不信邪地又算了一遍。

还是42。

在她旁边，刚刚退烧，嗓音还有些沙哑的男人低头喝了口咖啡，目不转睛地盯着自己的屏幕，同时淡淡道："算明白了吗？欢迎来到地狱。"

这一天是五月二十七日，距离本月结束还有五天。

也就是说，在六月来临之前，哪怕童谣天天开直播，她一天也要播够八个多小时，下个月才能避免被扣工资……

而且，上岗的第一个月就被扣工资，这叫什么事啊？

童谣深深地叹了口气，无奈地打开直播软件，准备一会儿打RANK训练的时候顺便播一会儿。

大约不到十分钟，直播间就热闹起来了，一个个粉丝比她还清醒地开始刷屏——

"月末不当人系列。"

"我刚才还在琢磨你准备倔强到什么时候……"

"好烦啊，运营商队全部都在开直播，我看谁比较好啊？两个设备不够用啦！"

"女神我好想你啊！"

"上一次开幕赛打CK战队很帅，我看见了许多你想赢的操作。"

童谣看了一会儿弹幕，跟他们谦虚外加虚伪地聊了一会儿，

第九章

在余光瞥见身边的人唇边勾起的嘲讽笑容越来越清晰时赶紧打住,深呼吸一口气点开了游戏客户端,开始等待系统匹配战局。

没一会儿就排进去了。

童谣在三楼,有优先禁用英雄的权力,她正微微眯起眼考虑这局先BAN个什么玩意儿比较好,这个时候她看见陆思诚一只手端着咖啡杯,另外一只手点开了自己的游戏好友列表看了一眼,然后男人转过头深深地看了她一眼,缓缓道:"阿太在你对面。"

童谣手一滑,BAN了个万年没人用的盗墓。

队友在公屏敲了个问号,童谣赶紧打字抱歉说自己手滑,BAN错了。

陆思诚:"你这心理素质也是没谁了。"

进了游戏以后,童谣选了个时间猎人,不过这已经不重要了,重要的是对方选了个海洋精灵疯狂压她,不到五分钟就压了她快十五个补兵,童谣的日子过得苦不堪言,此时周围还有谁、弹幕说什么她都不在意了,一心一意、全神贯注地打自己的游戏。终于在她五级快升六级的时候,对方先一步到六级的海洋精灵跳上来打了一套顺便发了个大招,童谣健康的血量瞬间告急,转头想往回撤。

"补个兵,马上升级有大招,你们打野也在路上了,可以打,慌什么?"

耳边男人平静的声音响起,童谣慌忙之中下意识平砍了个小兵,在到六级的瞬间放技能定住海洋精灵,然后切进去砍两刀,在定身结束时,手速很快地放大招拉开距离,与此同时己方打野赶到，收了海洋精灵的人头！

击杀提示音响起时，童谣站在自家防御塔下，愣了一下，看着弹幕的一串"这单身二十年的手速""女神棒棒哒"，这才长吁一口气，端起面前的杯子想要喝口红糖水压压惊，这时候才发现，自己端着杯子的手都在抖。

这只是一把RANK而已。

这个细微的动作大概被此时靠在她椅子靠背上的男人看见了，男人嗓音平静且充满当爹的教育女儿的威严感淡淡道："被压了就知道跑是什么东西？不看队友位置，不看自己经验条又是怎么回事？白银选手水准，阿太是当着你的面吃过人还是怎么的？那么怕……"

童谣："你闭嘴，别啰唆。"

敢这样和我们诚哥说话？弹幕刷得更密集了些。

陆思诚停顿了下，良久，淡淡扔下一句："我还是比较怀念昨天你在床上瑟瑟发抖一句话都说不出来的样子。"

说罢扬长而去。

童谣"噗"的一下将嘴里的红糖水吐回了杯子里。

此时弹幕已经被问号取代刷屏——

具体密集到什么程度？

大概就是童谣都看不见自己的鼠标在哪儿的这种程度。

第十章

"我不是……我没有……他不可能——啊啊啊!"童谣"啪啪"地拍桌子,"再打问号关直播了!我跟陆思诚能有什么?对对对,那个ID叫'陆思诚的小媳妇'的,我保证他还是您的小相公,我没玷污他,但是他还纯不纯洁我就不知道了,有种你自己问,反正我是没玷污他……怎么玷污?我腿还没他胳膊长!给你们一吨去污粉,泡一万年再好好说人话!"

童谣直接跟弹幕叽叽喳喳地讨论关于她和陆思诚的可能性。

陆思诚听了一会儿,说了声"我开直播了",打开直播软件,然后童谣直播间的人数以肉眼可见的速度"哗"地少了一半,她长舒出一口气,在桌子底下狠狠地踢了陆思诚一脚。男人单手支着下巴,转过头懒洋洋地瞥了她一眼,然后转过头看自己的屏幕,看着满屏幕的问号和太太粉们撕心裂肺的质问,男人停顿了一下,说:"昨天我感冒,她生理期,打完比赛没参加活动就回来了,其间她要死不活地在床上瘫痪,我能不管吗?死了就没中单了。周日还要打比赛——陆岳没她好用。"

陆岳:"喂?"

陆思诚:"我说她在我床上瑟瑟发抖了?"

然后,世界安静了。

"诚哥你总想搞个大新闻。"

"诚哥温柔哎,人家摔倒了也肚肚痛,要诚哥抱抱才能起来!"

"差点把中午饭倒了,现在觉得自己还能吃两口。"

小粽子毛:"所以诚哥你到底有没有女朋友啊?那么大年纪了就知道冷着脸打游戏,一副不喜欢人类的模样,家里不急吗?"

陆思诚看了一眼:"这个ID叫小粽子毛的人是你朋友啊?"

童谣看了看自己直播间的房管:"你怎么知道啊?"

陆思诚:"全天下不就你说我不喜欢人类?台词太耳熟。"

陆思诚:"矮子,你少造谣,以后我要是真找不着媳妇了,谁负责?"

弹幕开始疯狂地刷"我负责""跳起来举手求负责""我我我"……热闹之中,童谣这边新的一局游戏开了,点开装备面板,买好初始工资装备和血瓶,她目不斜视地说道:"别吵。"

俨然一副合格电竞少女的模样。

CK战队基地这边,简阳抱着膝盖坐在椅子上,手握着鼠标却不打游戏,只是脑袋放在膝盖上,面无表情地用鼠标乱点——从他的电脑里传来女生说话的声音,时不时地说什么"玷污"之类的话,他听了一会儿,似乎有些烦躁,皱皱眉,点了右上角网页

第十章

的"×",将直播间关掉。

基地一下安静了下来。

好运来瞥了他一眼,用手捅捅老王:"这家伙又怎么了?"

老王:"看前女友直播呗。"

好运来:"嚯!"

老王啧啧摇头:"本战队打野沉迷对手战队中单无法自拔,那么喜欢当初为啥要分手啊……我也是不懂了,现在人家去了运营商队,往陆思诚旁边一坐还不是羊入虎口?我要是女的,我也喜欢陆思诚啊!"

蝴蝶转过头扫了眼自家辅助:"你要是女的,你不喜欢谁?"

老王:"你啊!我就嫌弃你。"

蝴蝶冷笑一声。

好运来:"下路二人不和,打野沉迷别队中单,本队要完。"

老王:"话不能这么说,上一次打运营商队被暴揍不是阳神的锅,那天他发挥还是不错的,至少我觉得和运营商队的打野五五开吧……"

几个人七嘴八舌的讨论之间,简阳关了电脑站起来,转身走出基地,剩下一基地队友突然沉默,而后面面相觑。

他们不知道其实简阳出去以后,就一脸烦躁地跳上出租车,直接往ZGDX战队基地去了。

只是到了地方他没敢直接去敲门,又在附近的酒吧磨蹭了一会儿,直到太阳落山、夜幕降临,他这才从酒吧起身往旁边的小区里走,被门口的保安拦住就说自己找人。

保安问他找谁,让他给那人打电话。简阳摸了摸口袋想拿出手机,突然想起自己被拉黑的事实,笑了声说自己没带,最后是借保安的手机打的电话。电话铃响了两声被人接起来,对面响起他熟悉的声音——

"喂,您好,请问哪位?"

对于陌生号码礼貌且生疏的询问,语气却是温柔的。

简阳抓着手机沉默了,对面又"喂"了两声,嘟囔着"奇怪,不说话",此时从她的不远处传来冷淡的男声,说"不说话就挂了,你兵线进塔了看见没",童谣惨叫一声。

简阳笑了笑:"谣谣,是我,我在你基地门口,你能不能出来?"

电话那边一下子沉默了,良久,童谣换了个语气:"你在哪儿?我基地门口?"

"嗯,"简阳用可怜得像是小狗的鼻音嘟囔道,"保安不让我进去,我在院子门口。"

过了一会儿,当简阳几乎以为自己会被拒绝时,他听见电话那边童谣嘟囔着"现在的人都有什么毛病",大概是站了起来,因为听见了椅子挪动的声音。过了一会儿,她又往某个方向叫:"陆岳,你过来帮我打完这局,我突然有点事要出去下。"

简阳双眼亮了亮,心跳加速了。

他挂了电话,将手机还给保安并乖乖说了声"谢谢",然后塞了二十块钱给人家当话费。那保安看上去挺开心的:"女朋友出来接你了?那你进去吧,天都黑了,别让她走远了。"

简阳道过谢往基地里走。

第十章

而此时的ZGDX战队基地里。

"谁喝酒跑来我们基地？"陆思诚问。

童谣套上外套："简阳。"

此时童谣关了直播，陆思诚的还开着，弹幕上一堆"我说阳神怎么突然关直播了""诚哥我估计就是你那一句床上瑟瑟发抖闹的，你的锅"。

小粽子毛："恕我直言，在座的各位都不会抓重点，重点明明是电竞白蛇传出续集了。"

说完，小粽子毛退出了直播间。

陆思诚瞥了一眼弹幕，让他出去听八卦的也有，让他出去搞破坏的也有，最损的是建议陆思诚等一会儿待他们两人谈得情到浓时，借口买东西突然出现并强行打扰，最好说自己没带钱找童谣借，让她干点别的事冷静冷静，别一个感动又被CK战队的打野拐走了。

陆岳："'否则以后CK战队打野和运营商队中单在比赛里给你们表演一波中野联动就惨了'，咦？这弹幕说的是啊。"

陆思诚："闭嘴。"

此时基地玄关传来门打开又关上的声音，陆思诚抬起头看了一眼，随即收回目光，面色平静得像是刚才什么也没发生，即便发生了什么也跟他没多少关系一样。

这边，童谣走出基地，经过隔壁战队时发现隔壁战队的栏杆上趴着个前排八卦群众。今阳身穿黑色修身长裙，一头长发飘飘，远远看去下半身完美融入夜色，就像是只有一颗脑袋挂在栏杆上，童谣一扭头差点吓得坐在地上——

童谣:"干吗你!"

今阳嘻嘻笑道:"就来提醒提醒你,说好了的,好马不吃回头草,绝不和电竞选手谈恋爱。"

童谣:"你还说再和艾佳和好就吃屎呢,现在吃了几大吨了?行了行了知道了,哎呀,不和好,我对他没想法了,和好什么啊!他喝醉了跑来,我得把他弄回去啊,不然CK战队打野死在来ZGDX战队基地的路上,这说出去影响多不好?"

听童谣说完,今阳马上露出满意的表情,脸上的不正经稍微收敛了些,她停顿了下,问:"要不要我陪你去啊?"

童谣:"你以为去打架吗,人多就能赢?"

今阳:"要打架的话我会建议你带上律,小哥哥打架挺帅的。"

童谣上前踮起脚,拍了拍那挂在栏杆上的脑袋:"滚。"

今阳"哎呀"一声后退,这时童谣远远听见有人叫了声"谣谣",她停顿了下转头看去,发现身穿CK战队夏季赛队服,身上随便披了个外套的人正站在路灯下。她犹豫了一下,再转过头,发现刚才还挂在栏杆上口口声声问要不要陪伴的人已经消失得影子都没有了。

口袋里的手机振动了下。

阿毛它娘:"说好的好马不吃回头草,你要是敢乱来,我就跟你们队长告状说你早恋了!I'm monitoring you(我在看着你)!"

第十一章

童谣一路小碎步跑过去,来到灯光下那人跟前的时候来了个紧急刹车,没等简阳开口,她率先问:"你跑来这儿干吗?"

简阳双手塞在口袋里,面色阴沉,正当童谣以为他又要开口教育人时,站在她面前的人突然伸出手,直接把她抱起来了。

童谣还没反应过来发生了什么,瞬间脚跟就离地了,她一脸茫然,鼻子撞到了简阳的肩膀上,后者呼哧呼哧炙热的呼吸就落在了她的肩膀上。

童谣一脸问号。

在童谣身后,YQCB战队基地里有人"哎哟"叫着震惊咆哮,树丛晃动,基地院子里种的小葱被某人的高跟鞋踩死了一片,那人飞快地冲回基地,在YQCB战队中单艾佳"干啥?哎哎哎,你个婆娘还给不给人隐私了"的哀号中一把抢过了他的手机。

三分钟后。

ZGDX战队基地里,正面无表情打游戏的男人放在面前的手机屏幕亮了亮,他低下头看了一眼——

YQCB艾佳:"一个来自不知名路人的举报,贵队中单越轨早恋,疑似欲向HPL另一强队出卖贵队情报,恳请队长出击,就地正法!HPL是梦想之地,不允许藏污纳垢和黑暗交易,绝不容许姑息养奸!"

YQCB艾佳:"他们抱上了!我家童谣初吻还在,捂了那么久的好东西不能让猪拱了!"

YQCB艾佳:"闻者心痛,听者流泪!"

陆思诚抽了抽嘴角,没理。

又自顾自地打了一会儿游戏,男人突然开口问旁边美滋滋地坐在童谣的位置上直接用她的号打王者局的陆岳:"有烟吗?"

"什么?"染着绿毛的少年瞥了一眼身边那与他眉眼相似的人,"我戒了啊,你不是知道?"

"哦。"

"你也戒了得了,这几天没看你抽烟不也好好地活着吗?咳嗽还抽烟,有毛病啊?我要是跟妈告状了,看她瞬间飞来上海制裁你——再说你自己不是有?"

"没了啊。"

"乱讲吧?你那个招财猫存钱罐后面——"

陆岳一边说,一边撅起屁股伸长了手指要去碰陆思诚放在桌面上的存钱罐,结果指尖还没碰到,手背就被打了一下,他"嗷"了声缩回手,瞪着行凶之人,后者眉目平静:"别乱碰,上次被小瑞看见我从那儿拿烟之后,我是傻子才继续往那儿藏。"

第十一章

陆岳嘟嘟囔囔地缩回手坐回椅子上。

陆思诚想了想又说:"给你钱你去买?"

陆岳:"你别想一出是一出,当我三岁小孩啊,还要给当爹的去跑腿?"

陆思诚:"打比赛的时候我就是你爹,你问问弹幕服不服?"

弹幕十分配合地"服服服""就知道欺负我们律律""要跟我婆婆告状的小舅子好萌,么么哒"……

陆岳翻了个白眼:"要买自己去啊,反正我不去。"

陆思诚想了想,然后答道:"哦。"

陆岳闻言一愣,忍不住转头看了他一眼,长江水倒流,黄河水清澈见底啦!这人今天怎么这么好打发?

门外。

ZGDX战队基地门前。

童谣踮着脚被人死死搂在怀里,感受不到少女漫画里的浪漫,只感觉自己的腿都快断了,她一只手放在简阳的肩膀上拍了拍:"咋回事啊你?你先撒手。"

话音刚落,就感觉那抱在她腰间的手收得更紧了些。

"你和陆思诚真的好了?"简阳的声音听着郁闷。

"你就为这事打车穿越大半个上海?你知道上海有多大吗朋友?好什么好,他后来不是直播解释了吗?"

"那为什么要说那些暧昧的话带节奏?"简阳委屈道,"贴吧现在到处都是说你俩的,说你们在一起了。"

"队友之间开开玩笑……算了，"童谣像条泥鳅似的身子一弯从他怀里钻出来，"我干吗和你解释这些？你今天又跑来发什么疯？简阳，我还以为之前说得挺明白了。"

简阳吸了吸鼻子，退开了些，蹙眉道："你说明白什么了？"

"咱俩算了。这样，"童谣小心翼翼地扫了眼简阳，看他眼眶微微泛红，踮起脚拍拍他的脑袋，像是在安抚一个臭小孩，"其实你也没那么喜欢我，真的，就是太久不见闹的——你看过去一年，你打你的职业，我在国外读书，咱们也是井水不犯河水，怎么我一回国你就又来劲了呢？"

"你不能就这么判我死刑，那次骗你是我不对，我就是害怕你想多才不敢告诉你……我和那些'公主'什么都没做，当时喝醉就直接回去了，你可以问问好运来他们。"

"正常的剧本难道不是酒后乱来？"

"那都是电视剧骗人的。"

简阳无奈地笑了笑。

童谣一时也不知道说什么好，能说什么啊，"那惨了，虽然是误会，但是我确实不喜欢你了？"哪能出于"同情"或者"弥补一下当年的遗憾"这种理由就稀里糊涂又在一起啊？

"谣谣，再给我一次机会，好不好？以前你不打职业，对打职业的深恶痛绝——现在你自己也在这个行业，你也知道平常有多不容易，生活曝光在媒体和粉丝的眼皮之下，想要保护好喜欢的人真的很难……"

赛场上，那个意气风发的年轻打野，此时正站在路灯下，半

第十一章

个身子隐藏在阴影中。他低着头,那双深色的瞳眸因为泛着水光异常明亮,他眉眼温顺,小心翼翼地握起面前那人的手。

"我想你,我太想你了,我做梦都希望有一天我们能一起去S系全球总决赛,到时候你坐在台下看着我打比赛,看着我捧起那个奖杯——"

童谣动了动嘴角,正想说你醉了,突然感觉到身后好像有一束目光在自己的背上燃烧起来,她虎躯一震,回过头,一眼就看见身后的阴影中站着个高大的男人。此时与童谣对视上,他神情平静地上前道:"买烟。"

童谣:"你不是咳嗽?还抽烟?"

陆思诚:"关你屁事。"

他走到童谣跟前,低头看她:"没带钱,身上有零钱吗?回去给你。"

此时童谣的手还在简阳的爪子里。

童谣"哦哦"两声,连忙将自己的手抽回来,然后掏了掏口袋,掏了一大把零钱出来胡乱塞进面前的大手里,陆思诚看着那一堆乱七八糟的钱,眼角跳了跳,但是也沉默地收下了。

他将那一堆钱塞进口袋里,面无表情道:"你们继续。"

说完往前走,走了两步像是想起来了什么似的停下,又倒退回来——

"你们俩谈情说爱我没意见,但是我觉得还是要稍微提醒一下——第一,S6这个矮子确实要去,但是她自己要打比赛,估计没空坐在下面看你们战队打比赛;第二,今年那个奖杯恐怕早就刻好ZGDX战队的名字了,冠军皮肤我就选灵魂射手卡莉。"

陆思诚:"说完了,这次你们真的可以继续了。"

男人说罢,拍拍简阳的肩,抬脚,头也不回地扬长而去。

第十二章

被陆思诚这么打了个岔,还能继续往下煽情的那都是神仙。童谣半推半赶地把简阳送到小区门口,简阳还不肯走,非要亲眼看着童谣把自己从各种社交软件的黑名单里放出来才稍微妥协。

童谣低着头,将简阳从各种黑名单里一个个放出来,手机的荧光照在她的脸上。在她一个个摆弄社交软件的时候,简阳就斜靠在路边的栏杆上,低着头看她操作。

"没了吧?"童谣最后删掉了手机拒接黑名单,晃了晃手机,"以后你别再说奇奇怪怪的话,不然我还把你放回去。"

"奇奇怪怪的话是哪种?"

"求复合、让我看你发光发热之类的。"

"哦,"简阳应了一声,从童谣身后越过她的肩膀,指了指她的手机屏幕,"校内的黑名单给我弄出来了没?"

童谣无语地笑了,抬起头道:"有毛病啊?现在哪个原始人还用校内——"

但话还没说完,那原本越过她肩膀的手臂便落在她的肩上,稍微使了些力道将她往后拉了拉,童谣被拉了个措手不及往后倒去,同时感觉到身后的人低下头来,那人柔软冰凉的唇落在她的脸颊上。

童谣微微愣怔两秒。

而此时简阳已经放开了她,假装什么都没发生似的站直了,挥手拦下经过的出租车,打开车门时停顿了下,似乎是终于忍不住转身瞥了眼还呆兮兮地站在路边的人,淡淡道:"我回去了。"

"嗯?"童谣点点头,"哦。"

车门关上,简阳走了。

童谣目送那辆车渐行渐远,低下头看了看自己的手机,最后抬起手用手背擦了擦自己的脸,她眨眨眼,心中也说不上是什么感觉——但是她就是有一种预感,这一次将简阳从黑名单里放出来,以后她可能都不会再拉黑他了,而简阳大概也不会再莫名其妙跑来跟她说些有的没的了……

都过去了。

曾经老死不相往来的人能再面对面平静地说话,大概已经是两个人最好的结局了。

童谣想了想,将手机揣回口袋里,转身正想回基地,结果被身后不知道什么时候站着的家伙吓了一跳——他穿着T恤、短裤外加人字拖,外面却套了一件黑色的风衣,这诡异的搭配穿在他身上却挺好看的。

见童谣被自己吓得连连后退两步,陆思诚伸手拽了她一把,让她免于跌到马路上被车碾成肉饼。见童谣在路边站好,他松开手,童谣心有余悸地问:"你什么时候来的?"

"刚刚,"陆思诚说,"你们和好了?"

"没有。"

"那他亲你干吗?"

童谣稍微红了脸:"一个友谊之吻。"

陆思诚盯着童谣看了一会儿,面无表情地说道:"当我是三岁小孩啊?"

男人说完,微微扬起下巴,转身往小区方向走,童谣停在原地几秒,赶紧跟上陆思诚的步伐——男人走得很快,他走一步童谣就要走一步半,所以到了最后,童谣几乎像是一只兔子似的小跑着蹦跶在他身后。

"队长。"

"嗯。"

"你来干吗的?"

"买烟,不是告诉过你了吗?"陆思诚从口袋里掏出自己刚买的烟,还有他的钱包。

童谣挑起眉:"你不是没带钱?"

"钱包里面就有钱吗?"陆思诚一脸自然地将钱包又放回口袋里。

童谣"哦"了声,想想也是,她钱包里也是经常就剩一两块钱——不出门嘛,出门也是用各种软件直接给钱,现金好像用得反而少了。她看着陆思诚塞回口袋的香烟:"你这两天咳嗽都没抽烟啊，我还以为你准备趁机戒了。"

"我现在没事了。"陆思诚说完，然后停住脚步，又咳嗽了一声。

陆思诚假装什么都没发生似的继续往前走，童谣跳着跳着绕到他前面去，盯着那张死人般的面瘫脸看了一会儿："我怎么觉得你是出来搞破坏的？是不是今阳跟你说什么了？"

"没有，搞什么破坏？破坏谁？你凭什么这样说？"

"少女的第六感。"

"你这种迟钝得像大象的人没这种东西。"

"那你手机给我看看。"

"想看我手机？"

"是啊。"

"给你点个蹿天猴你上天吧，"陆思诚冷笑，"能耐得你。"

嗯，队长还是那个队长，童谣的勇气到这里就差不多用光了，她悻悻地摸了摸鼻尖，没敢再顺杆往上爬。这时候她已经跟随着陆思诚一路飞奔的脚步回到了基地门前，两个人一前一后地挤着进了门。坐在童谣位置上的陆岳百忙之中抽空伸脑袋看了一眼："怎么是你俩一起回来了？矮子，你家阳神呢？和好了吗？还是你拒绝了阳神顺便和我哥在一起了？"

"碰巧遇见了，阳神回去了。和好个屁。和你哥在一起个屁。"童谣懒洋洋地回应着，脱了鞋穿上自己的家居鞋，"我还想多活几年，所以坚决不和选手谈恋爱。"

"女孩子能不能斯文点？"

"不能。"

童谣一边说着，一边往自己的电脑那边走，走到陆岳身后瞥了眼电脑，看他正在打排位，用了个妖姬打出1击杀12死亡7助攻的成绩也是没谁了，童谣嗤笑一声正准备走开，突然发现好像哪里不对，倒退回来弯下腰眯起眼，仔细看了眼电脑屏幕，童谣尖叫一声，一把捉住陆岳的耳朵——

"陆岳！你又拿我的号作死！"

"你撒手，我马上就起飞了，这局能赢！"

"能赢个屁！我看不到你想赢的操作！"

两人争执之间，对方中单在公屏打字，韩语，意思是："你说你是smiling？呵呵呵。"

童谣一巴掌捂住自己的眼睛："脸都让你丢光了，妖姬是你这么用的吗？QRWE，平砍A，挂灼烧,Q，看！这不就死了吗？"

"我刚才正准备这么用的，你不说话他一样要死。"

"你正准备个屁。"

在两个人你一言我一语的争执中，陆思诚倒了杯水从他们身后路过，扔下一句"吵死了"坐回自己的位置，脱下风衣挂在椅子上，摆弄了下自己的鼠标和键盘。童谣用余光看见陆思诚的电脑屏幕上飘过一堆白字，愣了愣："你还开着直播啊？"

"混混时间。"

陆思诚说着看了眼屏幕，在看到有个吃瓜群众发的"他们没和好，哈哈哈！太好啦"的弹幕时，男人嗤笑了一声，将崭新的一包动都没动过的香烟掏出来扔在桌子上，自己向后靠去——

"有观众说ZGDX战队多了两个小学生，真是抬举你们了，撑死了幼儿园大班。"

在陆思诚慢吞吞的转述中,童谣正揪着陆岳的耳朵教他用W位移技能切对方后排的小脆皮。他说完,他们正好靠着最后一波团战,陆岳秒了对方的ADC,成功地打赢团战,拿下远古龙,冲上对方的高地赢得了本局比赛。陆岳叹息道:"讲道理,这把MVP是不是该给我?"

"给你个2/12/11的妖姬,当系统眼睛瞎的啊?"童谣踢了他一脚,"你给我起来,自己没电脑?"

陆岳慢吞吞地站起来,童谣立刻用屁股怼开他,在自己的座位上坐下。陆岳踉跄了一下,翻了翻眼睛在一旁站好,伸了个懒腰,余光瞥见陆思诚放在桌面上的那包烟,停顿了下,问:"你买了又不抽?"

陆思诚:"突然不想抽了。"

童谣:"他本来就不是去买烟的。"

童谣一边说着,一边放开鼠标,然后以迅雷不及掩耳之势抓过陆思诚放在桌面的招财猫存钱罐倒过来摇了摇,稀里哗啦的钱币响声中,两三根香烟被倒出来。

"喏,"童谣将存钱罐一放,"这都还有。"

陆岳看向陆思诚。

陆思诚神色淡然:"基地里待久了想出去散步,不行?新鲜的空气有助于缓解病情。"

陆岳:"我信了。"

陆思诚看向童谣:"本队目标是今年S系总决赛,拒绝早恋,拒绝通敌叛国。"

童谣:"哦。"

陆思诚扭回脑袋,此时电脑上的弹幕是——

"呵呵,红红火火恍恍惚惚!"

"一本正经的队长也很帅,哈哈哈哈!还要管队员早恋真的辛苦你了!"

"哈哈哈哈!你还真出去搞破坏啊?阳神知道了下回比赛得住在下路……"

"贵队上野两位仁兄不是天天都在谈恋爱发糖、缠缠绵绵翩翩飞?还是同性别不在禁止范围内啊?"

"我信了!"

"不管怎么样,你替我守护了我女神的纯洁这一点我是感谢你的,等我充钱给你送个礼物!"

"诚哥你为什么那么坏……"

陆思诚看了一会儿,然后面无表情地问:"嗨够了吗?我关直播了。"

三秒后,所有蹲在设备后的观众发现屏幕变成了一片漆黑,于是各种兴高采烈的调侃没有了,ZGDX战队成员的直播间再次被问号刷屏占据。

其中一位粉丝忍无可忍地发出了来自内心的呐喊——

小粽子毛:"你不心虚你关什么直播!"

陆思诚点了点鼠标,淡定地将她拖进了直播间禁言名单——这是连在他直播间发小广告的广告君都没有的贵宾级待遇。

第十三章

阿毛它娘:"我被诚哥拉黑了,哭哭脸,要小姐姐抱抱才肯从地上爬起来。"

ZGDX smiling:"你就在地上躺着吧。"

阿毛它娘:"哈哈哈哈!我居然被诚哥拉黑了,你敢信?这个对刷小广告的人都会说'大家都不容易,你要刷就刷'的人居然拉黑我了,怎么办?我好开心!"

ZGDX smiling:"不是很懂你们这些粉丝在想什么,主子变态,粉丝也跟着变态?"

阿毛它娘:"你以前也是诚哥的粉丝啊,朋友!"

ZGDX smiling:"远香近臭听过没?现在不了,我决定还是一心一意做大王的粉丝就好。"

阿毛它娘:"那个面瘫。"

ZGDX smiling:"并不,我们大王看女团表演的时候笑得可灿烂了。"

阿毛它娘:"诚哥呢?"

ZGDX smiling:"随时随地面瘫以及刻薄脸,算了吧,害怕。"

阿毛它娘:"你这话里充满了优越感。"

优越感啊……有吗?

握着手机的少女抬起头默默地瞪着天花板看了一会儿,得出结论:这是来自好友的诽谤。冲着她连续发了几个白眼的表情,童谣放下手机继续看iPad里下好的KING战队在今年次级联赛春季赛总决赛的视频,时不时按下暂停,针对对方队员的一些小小习惯做一些笔记——

不光是记录对方中单选手的习惯和行为,她还会记录对方打野的GANK路线。一般来说,三条线上情况多变,但是野区的野怪资源却是固定的,所以每个打野都会有自己的一套刷野顺序习惯,抓住他们的习惯,对防止被抓和防止本方野区资源被入侵会有很大的帮助。

比如KING战队的打野,可能他自己都没有察觉,在刷完第一组野怪后,他通常会有很大的概率出现在中路抓一波,抓得到就抓,抓不到就骚扰一下对方的中单然后回城。

这就是选手的个人习惯。

童谣咬着舌尖,在小本本上记录下对方的刷野路线,三级前刷自家野区,四级靠河道蟹升级,然后入侵敌方野区石头人……想了想,童谣又写上"此处应该有反蹲",扔开笔,继续看比赛视频,这时她的手机屏幕又亮起——

阿毛它娘:"那你觉得你和诚哥到底是怎么回事?那天他那个

谜之床上宣言怎么解释？就算是开玩笑那也……你都不知道，之后贴吧、微博到处都狠狠带了一波你们的节奏，今天他又这样。"

ZGDX smiling："今天他又咋样？"

阿毛它娘："阻止你和简阳和好啊！"

ZGDX smiling："大概是真的不想让我因为恋爱之类的事分心吧！我们队里好像也没有哪个人有对象，哪个人不是漂亮女粉一大堆？"

阿毛它娘："隔着屏幕嗅到了虚伪。"

阿毛它娘："你真觉得陆思诚这么做只是为了队伍的成绩？"

ZGDX smiling："我们队小哥哥们的女粉都很多，诚哥的女粉更要用卡车一车车拉才能拉得完，而且他家境好，人帅，钱多，他要是看上我，那毫无疑问是被我下蛊了——古人说，门当户对，他看上的也应该是身高貌美气质佳的大家闺秀。"

之前算虚伪的话，那现在这是实话。

阿毛它娘："也不用那么自卑，你挺好的。"

ZGDX smiling："不知道为什么你这一本正经地安慰我的语气让我特别想拉黑你。"

阿毛它娘："宝宝就是身高貌美气质佳啊，最气的是我老爸还很有钱，去年'双十一'大家都在抢购微博半价会员，我买了辆玛莎拉蒂。"

ZGDX smiling："不妨碍你们阿毛它爹是个傻子。"

阿毛它娘："说得也对，人生败笔，当成做善事攒人品好了，下辈子我老公能帅过男明星都是这辈子积攒的人品。"

和闺密的少女私房话时间结束,童谣扔开手机,认认真真地把在看的这一局比赛看完,打了个哈欠关上iPad,爬进被窝里又就着床头灯将手中的笔记本新记的内容复习了一遍,然后才合上笔记本关灯睡觉。

闭上眼睛时,童谣原本是想在脑子里再过一遍KING战队众位置的个人习惯和他们的打野路线,奈何想着想着今阳"你真觉得陆思诚这么做只是为了队伍的成绩"这样的声音不绝于耳……

一个男人为了阻止一个女人和另外一个男人在一起,找尽了借口搞破坏?

说不想歪,那是假的。

事实上,有那么一秒她已经在脑海中与陆思诚完成了告白、交往、求婚,正要步入神圣殿堂,想象她老爸将她的手交到男人那修长、漂亮且戴着白色手套的手中——

她身着纯白婚纱。

他身着笔挺黑色礼服。

礼堂钟声响起,亲朋好友祝福……

嘻嘻嘻嘻嘻。

少女掀起被子捂住脸——

要不怎么说少女情怀总是诗?意淫一下又不犯法(白眼)。

周六,抓紧时间和隔壁战队打了局训练赛,虽然赢了,但是赢得并没有第一次那样轻松,对方似乎要把"野辅双游"技术发挥到极致。打个比赛,在前期对线期,童谣至少见过四五次对方辅助从中路路过。

YQCB战队进步飞快,这让童谣不得不对HPL剩下的十一支队伍中的任何一支都不敢掉以轻心,鬼知道经历了短短的转会期的人员变动以及状态调整后,其他队伍到底变成了什么模样。

周日下午一点是和KING战队的常规赛,童谣大清早就爬起来抓着她的笔记本在客厅翻看,上面记录了所有KING战队选手的习惯。明神拿着早餐从她身后路过看了一眼,然后挑起眉:"你自己做的笔记啊?"

"对,"童谣头也不抬道,"知己知彼,百战不殆。"

"可以,这很勤奋。"明神赞赏地拍拍她的头,"原本这种事应该是数据分析师和教练来做的,但是因为是常规赛刚开始,而且对方是升班马,小瑞让我们不用忙活……"

"不能因为对方是升班马就看不起人家。"

"嗯,"明神笑了笑,"不是看不起,是因为有更强的队伍需要我们去面对,光一个脱胎换骨的YQCB战队,要做的分析就已经很多了。"

童谣闻言稍稍向后仰头去看明神,果不其然在其脸上看见了黑眼圈,而此时他手里的早餐种类里也包括了一杯黑咖啡……大概是昨天晚上打完训练赛以后,队员因为今天有比赛早早去睡了,而明神则整理训练赛资料和数据弄到很晚吧。

两人对话之间,陆思诚和陆岳前后脚下了楼。陆岳嗅嗅鼻子,来到明神旁边,直接将他做好的咖啡端走喝了,在明神"要喝自己去弄啊"的抱怨声中,陆思诚从后面抽走了童谣的小本子——

童谣:"喂!"

陆思诚:"'如果率先抢到三级,ADC上来强压一波的概率为85.37%'……唔,这种小数点哪来的?"

"干吗随便拿人家的本子?万一是少女的日记怎么办?"童谣站在沙发上一把抢回笔记本,"小数点当然是看了好几十场比赛算出来的!"

"你看了好几十场次级联赛的比赛?"陆思诚跟着她重复了一遍。

童谣扬起下巴:"对啊!"

陆思诚沉默了一下,问:"你很闲?"

童谣叉腰:"你们怎么这么膨胀?当心今天翻车!"

陆思诚"哦"了一声,揉揉耳朵说着"叫那么大声干吗"走开了,打算去厨房弄点吃的,回过头看着赤脚站在沙发上的人还瞪着自己,他又绕回来,与站在沙发上可以和自己平视的人对视:"肚子不痛了?"

"啊?什么?"童谣举着本子一脸没反应过来。

"比赛的时候别又嚷嚷着要上厕所,"陆思诚将手中的热牛奶塞进她手里,"喝了,然后从沙发上下来,站那么高做什么?"

说完转身离开,去整理自己的外设包。

童谣端着牛奶站在沙发上定格了一会儿,然后"唰"的一下坐下,盘腿坐在沙发上"咕噜咕噜"将牛奶喝了,放下杯子跑到陆思诚身后:"哪有人会生理期痛个四五天,那还要不要活了?"

"哦,"陆思诚头也不回地说,"穿鞋,地上凉。"

第十三章

童谣低下头看了看自己光溜溜的脚丫子,又回过头看了看摆在沙发旁边被她遗忘的家居鞋,愣了愣,身手灵活地跳上自己座位前的椅子,将鼠标、键盘都拔下来,顺手塞进靠着椅子放的外设包里。

而明神在端早餐给陆岳的时候,顺便替她将她的鞋子一路踢了过来。

童谣背上外设包,穿好鞋子来到玄关,伸脑袋往外看了一眼,拉他们去比赛场地的大车已经在门外等候。这一次童谣的心情稍微比第一次开幕赛时平静了些,她低头脱了家居鞋穿上人字拖,然后一路小跑地爬上车。

在大巴车里随便选了个位置坐下,不一会儿其他队友也陆陆续续上车了,陆思诚最后一个上来,经过童谣时他停顿了下,然后身体微微后倾:"矮子。"

"嗯?"正在玩手机的童谣头也不抬。

"你那个少女日记本我看一眼。"

童谣一脸惊恐地抬起头:"你干吗要看我日记本?"

"KING战队的数据分析。"陆思诚看上去有点无语。

"哦哦,"童谣从口袋里把自己的小本本掏出来交给陆思诚,"不是说因为不是强队所以不用特意看吗?"

"做都做好了,看看又何妨?"

陆思诚接过那个粉红色的小本本,冲着童谣摇了摇,而后走到最后一排认真翻阅去了。童谣趴在椅子靠背上盯着男人看了一会儿,直到他翻过第一页,头也不抬地说"再盯着我看就滚下车",

那放在靠背上的脑袋才"嗖"的一下消失在座椅靠背后面。

大巴车开出基地时大概是上午十点。

整个车内还陷在昏昏欲睡的状态中。

老猫用衣服盖着脸呼呼大睡，小胖脑袋耷拉着，也是半梦半醒的状态，童谣缩在椅子上用微信跟人家闲聊，而老K则坐在老猫旁边打手机游戏，打到一半被陆思诚叫到最后一排，于是围观童谣做的小本子的人从一个变成了两个。陆思诚低声与老K讨论的声音从最后一排传来，其中还夹杂着几声低低的咳嗽，童谣原本还竖着耳朵想听他们在说什么，到了后面听着听着也被车上的气氛传染得昏昏欲睡，然后就抱着手机睡着了。

老K照着本子上一个个字念："'刷完第一组野怪后，很大概率会出现在中路抓人，抓得到就抓，抓不到就消耗骚扰一下对方的中单然后回城'——'此处应该有反蹲'……这什么鬼？"

陆思诚单手支着脑袋，破天荒地轻笑了声："就是叫你反蹲啊，看不懂？"

老K眨眨眼："看不懂，这个数据分析师……干吗老在资料里强行给自己加戏？"

陆思诚懒洋洋地"嗯"了声，看了眼不远处抱着手机正小鸡啄米的人，当车子颠簸了下，她整个人抖了抖，猛地睁开眼，像只狐獴一样伸长了脖子，满脸都是"我是谁？我在哪儿？这里发生了什么？"的茫然。

男人垂下眼，长而浓密的睫毛遮挡住了眼中更深的笑意："因为她天生戏骨一身戏。"

第十三章

这一天ZGDX战队对战KING战队的比赛可以说是非常顺利。

当所有人都觉得这个擅长拖后期打逆风局的战队说不定有机会给ZGDX战队一个惊喜的时候,却发现ZGDX战队果然还是屹立不倒——整个比赛的过程中,KING战队的打野动向就像是已经被摸清,每一次的蹲人必定会有老K在他身后神出鬼没地出现。

还有在野区资源上的勾心斗角。

第一局游戏开始,老K选择自家红Buff开局,红Buff刷完,就刷另外一组被称作F4的四只小鸟野怪,此时ZGDX战队上半野区的野怪还有个石头人。

老K从F4转去刷下半野区的蓝Buff和三狼,刷完之后,直接放弃了下半野区的鲶鱼,又转头回到上半野区。

此时KING战队的打野四级,老K只有三级。

解说A:"不打鲶鱼是什么道理?鲶鱼要留给诚哥吗?"

解说B:"但是他的等级已经落后了啊!诚哥在线上是压着KING战队的下路组合打的,还让资源,这就没道理了!"

当所有人都以为老K这边刷野速度落后是决策失误时,却发现他回来以后,直接在自家上半野区的石头人附近抓住了想要前来入侵野区的KING战队打野!

对方看见老K居然这个时间点出现在这里守自家野区资源,很显然是狠狠地愣了愣,试探性地上来平砍了下后就直接往后撤。

而此时,在他身后,中路的童谣已经一声不响地摸了上来,直接堵住他的后路,配合老K击杀了贸然进入敌方野区的KING战队打野!

一血！

在观众席的一阵欢呼声中，KING战队打野狠狠摔了下鼠标："他们中单不见了你怎么不说？！"

"我怎么知道啊？我看着她把兵线推过来后撤，以为她回城了，"KING战队中单听上去也很震惊，"谁知道她是去抓你了，她怎么知道你打完河蟹以后会去入侵野区啊？正常情况下，老K难道不是应该打完鲶鱼才回来打石头人吗？这群人开挂了吧？"

在KING战队鸡飞狗跳、节奏全乱时，主动权完全掌握在了ZGDX战队的手里。

接下来，因为打野的路线似乎已经完全被ZGDX战队掌握，KING战队打野连续两局游戏都是毫无作为，眼睁睁地看着ZGDX战队直接在线上就以实力碾压自家队伍，然后凭借三条线的优势，在前中期就稳稳地拿下比赛，连给他们拖后期的时间都没有，更别说什么逆风局翻盘。

比赛结束，队员握手致意，KING战队队长，也就是他们的打野，一脸悻悻道："没想到你们战队连次级联赛战队的资料都会研究，真的很强，很精彩的比赛。"

陆思诚闻言笑了笑，扬起下巴点了点走在他前面，认认真真跟每一个对手握手还鞠躬的矮小身影，淡淡道："是我们中单，她看谁都很强。"

这时，走在前面和所有人握手完毕的童谣停顿了一下，回过头，目光正好与陆思诚相对。

走到前面向观众鞠躬完毕，众人回头收拾外设，她追着陆思诚问:"你是不是在和谁讲我坏话?"

陆思诚:"你有被害妄想症啊?"

童谣嘴角抽了抽还想说些什么,这时有工作人员叫住陆思诚,要对他进行本场比赛MVP的采访,陆思诚指挥小胖替自己收拾外设包,自己往采访区走去。

采访区前面的那一排观众席上早就站满了等待着他的粉丝。看着陆思诚走近,每个人都高高举起手中的相机。童谣见这架势,也放慢了手上的动作,有些好奇地往采访区那边观察——

主持人:"恭喜ZGDX战队,恭喜Chessman顺利拿下HPL夏季赛小组循环赛第一场比赛!此时此刻,你有没有什么想要对粉丝说的呢?"

陆思诚:"感谢大家一路支持,夏季赛也会全力以赴。"

话音刚落,一片尖叫声响起。

蹲在电脑后面拔鼠标的童谣冒出半个脑袋,一脸问号。

主持人:"诚哥也是很关爱粉丝们的,那么我想请问一下,对于这一场比赛对战次级联赛升上来的升班马,ZGDX战队作为传统强队却显然准备充分,这让人大吃一惊,ZGDX战队是出于什么才这样做的呢?这是否是成功的秘诀?"

陆思诚:"不是。"

陆思诚:"是我们中单,看谁都很强,稍微怠慢哪个队伍就会说我们膨胀——今天早上出发之前,还站在沙发上大声宣布今天的比赛我们会翻车。"

陆思诚说得太有画面感,观众席的粉丝哄笑声一片。童谣从电脑后面狠狠拔下自己的键盘线,冲着采访区翻了个大白眼。

主持人:"看来我们诚哥和我们ZGDX战队的新中单相处得很不错。"

"嗯,"陆思诚应了声,"就那样吧,也不是很熟。"

说话间,余光看见选手席那边,一个矮小的身影从一排电脑后面冒出来,她狠狠地将外设包甩到背上,看看好像在对什么生气似的原地跺跺脚,一撩头发转身离开了。

等那个身影消失在选手通道,陆思诚垂下眼,掩去眼中淡淡的笑意补充道:"但是她很强,态度也很认真。作为队长,我很高兴能拥有这样的队友。因为她的加入,今年夏天ZGDX战队会变得比以前更强。"

第十四章

童谣背着外设包,踢着正步走进选手休息室,所有的人包括工作人员都已经收拾好东西准备走了,听说下一场要用到休息室的DQWL战队已经在来比赛的路上了。

小胖问童谣怎么这么慢。

"键盘线和电脑线搅在一起了,我弄开用了点时间。"童谣顺手将他们中午吃的饭盒扫进垃圾袋里,"这个也带走啊!"

"哦哦,哎呀,差点忘记了。"

一名工作人员赶紧伸手从童谣手中接过垃圾袋——在休息室从开放到当天比赛结束使用完毕之前,是没有保洁员来打扫卫生的,休息室的卫生环境全靠当前使用休息室的战队工作人员自觉维护。

陆岳:"电竞圈素质女王。"

老K:"觉得自己在一个有素质的队伍里——强,且有素质。"

小胖:"完美。"

老猫:"哈喽? 我刚才就问你们要不要收拾下饭盒垃圾,结果没人理我? 我要去电竞圈居委会告你们性别歧视了!"

众人嘻嘻哈哈推着一脸不高兴的老猫往外走,童谣落在队伍的最后面,回头看了看陆思诚还没做完采访跟上来——并不担心队伍会把他们的队长扔下跑路,童谣收回目光,掏出手机埋头看了起来。

手机上有许多未读信息,童谣收到了来自弟弟的夸奖、妈妈的肯定、闺密的恭喜还有来自四面八方好友的赞扬,童谣将这些乱七八糟的信息一一回过,然后点开贴吧……

原本是想看看有没有人夸夸她的,没想到贴吧的画风却是完全没把她放在眼里的另外一种——

"升班马果然还是升班马,次级联赛称王又怎么样?来HPL一样是×便器。"

"被运营商队暴打,真的惨,这个KING战队的打野笑死我了!"

"讲个笑话,逆风局皇帝,翻盘战队?"

"有没有人数数看这个KING战队的打野到底有没有GANK成功过哪怕一次啊?"

"差距还是大啊,次级联赛战术单一,升上来HPL也是要被玩死的。"

"ZGDX战队还是强啊,双C位状态好得飞起,看来今年的S系总决赛门票稳了。"

童谣手指往下滑动,全部都是类似的标题,一群人在上蹿下跳地忙着给KING战队的五名队员分锅——

有说ADC十秒团战九秒走位在玩蛇的;有说辅助全场隐身,连个致残都舍不得放的;有说中单全场补刀落后被童谣疯狂支配,只配在自家防御塔下瑟瑟发抖,吃兵全靠童谣赏脸的;有说上单拿了人头无作为,血量高不起来,又抗不住压,切后排又切不到,不知道在干什么……

当然,被骂得最多的是KING战队的打野阿光。

从第一局开场那波想要入侵ZGDX战队野区偷打石头人,被童谣和老K抓住怒送一血开始,接下来他整场比赛就像是随时暴露在ZGDX战队的眼皮底下活动一样——打野要的就是神出鬼没,通过出其不意的进攻,在前期为队友创造线上优势。一个前期只知道埋头刷野、消失在野区的打野,是绝对要被人吊起来挂在墙头骂到被风干为止的!

而不巧的是,第二局,阿光就是这么干的。

前期消失于野区,然后等他出现的时候,比赛已经差不多要输掉了。

童谣琢磨KING战队第一局被这么支配过后,其实应该已经发现了问题的,但是当下要他们立刻想出一个可以很好应对这种情况的办法肯定很难。所以第二局,在明知道自己完全GANK不到人的情况下,阿光也只能埋头刷野发育等打团,并且除此之外暂时也没有其他的办法。

但是,贴吧的吃瓜群众才不会管那么多事情,他们能看见的就只有——

第一局,阿光反野失败,怒送一血,GANK不到人。

第二局,阿光埋头刷野,全场无作为,存在感为零,KING战队犹如四打五。

这些都是表面上最直观的东西,所以他们骂阿光骂得最起劲,什么难听的话都说出来了。

童谣找了个骂得很厉害的帖子,正要回一句"不要说得好像ZGDX战队赢得很容易一样",结果字打完刚发出去,前面的小胖就绕回来催促她:"走着走着你人不见了,赶紧的,一会儿聚餐呢,小瑞请客吃韩料啦!"

"哦,来了,"童谣将手机装好,途经洗手间时停顿了下,说,"你们先走一步,我想去个洗手间。"

说完,听见小胖应了声"那你快点",她转身往洗手间走,上完厕所洗手,擦着手往外走时,突然听见隔壁男洗手间里传来一声奇怪的声音——就像是有什么人在地面拖动着脚步走路。

这个洗手间基本只有战队队员在用,这个时候下一场比赛的队伍刚来,打完比赛的队伍正要走,能有什么人在里面啊?

于是出于好奇心,童谣经过的时候往男洗手间里多看了一眼,然后从暗色的瓷砖倒影里,她看见第一间厕所隔间的门旁边蹲了个人——

那姿势和《咒怨》里那个蹲衣橱的小鬼姿势完全一致。

起初童谣头发都快被吓得竖起来了,还以为自己白天见了鬼,直到她惊愕之间,那个抱成一团的影子面前亮起了一团白光,明显是有什么人蹲在厕所地板上玩手机。

童谣:"谁在那里啊?"

第十四章

童谣问了一声,而后看见那手机的光一下子灭了,那人好像有些紧张地动了动,抬起头往外看了一眼,这个时候童谣已经嘟囔着"我进来了啊",然后迈着轻轻的脚步,微微弓着腰走进了男洗手间——

里面只有蹲在第一个隔间前,一脸茫然地抬头看着自己的小孩——他背上还背着自己的外设包,手里抓着手机,身子蜷缩成一团,抬起头时,那双泛红充满血丝的眼睛和像圣诞老人的鼻尖显示着几分钟前这里曾经洒满了眼泪……

是隔壁战队的打野阿光。

与童谣四目相对时,两人都有些尴尬。

在对方愣怔的注视中,童谣抓了抓外设包带子,指指门外:"我刚才路过,看见里面蹲了个人,又不像是在拉屎……"

童谣说到一半停下来,脸微红,似乎觉得有些不好意思。阿光仰着脸,用古怪的眼神盯着她看了一会儿,突然嗤笑着撇开头:"让你看笑话了。"

童谣摇摇头,在口袋里掏了掏,掏出一包纸巾递给了阿光,然后想了想,在他旁边肩并肩地蹲下来:"你干吗一个人躲在这里偷哭?"

"明知故问。"

"输比赛吗?"

"是啊,"阿光淡淡道,"而且还看见贴吧骂得有多难听,这是我们队伍在HPL夏季赛的首战,打成这样其实已经很不开心了,转头又看见被人这样骂——"

他说着,低头抓乱了原本定好造型的头发,无奈地嗤笑道:"以前也不是没有看过电竞贴吧赢了吹输了黑的情况,虽然做好了输比赛会被人说的心理准备,但是事情发生在自己身上时果然根本接受不了,很想捉住每一个人告诉他,当时没有办法了,只能暂时发育等打团。GANK不了的,因为根本GANK不到,下一次有准备的话就会更好,但是最后发现,那么多帖子,那么多人骂……根本回不过来。"

阿光说着,嗓音又重新变得低沉沙哑,他吸了吸鼻子,与其说是在对童谣说话,不如说他更像是在自言自语。

童谣转头看着身边的小孩,听说他只有十六岁,刚刚到国家规定可以参加职业联赛的年龄,就从城市联盟带着队伍一路打上一线职业联赛,之前收集资料的时候也看过不少夸他、吹捧他的话,说他是KING战队的强力Carry点、节奏发动机。

童谣:"你都知道那些人是赢了吹输了黑……干吗还要那么在意啊?"

阿光苦笑:"因为以前总说我带着队伍赢,最会给队友创造机会,KING战队最后能在次级联赛的总决赛翻盘抢到HPL的门票,也是因为最后我强抢大龙……我知道ZGDX战队很强,我们应该打不过,原本想的是就算要输,也不会输得那么难看,至少不会一点机会都没有——"

童谣"哦"了一声,点点头,感觉自己有点懂了,无非是当初被人捧得高,现在摔得疼,心理落差大。

这种感觉她倒是蛮熟悉的。从一开始进队,初生牛犊不怕虎,赢了几局训练赛意气风发,然后遭遇韩国表情包战队,被阿太打得快要恐韩,现在打RANK偶尔遇见那个ID她都会掌心冒汗、心跳加速,如遇梦魇,至今未找到痊愈方式。

想到这儿,童谣抬起手,像个安抚小孩的大姐姐似的拍了拍阿光的肩膀:"联赛才刚开始,作为升上来的升班马,在接触了更多职业战队队伍战术和打法之后,你们还有很大的进步空间啊,至少肯定会变得更强。"

阿光的脑袋埋进膝盖里:"有什么用,结果还不是轻轻松松就被你们打爆?"

"贴吧说轻轻松松你还真以为是轻轻松松啊,朋友?"童谣轻轻笑了一声,"自己都被贴吧带了节奏是什么鬼?想知道是不是很轻松,不如来问我,这个我最有发言权——为了研究你的打野路线和风格,我把KING战队在次级联赛的常规赛、季后赛还有总决赛都看了好几遍,所有的资料都是在看了几十局比赛以后得出的结论啊……"

童谣指指自己的眼睛底下:"昨晚睡觉之前都还在复盘你们的春季赛总决赛。你看,黑眼圈。"

阿光转过头看了童谣一眼,果不其然,那白皙的脸上,眼底有淡淡的青色。

阿光沉默了一下,似乎有些惊讶,露出欲言又止的神情。

童谣脸上的笑容变得清晰了一些。

"所以别哭啦,哭什么?有明确知道自己可以进步的方向,然后朝着那个方向去完善自己,这是一件很不错的事,常规赛的存在意义难道不就在此吗？"

阿光郁闷地"哼"了声："真羡慕你，一打职业就在那么强的队伍，然后自己也很强，不会有人骂。"

"不会被人骂的不粘锅只有我们队长而已。"童谣翻了翻眼睛，"如果哪一天ZGDX战队输了比赛，绝对会被那些人吊起来骂的，你以为他们会放过我们吗？"

"现在我们就是被人吊起来骂，还有人说，我们这样的队伍，凭什么进入HPL来浪费一个名额……"

"难道不是你们自己打出来的HPL门票？"

"是啊。"

"那你管他们说什么啊？"

童谣一边说着一边掏出手机，原本想要看看时间怕小胖他们找她，结果一眼看到贴吧针对她进厕所之前的随手留言居然有二十几条回复——

"ZGDX战队难道赢得不容易？"

"你眼睛瞎吗？两局比赛平均时间不超过三十五分钟，线上基本十分钟内三线必崩，不叫赢得很轻松叫什么？"

"次级联赛的战队都有粉啊？看头像是女的吧，KING战队有哪个小哥哥长得还不错吗？"

"看比赛浪费电？"

"现在连这种升班马都有人吹了……长见识。"

"这不叫轻松取胜叫什么？"

"笑死我了，你们这些只知道看脸的垃圾女粉，你们懂个屁，求滚回娱乐圈看你们的爱豆,放过电竞。"

"讲道理,看脸的话Chessman不是帅过一切?"

"你懂个屁。"

蹲在那里,面色淡定地将二十几条嘲讽看完,童谣嗤笑一声收起手机,淡淡地说了句"他们懂个屁",站起来,拍拍阿光的脑袋,"没有哪个战队赢另外一个战队是轻松取胜的,不用这样妄自菲薄——自己凭本事打来的HPL一席之地,就坐稳它。"

说完,她见阿光抬起头,深深地盯着她看了一眼。

阿光:"你有点烂好人。"

童谣:"只是不喜欢被无脑吹。"

阿光:"让别的队都害怕你们,不好吗?"

童谣:"好在哪儿?我熬夜复盘比赛看得眼睛都快瞎了,为的就是这种无形耍帅?"

童谣"啧啧"两声,一脸受不了地摆摆手往后退,心中不知为何,在安慰完阿光之后自己也变得轻松了许多,她觉得阿太似乎也变得没有那么可怕了——

对啊,谁知道他在看似轻松打败她之前,到底私底下做了多少功课哦?大家都是人类,怎么可能有一个人就强到像外星人?

想到这儿,童谣勾起嘴角,愉悦地吹了声口哨。埋头往外走时,突然看见洗手间门前站着一个高大的身影,此时此刻他双手塞在口袋里,正沉默地看着她。

童谣的笑容凝固在嘴边,脚下一顿,抬起头,对视上一双深褐色瞳眸——此时此刻,他身着蓝白相间的队服,手从口袋里拿出来时握着个手机,男人摁了摁,手机屏幕正显示在拨打某人的电话,童谣低下头摸出自己开了静音模式的手机——

来电提示:长腿面瘫。

陆思诚摁掉正在拨打的手机,童谣的手机屏幕一亮:未接来电(4)。

童谣抬头看看自己头顶大写的男洗手间标志。

童谣:"我……"

童谣又抬头惊慌地看看陆思诚。

童谣:"不是,他……"

童谣最后茫然地回头看了看身后,决定放弃治疗。

"如果想玩什么捉迷藏游戏,躲在这里确实出人意料,"陆思诚淡淡道,"聪明。"

第十五章

　　如果被陆思诚抓到童谣迟迟不归队，最后从男洗手间走出来这种事还不算最糟糕，那最糟糕的，大概是当童谣站在男洗手间门前和陆思诚搞无声对峙的时候，KING战队的打野阿光双眼通红地从后面跟着走了出来，他看了眼童谣，冲着她腼腆地笑了笑，又老老实实礼貌地叫了陆思诚一声"诚哥"。

　　陆思诚平静地"嗯"了声算是回应，只是目光始终盯着自家中单。

　　阿光顿了顿，转头用口型对童谣说了声"谢谢，我走了哦"，这才转身离开。

　　当阿光越走越远，最后背影消失在二人视线中，陆思诚的手机响了，他瞥了眼来电，是小瑞。男人接起电话，没等那边说话便言简意赅道："找到她了，马上来。"

　　说完就直接挂掉了电话。

　　当时童谣就觉得可能要不好了——

因为陆思诚就算在接电话的时候都是死死地盯着她，那眼神就像是狩猎中的豹盯着今日的午餐羊羔。当他收起电话，终于语出惊人："你把别人战队的打野堵在男洗手间搞哭了？"

他语气平静，面色平和，一点也不像在开玩笑。

童谣一脸问号。

陆思诚："不然他为什么要用那种眼神看你？"

童谣："刚才他确实在洗手间里，我确实也在，他刚才确实也哭了，但是……就算是……我怎么——你好好说人话，我拿什么搞哭他？鼠标还是键盘？！"

陆思诚："不然他为什么要用那种眼神看你？"

童谣："你不觉得那是崇拜的眼神吗？"

陆思诚："那是被驯服的眼神。"

陆思诚转身往门外走，童谣赶紧跟上，其间陆思诚伸手将她背着的外设包接过来拎在自己手上，童谣正想道谢，便听见脑袋顶上的人凉飕飕道："你和打野这个位置什么仇什么怨？打了两场比赛，收集两个队伍的打野，集邮吗？2016年HPL限量发行打野邮票？"

童谣一把将自己的外设包抢回来："闭嘴你。"

陆思诚轻笑一声放开了手。

到了停车场，两个人先后爬上车，童谣上车先跟久等的队友打了个招呼，说了声"不好意思"，小瑞从座椅后面伸出脑袋问："干吗去了？"

童谣正想回答，陆思诚抢先道："集邮。"

第十五章

童谣将外设包甩在他的肚子上,陆思诚向后退开了些,童谣撩撩头发"啧"了一声,在小瑞身后的位置坐下。

小瑞回过头:"队长做完采访回来见你不在,又冒着被粉丝围追堵截的危险返回去找你,打你电话一直不接,我们还以为你被绑架了。"

童谣向后瞥了眼陆思诚,那人坐在她身后几排靠窗的位置,正拿出耳机塞进耳朵里,看样子似乎是准备在去餐厅的路上补个眠。童谣收回目光站起来,趴在小瑞的靠背旁边小声说:"去洗手间的时候偶然发现KING战队的打野蹲在厕所哭鼻子,我安慰安慰他……贴吧骂得太狠了,而且快把我们吹成神了,这样搞我也很不安。"

"打输比赛还敢看贴吧啊?"小瑞愣了,"春季赛总决赛输了那天,我把他们手机里的贴吧一个个全部卸载了才把手机还给他们的。"

"新司机上路嘛,听说KING战队以前在次级联赛很强的,一直是被人夸奖的队伍。"童谣坐了回去。

"而且你去安慰别人是什么鬼?那是敌人。"

"哦。"

"万一哪天被你安慰得起飞了——"

"飞再高也打不过我们啊,"童谣笑了笑,"我们也在起飞。"

小瑞闭上嘴,盯着童谣看了一会儿,扔下一句"你也很膨胀",转身坐稳。战队大巴开出停车场,队友纷纷进入昏睡状态。童谣坐在车上玩了会儿微博,其间不小心翻到了微博推送的之前粉丝录制的陆思诚的采访。

虽然在现场已经听见了，但是童谣还是漫不经心地点开又听了一遍，听到陆思诚说"就那样吧，也不是很熟"的时候，她狠狠地翻了个白眼，冲着屏幕上一脸冷漠的队长做了个鬼脸，然后点了点视频正想关上，结果却发现进度条还有一段。

童谣："咦？"

后面还说了其他的东西啊？

童谣停下关闭视频的动作，此时正好看见画面中的男人停顿了一下，也不知道他想到了什么，眼角的冷漠稍稍退去，眼神变得柔和了一些，他低下头继续道："但是她很强，态度也很认真。作为队长，我很高兴能拥有这样的队友。因为她的加入，今年夏天ZGDX战队会变得比以前更强。"

童谣一口咬住了自己的中指，咬在手指关节，传来微微一阵疼痛——这代表她不是在做梦。

脑子里放空了一下，在视频里那些粉丝的欢呼尖叫声中，她茫然地眨眨眼，抬起头看了眼身后。此时，男人的脑袋正顶着车窗闭目养神。几秒后，她"嗖"的一下缩回脑袋，此时主持人说什么"看来我们诚哥对于今年夏季赛也是势在必得"之类的话她一个字都听不进去了，翻开下面的转发评论，一眼就看见一个被点赞得最高的评论——

绿毛龟阿："在提到smiling的时候，诚哥的嘴角都翘起来了，还不怎么熟！不信的倒回去看，你会回来点赞的！"

童谣停顿了一下，嘟囔了一声"无聊哦"，然而手却像是着

第十五章

了魔似的将进度条往回拉了拉,看到陆思诚说他俩不怎么熟的时候停下来,咬着下唇,死死地盯着男人的嘴角……

视频三分十一秒,当陆思诚说"作为队长,我很高兴能拥有这样的队友"时,他的头动了一下,然后嘴角以几乎不可见的弧度挑了挑,又迅速放平。

还真是笑了。

童谣放下手机,面颊以可怕的速度迅速升温。抓着手机,她从位置上站起来,在原地转了个圈,最后一把抓住坐在前面看韩剧的战队经理:"瑞哥!瑞哥!"

"怎么了怎么了?"小瑞回头看童谣面色微红、双目发光的模样被吓了一跳,"要上厕所吗?"

"上什么厕所?你看这个。"童谣举着手机给小瑞看。

"什么东西?"小瑞放下韩剧伸长了脖子。

两个人正凑到一起,身后突然伸出一只长臂将童谣手中的手机拿走,童谣"啊"了一声,不满地转过头,随即对视上一双深褐色瞳眸。陆思诚低头看了眼手机屏幕,嗤了声:"刚才的采访?有什么好看的。"

童谣踮起脚想要抢回自己的手机,陆思诚抬高了手臂。

童谣气得打了下他的手肘:"你不是在睡觉?"

陆思诚:"醒了啊。"

童谣:"手机还我!"

陆思诚:"还你做什么?"

童谣:"你刚才采访的时候夸我了!我要给瑞哥看!"

陆思诚:"夸你怎么了?那都是工作人员写好的采访词,我照着念而已——采访前递给我小纸条了,没看见吗?"

童谣愣了,猛地缩回手,转头问小瑞:"真的吗?"

小瑞:"假的,小纸条上只写了要采访的问题。"

童谣的眼又"噌"地一亮,脱了拖鞋跳上汽车椅要去抢自己的手机:"手机还我!我要把视频发朋友——"

此时汽车一个急转弯,站在椅子上的人晃了晃,原本倾斜的身体稳稳地倒向身边站着的抢走她手机的人身上,手条件反射地扣住后者宽阔的肩膀,同时感觉对方的手在她腰上扶了一把:"在车子里上蹿下跳什么,你怎么不干脆蹲车顶上去?"

男人近在咫尺的声音从耳边传来。

这么近的距离,童谣几乎能感觉到他的胸腔在振动。

她愣了愣,在车重新平稳行驶时,连忙撑着陆思诚的肩膀拉开两个人的距离:"谁让你不让我看采访?"

"真人在你面前你看什么采访?"

"真人又不会夸我,"童谣盯着那双深褐色的眼,"那你再夸我一下。"

在陆思诚的沉默之中,童谣只感觉口袋一沉,手机被塞回了口袋,与此同时,男人说道:"你还是看采访吧。"

第十六章

小瑞仰着头看身后鸡飞狗跳的两个人,说:"诚哥,你天天逗她也不嫌腻吗?"

陆思诚拍拍站在椅子上的人的脑袋:"随便一下就腻了的话,大街上岂不是到处都是流浪的阿猫阿狗。"

童谣想了想觉得哪里不对:"你说谁是阿猫阿狗!"

陆思诚正想回答,突然余光像是看见什么似的转过头,一眼就看见坐在后排的陆岳正跷着二郎腿一边嚼着口香糖,一边用手机对准他这边。此时,见陆思诚转过来,坐在陆岳旁边的明神拍了拍他的腿,陆岳"嗯"了一声,举着手机的手并没有放下来。

陆思诚面无表情地问:"你在干什么?"

陆岳答得毫不犹豫:"帮你公开。"

公开什么鬼?

明神满脸带笑,陆岳懒洋洋的,一脸大写的"不用谢哦"。陆思诚面色一沉,走过去抢过他弟手中的手机,看了一眼,发现此时一切都晚了,陆岳已经把刚才录好的东西发到了一个备注名为"王女士"的人的微信上。

陆思诚点开看了一眼,视频很会抓重点地正好录到童谣跳上椅子抢陆思诚的手机,然后车子一抖,她整个人扑到他身上的那几秒,视频底下还有陆岳的友情配字——

岳球人:"某人刚才接受采访的时候双眼含春,夸得停不下来的也是她。"

双眼含春?

陆思诚脸黑如锅底,将手机砸回满脸喜庆的陆岳肚子上。后者"哎哟"一声,嘻嘻哈哈地抬起明神的胳膊护在自己前面。明神嘴角含笑,用息事宁人的语气道:"都别闹了。"

陆思诚隔着明神指了指陆岳的鼻尖,扔下一句"你给我等着",长腿一迈坐回自己的座位上发信息去了。

童谣壁虎似的扒在椅子靠背上看了一会儿,从来没见过陆思诚打字那么快过。她抽了抽嘴角,抬起眼扫了陆岳一眼:"你录视频了?发给谁了?不会发网上去了吧?"

"发网上有什么意思?"陆岳翻了翻眼睛,"我才没那么低级。"

听到陆岳的话,陆思诚停下飞快打字的手,抬头看了陆岳一眼,满脸都是无声的指责,停顿了一下后,他冷漠地说道:"你比你想象中更加低级。"

于是陆岳就笑得更开心了。

到了韩餐厅,众人陆续下车,陆思诚还在发信息,陆岳跟在

第十六章

他后面晃悠,还不停地说风凉话:"没用的,现在王女士正在开会,等下她肯定也是先看我的微信,因为她比较容易担心自己的小儿子是不是又因为打架被关起来了,发微信催她来交赎金……"

陆思诚想了想,好像还真是这么回事,索性在瞪了陆岳一眼让他闭嘴后,退出了聊天软件。

一行七八个人在韩餐厅包厢里坐下,陆思诚放下手机说去洗手间,剩下的人每人拿着一个菜单点菜——受过私房火锅那种惊吓后,童谣再看这种一份烤肉三百元的菜单已经学会了淡定,选了一份价值六十八元的土豆饼。她合起菜单四处张望,这时,陆思诚放在桌子上的手机振动起来。

童谣回头看了眼男人还没有回来的意思,于是伸头瞪了一眼,来电显示是"陆夫人"。童谣盯着看了一会儿,想了想刚才陆思诚被录了视频以后那么紧张地跟什么人打字解释的模样,觉得自己好像明白了什么……

童谣心里稍微有点复杂,然后用手肘捅捅身边坐着的陆岳:"你刚瞎搞,现在你嫂子打电话来了。"

"什么嫂子?"正扭着脑袋躲在菜单后面跟明神说话的陆岳一脸茫然地转过头,瞪了一眼陆思诚放在桌面上的手机,然后平静地"哦"了声,"你帮他接啊。"

"我接个屁啊,看热闹不嫌事大是不是?死小孩。"

童谣伸手拍了陆岳一巴掌。陆岳轻笑了一声,正想说什么,这个时候陆思诚拉开包厢的门进来了,看了眼桌面上正好因为无人接听而挂掉的手机,随口问了句:"谁啊?"

童谣挺直腰杆，不知道为什么总觉得自己好像干了什么坏事似的一脸心虚："好像是你女朋友。"

陆思诚莫名其妙地瞥了她一眼。童谣指了指他的手机："来电显示'陆夫人'……我就随便看了一眼看到的，不是故意——"

"闭嘴，我又没说什么。"陆思诚拿起手机看了眼未接来电，停顿了一下，知道旁边的人大概误会了什么，于是淡淡地说道，"不是那个陆夫人。"

正说话时，陆思诚抓在手上的电话又锲而不舍地响起来了，来电显示还是那个"陆夫人"。童谣立刻挺直腰杆，满脸紧张地看着陆思诚，面色紧绷地盯着她的队长滑动屏幕，接听电话。听到队长"喂"了一声，童谣下意识地屏住了呼吸。

陆思诚在简短地应了声后便没有说话，此时不知道电话那边说了什么，男人摆弄了一下面前的餐具，语气随意地说道："慢点说，急什么？口齿不清了都，而且你不是在开会……半路溜出来？你公司要倒闭了让你这么乱来？"

语气亲密。

"福尔摩斯谣"面无表情地分析，这种像埋怨又不是埋怨，更多的是纵容的语气，是女朋友无疑。

虽然这么说有管得太宽的嫌疑，但是童谣自入队以来，确实从来没有听陆思诚用这种语气跟别人说过话。

"什么什么，不是谁，我队友……什么夸她干吗？人家打得不错我夸下怎么了？"

旁边男人低沉的声音传入耳中，童谣沉默了一下，感觉自己的胃酸都快涨到喉咙了。她扫视了一圈其他人,个个面色自然,丝毫不为他们的队长后宫着火一事着急。

但是童谣不一样,她已经开始想象电话那头的小姑娘被陆岳发的视频气得跳起来,正开着的会都不开了,半路跑出来打电话向男朋友兴师问罪,说不定还被气哭了……然后,童谣本着以前立下的"虽然不知道未来谁有那个荣幸当你的陆夫人,但是我现在已经开始有点羡慕她了"的Flag——现在想想,这话好像确实也有点……

童谣抬手心很累地抹了把脸——

今后ZGDX战队恐无中下二路联动,观众老爷们纷纷质疑这个中单传送技能只飞上路。

想到这儿,童谣开始呼吸困难。

"你来上海?来做什么?我夏季赛开始了,没空陪你瞎胡闹。"

在陆思诚逐渐失去耐心的声音中,童谣的屁股往陆岳那边挪了挪,冷气飕飕地从她脖子后面吹过。她在需要寻求一个安全感的同时,还恨不得在她和陆思诚中间用烤肉酱画一条三八线以示清白。

还要来上海实地考察?小姑娘,你男朋友虽然好像还不错,但是真的不用拴在裤腰带上啊!说起来想要横刀夺爱的,你有没有觉得那个天天和你男朋友打下路的胖子看起来其实更可疑?昨天我还看见他挂在你男朋友的手上撒泼打滚地让他带上分呢!

而此时,仿佛感觉到身边一束灼热的目光在自己握着手机的手背上扫来扫去,正打着电话的陆思诚停顿了一下,露出无奈的表情,转过头对身边眼巴巴盯着自己的人用口型无声地说:"我妈。"

哦。

哦哦。

所以,并没有什么"被气哭的小姑娘",真的不是"那个陆夫人"。

童谣扭回脑袋盯着自己面前摆着的筷子尖端——

现在,她又能自由呼吸了。

第十七章

陆思诚坐在旁边打电话的时候,童谣他们已经迅速地点好了菜。烤肉端上来时,他的电话还没打完。陆岳这次是真的捅了马蜂窝——你永远不敢想象拥有一个到了适婚年纪却没有女朋友的帅儿子的中年女士的担忧,如果有一天让她好不容易觉得看见希望而希望又很快破灭——

那就出大事了。

"相亲?相什么亲?这话说出来你自己不觉得有点疯?我下周还有比赛,每天都有训练赛,哪有空相亲?"

童谣捏着肉的夹子一松,将肉扔在烤盘上,她一脸惊悚地去看陆思诚,周围的说笑声也变小了一些,众人不约而同地转过头看着他们的队长。

而陆思诚依然面无表情。

"保证长得好看也没用……大家闺秀?大家闺秀的概念是什么?能不打扰我训练赛,不打扰我比赛,不在网上瞎蹦跶,不要求每个大小节日见面，安静得如她从来不存在一样吗？"陆思诚一口气说完，"这样的我就接受。"

童谣："不好吧？电子宠物饿了都会振动一下。"

她说得很小声，然而在打电话的人就是听见了。陆思诚瞥了她一眼，她立刻闭上嘴，老老实实地去翻自己的烤肉。此时，不知道对面说了些什么，陆思诚轻飘飘地说了句："我就是直男啊，不是挺好的吗？至少你不用担心我的性取向。"

说完将手机稍微远离自己的耳朵——当童谣奇怪他这个动作的意义时，她听见从电话里又传来一个女人的咆哮声："你这样更可怕！"

陆思诚嗤笑一声以表无可奈何。

"你就承认你和这矮子有一腿有什么不好？"陆岳看一眼旁边怂到地心的童谣，叹了口气站起来，"反正她又不知道。"

陆岳一边说着，一边走到陆思诚身后从他手里接过手机："喂，妈？是我，你不要瞎搞啊，我哥这样招招手一堆女人疼爱的高档货色哪里需要相亲？我们今年很忙哎，能不能拿世界冠军就看今年了，你不要让那些个儿女情长打扰——"

陆岳话说一半突然哽住，三秒后他将手机塞回陆思诚的手里。

陆岳："妈说再多说一句，这周相亲的人会从你一个人变成兄弟档。"

"我才十九，就不那么伟大地为了兄弟情义葬送自己的青春了。"陆岳说着拍了拍陆思诚的肩，"相亲愉快！听说是个漂亮的女人外加大家闺秀。"

第十七章

陆思诚嘟囔了句"有什么用",站起来走出去打电话去了。他离开后剩下的人说话的声音才敢大声点。童谣给自己倒了杯烧酒,小尝一口,挑起眉:"诚哥真的要去相亲了?"

"走个过场吧,我妈决定的事一般神仙也说不动。"陆岳耸耸肩,"而且如果对方真的是个什么长得好看又懂事的大家闺秀也挺好的,谈个恋爱好过他整天像个机器人一样。"

童谣"哦"了一声:"站着说话不腰疼,让你相亲时你扔电话比谁都快。"

"我不一样,"陆岳笑嘻嘻地说,"我有《英雄王座》,月亮女神就是我的女朋友。"

后来陆思诚相亲这件事也没见他提起过,人类又是健忘的动物,久而久之,大家都将这件事忘得干干净净的了。

第二周,ZGDX战队的小组赛赛程是周四下午五点打HW战队,周日下午五点打岚战队——在当前小组中,这两支队伍勉强算是比较难啃的骨头。

岚战队是老牌的传统豪门,虽然这些年成绩不好,但是并没有落入打保级赛的程度,一直在联赛中上游徘徊。队伍团结,韧性强,看他们的比赛总是与任何队伍强行五五开,曾经赢过ZGDX战队,也输给过保级队伍,而这是在一周内同时发生的事——当这支队伍的粉丝真的是一秒天堂一秒地狱,要多惨有多惨。

而HW战队则更加棘手一些,理论上来说,它是本小组内唯一能够与ZGDX战队稍微叫板的队伍。这支战队拥有一名从去年世界总决赛冠军队伍TAT战队里买来的韩国外援,他是在陆思诚离开表情包战队后才加入的,只能算是教皇的老队友,这个名叫"昆"的家伙在野区的统治力上比老K略胜一筹,同时很会洞察对手的弱势路并为自己的队友创造优势。

上一次训练赛,老猫就是被他抓得苦不堪言,最后是靠着童谣中路稳住阵脚,下路双人组的强势优势拖到中后期,陆思诚接管比赛,才一举拿下了训练赛。

所以,本着对昆这位前冠军打野身份的尊重,ZGDX战队这边也是早早就开始复盘研究他们的比赛录像,童谣的小本本从周一开始,以每天三页的速度迅速增加……

她每天除了一定要做的RANK训练及训练赛,最常出现的动作就是抱着猫坐在沙发上,和明神一起看比赛录像,并时不时地讨论对手——

"如果分到蓝色方,这个昆基本一定会去拿下路的河道蟹。"童谣指了指屏幕,"如果河道蟹的视野看见了对方的打野动向,他就会开始入侵野区或者伺机反蹲,成功率很高,这个、这个、还有这个,都蹲到了……"

童谣"啪啪"地摁着电脑的空格暂停键。

"相反,如果一开始不让他拿河道蟹,并排除他在附近的视野,他的节奏就明显没那么好,"明神也弯腰,拖动鼠标点了点电脑,"和CK战队这局就是,因为前期丢了节奏,后面野区都快被阳神反烂了。"

童谣"嗯嗯"两声,低下头在笔记本上狂记。

两个人讨论得十分热闹。

基地另一头，小胖伸长了脖子"啧啧"两声："队里一下子莫名其妙多了一个数据分析师。"

小瑞笑嘻嘻道："挺好的，又不用多给一份工资——你们要是个个像童谣一样认真，我就去烧高香了。"

小胖："懒惰这种东西是需要慢慢培养的，不能急。"

小瑞狠狠地翻了小胖一个白眼。

小胖："你看，陆岳刚开始也很勤奋的，现在不也是在用别人的号替别人掉分吗？"

陆岳："胖子，你闭嘴。"

此时陆岳蹲在童谣的电脑前玩她的号，正在用的是他的女朋友月亮女神，战绩惨不忍睹。小瑞绕过去看了眼，拍了下陆岳的后脑勺："菜成这样敢说月亮女神是你女朋友，我要是她，早就甩了你八百回。"

"哎哟，别吵！"陆岳皱起眉，"矮子，这个月亮女神的RQ连招怎么玩啊？你再来给我弄一次看看……"

童谣放下笔记本，跳下沙发冲到陆岳身边，挤开他："你怎么这么笨啊？"

陆岳身体稍稍往旁边倾斜，两个人凑在一起嘀嘀咕咕说月亮女神的用法和出装。这时候，陆思诚从楼上房间走下来，绕到电脑前面，开始在一桌子别的战队资料里翻找什么，最后从招财猫存钱罐后面摸出了自己的车钥匙。

"出去啊？"童谣头也不抬地问。

陆思诚"嗯"了声:"我妈约了那女的,人家在路上了才告诉我这事。"

"RQ连招,看见没?你身子拧一下,别这么耿直地就在脸上大写着'快跑,我要放连招了',演技有没有?"童谣将鼠标和键盘放开,挑起眼扫了眼换了身还算干净衣服的队长,"哪个女的?相亲哦?"

"相什么相……你又不穿鞋赤脚乱跑,下次生理期爬着走也不会有人同情你。"

陆思诚蹙眉,扔下一句"走了",又伸手拍拍童谣的头顶,往门外走去。

童谣目送她的队长穿鞋,开门,走向车库。

这时候大饼"喵"地过来蹭蹭她的脚踝,童谣弯下腰将它抱起来。

"童谣,你来看看这个眼位是不是昆的习惯性眼位?"

"哦,来了。"

童谣抱紧怀里的猫,三两步跳回了沙发上。

第十八章

陆思诚的相亲对象叫苏落。

和陆思诚同岁,今年刚从国外留学毕业回国,金融系硕士学位,海归。

她妈通知相亲的时候她也是一万个不愿意,问起对方的身份,她妈也是支支吾吾说不清楚,只说是爸爸生意上的合作伙伴,好像以打什么游戏作为自己的主要工作,偶尔帮家里做点事,人很高,很帅,最重要的是门当户对。

门当户对哦。

苏落转头去问自己的阿宅朋友,把打游戏作为主业的人那是什么鬼。她的阿宅朋友想了想后,认真地回答道:"难道不就是阿宅吗?"

苏落白眼都快翻上天了,最后忍不住跑去百度,终于反应过来这世界上原来还有一个职业的名字叫电竞职业选手。

她的相亲对象原来是个电竞选手,真的潮得不行。本着对此行业的好奇，她上网去搜了搜现在那些电竞职业选手的照片，搜完之后，放下手机，她整个人都处于失魂落魄的状态。说好的又高又帅在哪儿？她只看见一堆要么过胖，要么过瘦，要么一脸痘的电竞少年啊！

本着慷慨赴死的心，到了相亲日，她随便化了个淡妆翻着白眼出门了，出门的时候还穿了高跟鞋——当一米七二的女人决定穿上她的高跟鞋时，要么就是真的臭美，要么就是她在对即将见到的男性中的一位或者某几位散发着无穷的恶意。

苏落是后者。

她坐在约好的咖啡厅里，看着手上的手表，眼巴巴地数着秒等着对方迟到，然后准备以此为借口大做文章结束相亲。距离约好的时间还有倒数十五秒时，想象着自由的号角已经吹响前奏，她整个人兴奋了起来。

十四，十三，十二——

倒数十秒，咖啡厅的门被人从外面推开。

倒数五秒，一个高大的身影站在苏落面前，投下的阴影将她笼罩，她愣了愣，抬起头对视上一双深褐色的瞳眸，后者的目光平静，毫无一丝波澜："苏小姐？"

苏落："你是……"

"陆思诚，有人委托我来送你回家。"男人淡淡道。

站在面前的人身材高大，肩宽腰窄，鼻梁高挺，面容英俊，手上捏着还没来得及收起的车钥匙，上面的标志如果不是自己画上去的涂鸦，那显然是玛莎拉蒂，手上的手表……原来男人戴星空表比想象中更加好看。

最重要的是,眼前的人头发发丝根根分明,跟苏落在微博搜出来的那些油腻腻的所谓电竞选手根本不是一个概念。这年头连最诚实的网络也会骗人了啊!

早说她相亲对象的名字她也不至于搜错人啊!她妈能不能认真地做个媒啊!

送她回家又是什么玩意儿?她刚从家里出来,谢谢!

苏落在内心咆哮着,然而面容却保持冷静。她轻轻笑了一声:"我知道了,那麻烦你能不能等我下,我想上个洗手间。"

陆思诚拖开椅子坐下:"请便。"

苏落从容地站起来,转身,进入洗手间,以自己的最快速度把随便乱化的妆容整理了一遍。搞完之后她看着镜子里的自己都觉得在放光。她满意地对着镜子一笑,顺便发了个短信给她老妈,内容只有六个字:"谢谢妈,很满意。"

兔子抱紧胡萝卜:"在相亲?"

fhdjwhdb2333:"刚见面。"

兔子抱紧胡萝卜:"漂亮不?"

fhdjwhdb2333:"没看清。"

兔子抱紧胡萝卜:"在哪儿呢?"

fhdjwhdb2333:"星光大厦楼下的咖啡厅。"

兔子抱紧胡萝卜:"哇!相亲跑那么远?那里我知道哦,出门左拐三百米的章鱼小丸子好吃到让人飞起来,一份多加海苔足够狩猎任何女神的心!"

fhdjwhdb2333:"除了吃你还知道什么?"

兔子抱紧胡萝卜:"狗咬吕洞宾。"

陆思诚单手支着下巴,慢吞吞地用微信和自家中单闲聊,想象着她坐在基地的沙发上盘着腿,一边和明神讨论周末即将面对的对手的数据,一边微微倾斜着身子走神跟他"科普"哪家小店的零食好吃,男人挑了挑嘴角……

然后在嗅到了隐约的香水味时,收起了笑容。

他抬起头,看着站在自己面前的女人,看着她比刚才更加精致的妆容——上了睫毛膏,新画了眼线,唇彩换上了更红的色系,好像还打了腮红。

补妆去了啊。

陆思诚收起手机:"十五分钟,你肠胃不好?"

面前的人笑容僵硬了,而后笑道:"你们这些男人真的是什么都不懂,我就是去补个妆啊,不是去方便。"

"哦,"陆思诚伸长了大长腿,然后腰稍微一个使力从座位上站起来,"走吧。"

言罢转身去收银台那边替苏落把该结的账结了,那背影看上去毫不留恋。苏落愣了一下,而后绾了下头发,跟了上去。

陆思诚的身高对苏落来说刚刚好,哪怕她穿着高跟鞋,男人也比她和谐地高小半个头。

两个人推开咖啡厅的门来到大街上,陆思诚绕到了她的外侧,苏落注意到这个细节,勾起嘴角道:"听说你是个职业电竞选手。"

"是。"

第十八章

"和我想象中不太一样,我还以为电竞选手都是网上那种模样的小屁孩,没想到还有你这样的,"苏落说,"说实话,刚开始家里让我来,我是不太愿意的。"

听到这话,旁边双手塞在口袋里的人停顿了下,终于回头看了她一眼:"是吗?"

"嗯,现在觉得好像也还不错。"苏落笑着点头。

男人轻笑一声,不置可否。

两个人往停车场的方向走去,途中经过一家章鱼小丸子的店,苏落正忙着绞尽脑汁想话题,这个时候,走在她身边的人却突然停了下来,转头看着旁边挤满人的小吃店:"你要不要吃啊?"

苏落眨眨眼,转过头看了一眼,正巧看见一个小姑娘张大嘴弯着腰,将一颗超大的章鱼小丸子塞进嘴巴里,黑色的酱料糊满了她的嘴角……苏落顿了下,摇摇头:"不习惯吃这些小吃,太油腻而且听说——"

还没等她说完,旁边的人已经靠近那家店,娴熟地点了一个大份的,要求多加一份海苔,打包。身材高大的男人站在那一堆小女生中间显得格外不和谐,然而男人却丝毫没觉得有什么不对,一脸淡定地站在那里。

苏落站在他的身后,有人向她投来羡慕的目光,她瞬间挺直了腰杆。

直到男人买好东西回到她身边,她笑了笑:"你喜欢吃这种东西啊?"

"打包回去,"陆思诚慢吞吞道,"喂宠物。"

"你家狗伙食真好。"

"养的兔子。"

"兔子能吃这么油腻的东西？"

"她就是个垃圾桶，什么都吃。"

两个人说话之间继续往前走，走着走着，天上就一言不合下雨了——苏落"哎呀"一声，把包包举起来顶在头上，飞快地走向一旁商场的屋檐下躲雨。这种天，不下雨还好，下起雨来淋湿了，穿无袖裙往商场前一站，那绝对是要被冷得打哆嗦的。

苏落低下头嘟囔着"冷死了"，用纸巾擦掉手臂上的雨水，同时见旁边的人脱下外套递给她——苏落愣了下，然后在周围小姑娘们羡慕的目光中，披上了男人的外套。

"在这儿等，我去开车。"

陆思诚说完，转身离开了，那高大的身影很快就消失在雨幕中。大约是十分钟后，大雨倾盆，一辆宝蓝色的玛莎拉蒂停在路边不远处。

"玛莎拉蒂。"

"下雨天我也好想有辆车！"

"闭嘴，你这穷鬼，别说话，我咋跟了你这废物？"

在身后小情侣的碎碎念中，苏落挑起嘴角，顶着男人的外套，跳入雨幕中。

这个相亲对象，她很满意。

拉开车门坐进副驾驶座，苏落抱怨着天气，用车内的纸巾擦了擦身上和包包上的雨水，坐在驾驶座的人全程都没说话，他也没有开车，刚才打包的零食被他放在后座。

"今天真的不巧啊，下这么大的雨，都没办法和你好好说话，"苏落擦完水，系上安全带，假装不经意地问道，"你这周周末还有空吗？"

"要比赛。"

"哦，"苏落眨眨眼，"那我去看你比赛？我还没看过这种电脑游戏的比赛呢，应该挺有意思的吧？"

"苏小姐。"

"嗯？"

"你挺好的，但是我觉得我们应该不太合适，之前听你说你对这次所谓的相亲也并没有抱太大兴趣，我觉得这大概是老天爷的意思。"陆思诚打开雨刷，"你家在哪儿？我送你回去。"

半个小时后。

"你跟你相亲对象加上来回用了一个半小时就宣告相亲失败，结果甩锅给老天爷？"

趴在餐桌边上，ZGDX战队的中单正撅着屁股，翘着腿，一边嘲笑旁边的人，一边用小叉子去扎打包盒里还热乎的章鱼小丸子。她一口将整个小丸子塞进嘴里，腮帮子都因为食物鼓了起来，站在她旁边用干毛巾擦头的男人瞥了她一眼："不行？"

童谣："那你肯定是没有买这家的狩猎女神小丸子给她吃，所以才会相亲失败。"

陆思诚："这家店不叫这个名字。"

童谣:"我给它取的爱称。"

陆思诚:"正常的女人都不会答应站在路边化着精致的妆吃这种东西。"

童谣举手:"我愿意。"

陆思诚瞥了眼她向后翘起来的搭在餐椅靠背上的短腿:"化着精致的妆就不说了,你哪点像女人?"

一边说着,一边从旁边的抽纸盒里抓过一张纸巾,往她嘴边一拍——那张纸巾因为沾上了酱料而完美地悬挂在嘴边:"擦擦嘴,跟吃了屎一样。"

童谣扔了叉子擦擦嘴,想了想道:"那你跟她还要见面吗?"

"我妈应该不会轻易善罢甘休,"陆思诚说,"但是再见几次结果都一样吧。"

"你这个'吧'字里充满了不确定性。"

正走向自己的电脑准备开机,顺便将车钥匙掏出来扔在桌上的男人闻言一顿,他转身盯着趴在桌边的人:"你想让我跟你保证什么?"

童谣一脸困惑地抬起头。

"算了,"陆思诚露出嫌弃的表情,"吃你的吧,就知道吃。"

第十九章

ZGDX smiling:"今天队长去相亲了,听说对象是个身高一米七二、会穿高跟鞋的海归金融系硕士,家里和队长家里是生意伙伴关系。"

阿毛它娘:"你要去国外把书读完也能捞个硕士学位。"

ZGDX smiling:"但是我只能去接骨才能长到一米七二,或者上天赐予我一个会增高魔咒的哈利·波特。"

阿毛它娘:"你还是祈祷诚哥品位独特喜欢矮子更靠谱点。"

ZGDX smiling:"我干吗祈祷他喜欢矮子?"

阿毛它娘:"那你干吗跟人家相亲对象攀比身高?"

ZGDX smiling:"我有吗?我就是跟你八卦下,明明是你自己开始比较起来的——讲真,世界上哪来那么多你们这种长得高、脸好看、家世也好、学习还很棒棒的女人啊!"

阿毛它娘:"你会打游戏,电竞花木兰,你也很棒棒哦!"

ZGDX smiling:"滚。"

童谣翻着白眼放下手机，心不在焉地翻了翻记录着一大堆HW战队各个位置队员数据的笔记本。翻了几页，发现自己一个字都看不下去，而且越翻越烦躁，她索性"啪"的一下合上本子，关了灯，爬进被窝里。

而已经处于半睡状态的大饼不满地"喵"了一声，用腿蹬了蹬童谣。

"蹬什么蹬？这是我的床，那么不满意，睡你的猫窝去。"

童谣凶神恶煞地和猫吵架，一边吵一边掀起被子盖住自己的脑袋，具体是在跟谁赌气，她也说不清楚，闭上眼一不小心想到下午陆思诚嘲笑她"就知道吃"，躲在被子底下的人鼓了鼓腮帮子——什么叫就知道吃？你老人家出去约会相亲的时候我坐在基地看比赛录像复盘，看得眼睛都要瞎了，怎么一句夸奖都没听见啊？呸！

童谣越想越气。

有那么一瞬间她几乎想要拿起手机骂人，但是隐约觉得自己骂人的理由好像有点奇葩外加站不住脚。最后，对于队长与生俱来的恐惧战胜了她的愤怒，她最终气着气着就睡着了。

隔天是比赛日。

童谣他们到达比赛场地时是下午三点半，照例化妆后在休息室等待比赛开始。

四点三十分，隐约听见外面观众席有说话的声音，现场主持人也已经到位。

第十九章

四点四十分,选手休息室有个液晶显示屏,这个液晶显示屏和外面的是同步的,平时选手休息的时候也可以通过屏幕看看当前比赛情况。此时屏幕上已经有了画面,正在播放的是上周TOP10精彩操作。童谣盘腿坐在椅子上一边吃水果一边数,陆思诚上了两个镜头,自己上了一个,陆思诚的镜头基本都是下路单挑和一个打俩成功反杀的操作,童谣那个是团战里站在后排风骚走位收割残局。

四点四十五分,童谣放下水果外卖盒站起来,正想说差不多可以出去了,这个时候,她身后的电视机里突然响起了欢快的音乐,巨大的、拖长了声音的四个字响起来——

"赛——时——语——录!"

正转身往门口走的少女脚下绊了下,一脸茫然地回过头,于是就看见自己那张大脸出现在屏幕上——

"人家选大后期英雄,咱们全部选大前期,哎呀,队友同志们,你们真的很膨胀啊。"这是叹息的老猫。

"我头疼,快点打完回家睡觉。"这是面无表情、嗓音沙哑的陆思诚。

"附议。"这是表情凝重的童谣。

童谣一脸惊恐地抬起双手捂住自己的眼,又忍不住从中指和无名指中间露出一条缝去看电视屏幕:"后台大哥不是说好了这段不上赛时语录的吗?"

陆思诚嗤笑一声:"你白痴吧,谁跟你说好了?"

电视屏幕里戴着耳机的老猫稍稍弯下腰,越过老K看向童谣的方向:"小姐姐你又怎么啦?"

童谣立刻用两根手指堵住自己的耳朵。

然而赛时语录的视频剪辑工作人员却并不准备就这么放过她,只见屏幕上少女原本毫无表情的面部突然抽搐了一下,然后一脸冷静地说道:"肚子痛,想拉屎。"

"肚子痛,想拉屎。"

"肚子痛,想拉屎。"

一句话回放了三遍,最后一句话用了拖长尾音的怪兽咆哮音效,童谣的脑袋上方还出现了彩色的字幕以及厕所的卡通形象,还有一坨哭泣的便便卡通形象……

镜头一个个切过童谣队友们的沉默表情,最后到小胖时,他感慨了句:"我看你是想上赛时语录了。"

屏幕中童谣那张冷静的脸终于出现了变化——在视频中,童谣这才知道自己惊恐时鼻孔那么大,还有双下巴,完全可以与暴走漫画表情包比肩。特效大哥还给她做了个瀑布泪特效:"别别别,后台工作人员大哥给我个面子,这段还是剪掉、剪掉,我给你们跪下拜早年了!"

童谣的右上方出现了小S冷漠脸表情包,工作人员:"哦。"

童谣"啪"的一下手拍在脸上不忍直视地盖住眼,隔着长长的走廊还有一扇门,她都能听见场外的人在"哈哈哈"。等播到她的魔术大师飞下,对陆思诚嚷嚷着"给个人头,给个人头,我辛辛苦苦飞下来,你敢不给我人头,我这辈子再也不来下路",陆思诚让她别激动,当心拉裤子上时,从笑声判断,外面的观众已经快要笑岔气了。

童谣:"不行了,今天这门是出不去了!陆岳,这局你上吧,我需要冷静冷静。"

陆岳:"我就不上,我就要看你笑话。"

小胖:"别害怕。"

童谣:"他们怎么能这么对待一个少女!"

小胖:"电子竞技,没有性别。"

童谣无力地摆摆手。这时候小瑞打开门,催促他们可以去比赛场地了。童谣被小胖连拖带哄地拽出门,经过小瑞时,她清楚地听见战队经理说:"我就喜欢你这么放飞自我的模样,不矫情,和外头的妖艳货一点都不一样。"

昏暗的走廊中,童谣一脸无辜地瞪大了眼,看着他们战队经理撑着墙哈哈乐,顿时觉得全世界都在针对她。

走出选手通道来到座位上时,童谣听见的除了鼓掌声,还有台下观众的哄笑,她搓了搓脸,在自己的位置上坐下,感觉有无数的目光在她身上扫来扫去,这次连前面挡着她脸的电脑屏幕都拯救不了她了。

童谣抓起耳机,戴上之前碎碎念道:"我心态崩了,今天中路天然崩,上下两路你们看着办。"

陆思诚:"你要被单杀一次,我就把这段赛时语录拿回去,在客厅安个超大尺寸的屏幕,二十四小时轮播一天;被单杀两次,轮播两天;被单杀三次,轮播三天……"

童谣:"你是不是人啊?"

童谣嘟囔着戴稳耳机,外面的喧闹声和笑声稍微减小了一些,但她还是没有从刚才的羞耻中回过神来,只是眼下她脸上的番茄酱红已经稍微减退成了淡淡的血红。又过了一会儿,比赛正式开始,进入BP模式的时候,队友们停下闲聊,认真讨论比赛——

老猫:"拿个时间猎人,给我拿个时间猎人,这版本时间猎人很猛。"

老K:"别吧,RANK练了几局就往外掏,我怎么那么不安呢?"

陆思诚:"钻地禁了,黑寡妇也禁掉,别让昆拿了。"

小胖:"中单也禁一个吧,三只手禁掉。"

老猫:"那我拿时间猎人了。"

老K:"我拿啥啊,明神?"

明神:"赏金还在外面你要不要?我觉得赏金可以啊。"

老K:"行吧。"

陆思诚:"有赏金,那我可以拿个后期些的英雄。"

小胖:"傀儡师啊,傀儡师啊,好开团。"

陆思诚:"我们中单呢?掉线了?"

小胖:"安静中。"

明神:"对啊,中单在想什么?对方拿了个伊泽,我觉得暗黑球女还可以啊……童谣你能玩不?"

童谣:"能,拿。"

小胖:"小姐姐,你信不信有些人就算不说话或者言简意赅,该上赛时语录她还是会上的?"

童谣表示,我不信。

第十九章

所以自第一局比赛开始至结束，一共四十五分钟的比赛，从头到尾她说的话不超过十句，每次说话不超过十个字，小胖和老K纷纷感慨童谣被陆思诚鬼上身，而陆思诚显然对此并不服气："我又不是哑巴。"

因为不说话，外加赛前被队长以"循环播放"威胁，第一局比赛，童谣因为精神高度集中，爆炸Carry，开场就和老K在河道蟹蹲到了对方打野，拿到一血，接下来的十五分钟堪称她的暗黑球女教科书式的个人秀，单杀三波HW战队中单——

然后进入团战期。

团战中，童谣操控的暗黑球女的球指哪儿推哪儿，对方的后排小脆皮被她推得叫苦不迭，每次团战都是在后撤的过程中被她推回前排，然后在装备本来就落后的情况下被两三下直接点掉！

也亏得是他们打野见前期苗头不对，直接放弃了中路，在上下二路反蹲老K几次都成功，勉强将拉锯战维持至战局中后期，让HW战队苦苦支撑到四十多分钟。最后因为HW战队的中单发育实在太差，连续两波团战都打不动也打不过，才终于被一波团战结束了比赛。

第一局比赛结束，童谣扯了耳机站起来喝了口水，一句话也没说就夹着尾巴往休息室跑，结果中途上洗手间时，在走廊上遇见了HW战队的打野昆。

童谣脚下一顿，跟他点了点头算是问好，没想到对方却扬起笑脸冲她灿烂地笑了笑，用明显带着外国人说中文的机器人口音道："我看了你的视频，很可爱。"

HW战队打野昆在韩国的时候女粉就很多，因为长得高，皮肤白皙，笑起来有酒窝，看着是个干干净净的大男生，而且平时直播的时候话也很少，跟队友双排时就是微笑着听他们说话，队友坑了不骂人，队友Carry了就会打字夸人家，重要的是学中文也很认真，经常用中文和粉丝打拼音交流。

被这种天使一样的小哥哥猝不及防夸了自己，童谣一激动，差点把持不住……

也是不懂现在的小哥哥们在想什么，她只好赔笑道谢，一溜烟地跑进了洗手间。

原本这是一个可以随时将之抛到脑后的休息时间插曲，童谣甚至不知道这其中到底出了什么问题，还是她微笑道谢匆忙进入洗手间的举动哪里激怒了这位小哥哥，总之，当第二局比赛开始时，她莫名其妙地发现刚才在洗手间门前夸她可爱的那位小哥哥，突然就像是住在中路了一样——贯穿整个游戏前期对线期，昆不是在GANK中路，就是在来GANK中路的路上。

童谣被他抓了第一波，贡献出整场比赛的一血时还觉得是自己不小心，直到对方的黑寡妇一次次地出现在中路——

平静的童谣："打野在中路，我死了，兵线进来了，老K你来吃，别浪费。"

平静的童谣："打野又在中路，我回城。"

不怎么平静的童谣："我死了。"

困惑的童谣："这黑寡妇怎么回事？游戏地图被人剪了两条就剩中间了？"

面瘫的童谣:"我又死了。"

表情开始抽搐抓狂的童谣:"我又死了!"

看着黑白屏幕狠狠一拍键盘彻底崩溃了的童谣:"闹什么呢?没有技能双招越塔一换一也要弄死我!"

心如死灰的童谣:"为什么不BAN黑寡妇?他敢再出现在一次中路,我就敢吐给你们看。"

小胖:"老哥稳住。"

童谣:"老哥稳不住了,速度推了一塔来团,我不想对线了,对方把中路当双人路。"

而此时游戏已经进行到第二十五分钟,对方就像是商量好了似的,上、下二路稳得不行,始终稳稳抗压,不给童谣他们抓的机会,打野拼命针对中路,游戏局面眼瞧着就跌入难以言喻的死循环——

看着自己贡献的全场所有人头,童谣在心中把能骂的脏话都骂了一遍,而因为过于愤怒,她甚至在输掉这局比赛的时候都来不及感到沮丧,胸腔之中熊熊燃烧的只有愤怒。

第二局比赛结束,童谣坐在休息室角落,脑袋顶着墙壁沉默外加面壁思过,陆思诚他们在讨论上一局比赛的问题。就在这个时候,休息室的门被人推开了,众目睽睽之下,HW战队的打野探了个脑袋进来,和大家打了个招呼后直接走向童谣,在她椅子旁边弯下腰:"我可不可以有你的微信?给我微信,下一局不去中。"

童谣把脑袋从墙上拿起来。

昆眯起眼很可爱地笑了起来,还有小虎牙的那种。

选手交换微信挺正常的,一般等待比赛时在后台闲聊该加就加了,童谣也没怎么放在心上就答应下来,看着昆认真地打开微信将她加好,心满意足地说了声"谢谢",站起来往外走,直到他离开,童谣还没回过神来。

童谣:"咋回事?"

陆思诚:"集邮。"

小胖:"我们的微信他都有了啊,别听诚哥瞎说。"

童谣:"哦。"

第三局比赛,昆果然不来中路了。

其实他再来也没用,第三局童谣专门选了个露露,跑得快,手长,有盾、有减速、有沉默,六级之后大招更是回血和击飞保命神技,而且战队在休息时间也商量好再有这种无脑抓的情况该怎么处理了。

第三局比赛大家都在正常玩,没有谁再掏出黑科技,ZGDX战队在第三十八分钟推上高地。最后一波团战后,于四十一分钟顺利拿下比赛。

站起来走到对面与对手握手时,童谣觉得自己今天老了三岁。一路握到昆那儿,后者捏住童谣的手摇了摇,笑道:"微信见。"

童谣:"哦。"

回到基地已经是晚上九点半。

大家打满了三局比赛,还经过第二局的那种惊吓,都累得和狗似的。童谣提议点外卖，得到了一致赞同，她掏出手机打开外卖软件，这才发现HW战队的打野已经给她发了无数条微信——

昆："回基地？"

昆："我也回。"

昆："吃饭了吗？"

昆："今天打得很好，你很强。"

昆："不多见，打游戏厉害的女生。"

昆："吃饭？累吗？出来玩？"

昆："不理我……"

咋回事？童谣放下手机。

坐在她不远处的陆思诚掀起眼皮扫了她一眼，问道："不是要点外卖吗？"

"是要点外卖，在此之前我有个想法不知道当讲不当讲？"

"不当讲。"

"我觉得手机战队的那个小打野好像想撩我。"

陆思诚埋头拿手机单手打字的动作一顿，他抬起头，用"你吃药了没"的眼神看了童谣一眼。片刻之后，在她完全没反应过来时，抽走她手中的手机飞快地看了一眼，然后沉默了。

陆思诚："你怎么看？"

童谣："我只想把他和黑寡妇这个英雄一起塞进棺材里，然后钉上钉子就地掩埋，深深掩埋。"

陆思诚"嗯"了一声，然后低头在童谣的手机上下了个输入法软件，打了一串字，然后将手机还给童谣，继续低头玩自己的手机。

童谣低头看了眼手机屏幕——

ZGDX smiling："Chessman。"

ZGDX smiling："얘는 내 사람이야, 건드리지 마라 이 색기야."

三秒后，对面有了反应——

昆："죄송합니다！"

童谣："啥玩意儿？说的啥？"

陆思诚掀起眼皮扫了一眼："他说对不起。"

童谣："你说的啥他就对不起了？你不会骂人了吧？"

陆思诚停顿了一下，而后淡淡道："你别管，反正以后他不会再来了。"

童谣"哦"了声，打开外卖软件点好外卖，吃饭，洗漱，上床时已经是晚上十二点半，队友还在楼下鸡飞狗跳地打RANK。童谣爬上床玩手机，玩着玩着突然想到昆好像还真的再也没有发信息来，于是她进入微信，找到陆思诚说的那句话，原样复制粘贴给"阿毛它娘"——

ZGDX smiling："这话啥意思？"

阿毛它娘："哪个韩剧里复制来的？"

ZGDX smiling："《蓝色生死恋》。"

阿毛它娘："……"

ZGDX smiling："你别点点点啊，到底啥意思啊？"

阿毛它娘："她是我女人，别动她，你这小崽子。"

童谣手一抖，手机"啪"的一下砸到了她的脸上。

第二十章

（以下对话请自行切换韩语模式）

昆："哥啊……"

fhdjwhdb2333："嗯？"

昆："是真的吗？哥队里的那个中单，真的是哥的女人吗？"

昆："下手太快了啊！"

昆："以为哥不会是这种人的。"

fhdjwhdb2333："还要我证明给你看吗？现在不是，将来也会是的，已经看上了正准备追的话，和是我的女人有什么区别？难道还没追上，你就能染指了吗？"

昆："呜呜呜，不要凶啊，如果只是为了保护队友就大可不必……我会对她好的啊！太可爱了，想捧在手心里好好疼爱！"

fhdjwhdb2333："闭嘴吧，你这小崽子，再可爱那也是你哥我的人了。"

fhdjwhdb2333："不要以为我不知道，恒硕你在韩国可是伤过很多姑娘的心的人——喝酒的时候你君赫哥每次都跟我说你的破事，女主角都不带重样的。"

昆："这个不一样，这个不一样嘛！在一起的话会立刻告诉全世界我们在一起的，连Facebook上面都宣布还不行吗？到时候就连韩国的粉丝都会知道的！如果所有人监督着我，我还能怎么样啊！就像是向岳父大人请求那样，拜托您了！"

fhdjwhdb2333："不行。"

fhdjwhdb2333："就算是先来后到也轮不到你了，省省吧。"

发完最后一句严厉拒绝的话，尽管手机还在响个不停，陆思诚还是选择放下手机，游戏人物已经在泉水出现，他打开购买装备的任务栏，将基础工资装备买好。

手机屏幕还在不停地闪烁，显示有新的微信发送过来——

昆："哥，你难道不相信一见钟情吗？看着她比赛时嚷嚷的样子真是太可爱了啊，想住在中路把全世界的人头都让给她……"

昆："所以今天第二局比赛真的住在中路了，哈哈哈。"

昆："哥你说说话……"

昆："哥你为什么不理我啊！"

昆："就同意了吧！我就喜欢她这样的！感觉像是终于遇见了命中注定的人！"

昆："真的会对她好的！"

昆："要怎么做你才会相信呢？"

昆："这就去把敏太（TAT战队现任中单阿太）打一顿，怎么样？"

第二十章

李恒硕这家伙非常黏人，看似准备执着到陆思诚认可他为止，然而陆思诚并不理他，伸脖子随便挑了两句看了看，在看到他居然还知道童谣和阿太的恩怨情仇并随时准备倒戈血刃昔日队友时，陆思诚就只剩下想要翻白眼的冲动了。本局游戏开始，男人索性将手机往旁边一扔，让他自己蹦跶去了。

两边阵营开始出兵，陆思诚"咔嚓咔嚓"点着鼠标带着辅助悠哉地打下路石头人，打完石头人正准备上线，这时手机又亮了起来，在一大排"昆"的发言里，另外一个ID出现了——

落落："听说周日有你们的比赛，买了高价票去看你，是前排的那种！也找到人带我去后台了，比赛完一起吃饭吧？"

陆思诚："陆岳。"

"干啥？"蹲在陆思诚旁边童谣的椅子上正咬着舌尖打游戏的少年头也不抬道，"你别跟我说话，这局要赢，再输掉大师了，明天那个矮子起来看见掉段说不定会彻底'暴走'，然后把这号的游戏密码给改了！"

陆思诚伸手，一把直接把他的鼠标线拔了，在陆岳"嘶"的一声倒抽气中，男人将手机往他跟前一拍："这女人怎么回事？"

陆岳手忙脚乱地去插鼠标线，从桌子底下钻出来看了眼陆思诚的手机，一脸茫然道："哪个女人？"

陆思诚看了一眼，微信又被HW战队的打野刷屏了，于是抿抿嘴唇进入微信里，找到那个名叫"落落"的人，重新放下手机："这个。"

陆岳："你相亲对象啊。"

陆思诚:"为什么我的手机里会有她?"

陆岳:"人家对你印象挺好的,人也漂亮,性格也不错,身高也搭配——"

陆岳一边说着一边护住自己的鼠标和键盘。

陆思诚屈指敲敲桌面:"让我说第三遍的时候你就遗憾地只是一具'尸体'了,现在第二遍,为什么我的手机里会有她?"

陆岳:"王女士说你那天说了你们不合适,那姑娘还想试试,要求加微信,王女士知道你肯定不愿意加,于是就叫我——我是被威胁的!她说如果我不动手,下一个就是我!"

陆思诚对着这个卖兄求荣的傻弟弟的后脑勺就是一巴掌,在陆岳"嗷嗷"的叫声中,陆思诚拿回手机,又看见昆还在孜孜不倦地发来新的信息——

昆:"我不管了!我周末也要去看你们比赛,在一起的话总会有蛛丝马迹的对吧?如果哥真的和你们中单在一起了,我当然会退出,如果不是,我就不客气了!因为实在太喜欢了!先娶回家再争取得到岳父大人的祝福吧!"

陆思诚重新抓起手机,正想回个"随便你",这时手机上方又跳出一行字——

兔子抱紧胡萝卜:"大哥我给你跪下了,你跟人家手机队打野说了啥啊?有你这么给队友挡桃花的吗?自己灿烂盛开成另外一朵巨大桃花把别的桃花挤开?!"

这些人什么毛病,商量好的一起来?

陆思诚停下准备回复昆微信的手,毫不犹豫地直接把手机关机了,然后世界都清静了。

之后的一天,陆思诚都觉得童谣看自己的眼神怪怪的,但是出于某种难以言喻的玄妙原因,他并没有主动跟这家伙去解释那天为什么这样说。

他能感觉到自己走到哪儿、做什么,背后都有一束目光鬼鬼祟祟地在他的背部扫来扫去,而每次当他一回头时,那目光又"嗖"的一下消失不见了……

陆思诚并不揭穿,就这样逗猫似的任由背后那道目光在他身后扫来扫去,扫了整整一天。

一天后是周六,又是ZGDX战队的比赛日。

陆思诚习惯在比赛日前一天晚上早睡,所以这一天他睡醒下楼的时候还是早上十点,基地一层静悄悄的,只是沙发上盘腿坐着个人——那人腿上放着一本摊开的粉色笔记本,根据陆思诚的记忆,本子上应该写满了密密麻麻的字,每句话句末大概还有她自己画上的不知道卖萌给谁看的颜文字。而此时,本子摊开在那儿,人却没在看,只是一只手拿着个逗猫棒,逗得那只肥得看上去并不是很灵活的肥猫团团转。

听见脚步声,她头也不抬地说:"起这么早?"

下楼梯下到一半的男人停下来:"偶尔起个早床,还要跟你打报告?"

童谣扔了逗猫棒,面无表情道:"那当然了,既然是你的女人,我觉得你穿什么颜色的内裤也应该通知我一声才对。"

这就憋不住了吗?陆思诚双手往裤子口袋里一塞,懒洋洋道:

"黑色。满意了吗?"

陆思诚走下楼梯,目不斜视地从童谣面前走过——而男人对大饼来说,就像是移动的小鱼干似的,看见他,大饼连逗猫棒都不要了,转头就跟在陆思诚的脚边追着去了。

童谣坐在沙发上看着男人从冰箱里拿出酸奶,喝了两口,然后扔进微波炉里叮了两秒,撕开上面的盖子,弯腰把剩下一点酸奶的盒子放在地上——大饼没出息地扑了上去。如果它是狗,童谣怀疑这会儿它可能已经把自己的尾巴摇下来了。

"今天比赛李恒硕也会来。"陆思诚盯着猫和酸奶突然道。

"谁?"

"昆。"

"他来干吗?"

"不死心地想看看我们是不是真的在一起了,如果被他发现事实并不是这样,你就等着做他的十八姨太吧。"

"十八……他看上去是个乖孩子。"

"你也说了是看上去,"陆思诚瞥了坐在沙发上的童谣一眼,"他很早以前在韩国就是换女友比换内裤还勤快,但是因为不找粉丝当女友的原则以及演技一流,所以大家都没怎么听到过类似的风声。"

"你那么了解他?"

"我在TAT战队的时候,他其实早就是TAT战队的练习生了,并不是外界传说的那样我离队后他才加入的,所以按照辈分来说,我是他的前辈,也正因为如此,我交往中的人他才不可能出手——

所以前天才会那么说。"

"哦,"童谣觉得自己被说服了一点,"但是非要编造这么可怕的理由,说之前好歹跟我打个招呼。"

"你你小猫胆子,跟你打完招呼你就该张牙舞爪地来抢手机了,然后继续被恒硕勾搭,再然后沉沦,最后变成他的十八姨——"

"行了行了,"童谣抬起手捂住耳朵,"知道啦知道啦!"

陆思诚满意地"嗯"了声,从厨房不知道哪里翻出个面包啃了一口。

此时距离出发去比赛场地还有一会儿,趁着大家没醒,童谣和陆思诚双排了几局RANK热手,直到中午,其他队员陆续起床,基地里又热闹了起来。

大家一边讨论即将要面对的对手岚战队,一边爬上大巴车,各自找地方坐好。童谣低头正好收到HW战队打野的短信:"今天没有比赛,但是会去看姐姐,比赛加油!"

童谣心中感慨,这孩子中文学得真好啊!这时候听见陆岳在她后面和陆思诚说话:"那女人今天真的会来吗?你打完比赛真的要跟她去吃饭?"

童谣的注意力立刻被吸引了,她抬起头回头看了一眼,目光正好和陆思诚对上。

"嗯,我说了比赛完还有别的安排,没空和她吃饭……她说票都买好了,还是要来看比赛。"陆思诚率先移开目光。

"你哪有什么别的安排?"

"不准备在一起还答应她去吃饭是怎么回事?"

"我就不明白你在执着什么。"陆岳伸长腿,"那小姐姐挺好看的,关键是你俩身高也配。"

"那么喜欢,让老妈介绍给你。"

陆思诚戴上耳机,明显懒得再多说一句。陆岳自讨没趣地摸摸鼻子,回过头看见眼巴巴望着这边的童谣,笑了笑:"我哥相亲对象非要来看比赛。"

童谣"哦"了一声,心想要不介绍昆给她认识,两个闲得慌的人正好凑一对,想着想着她发现好像哪里不对,猛地咬住手指转过身,她发现此时此刻自己的思想邪恶得像是韩剧的恶毒女配。

这样不对。

一个小时后,在童谣的纠结中,ZGDX战队到达比赛场地。

化好妆坐到比赛台上的位置,童谣果然在观众席上看见了HW战队的打野——他坐在ZGDX战队粉丝这一边的第一排,周围不少ZGDX战队的粉丝脸上的表情都无比梦幻,觉得自己在做梦似的,除了一个脚边放着一大束花的妹子此时正低头玩手机,剩下的所有人都纷纷用手机相机近距离偷拍,而李恒硕本人像是没察觉或者对此习以为常一般,低头玩着自己的手机。

不一会儿,童谣放在桌面上的手机亮了起来——

昆:"姐姐呀,我坐在第一排!看见我了吗?"

昆:"我看见你了!"

童谣放下手机,歪了歪脑袋从电脑屏幕后面露了个脸,与此同时李恒硕也抬起头,冲着台上灿烂地笑了笑。童谣正想哪怕是出于礼貌也要跟人家打个招呼,更何况这小孩笑得也太可爱了,然而还没等她做出动作,脑袋便被旁边伸出来的一只大手捉住,强行转向一边——她对视上一双深褐色的瞳眸。

"你再跟他眉来眼去,下次恐怕要当着他的面法式热吻才能让他打消奇奇怪怪的念头了。"

"没有眉来眼去。"

"当我瞎啊?"

童谣沉默了:"知道了,你先放开我的脑袋。"

"不行,恒硕还在看着。"

"诚哥啊。"

"什么?"

"你那相亲对象又是怎么回事啊?"

"没怎么回事,我回绝了,那姑娘不死心,还想试试——连电竞是什么都不知道,试什么试?"

"人家找男朋友又不是找工作,为啥还要知道电竞是什么?"

"因为我任性。"陆思诚一本正经道。

童谣"噗"地笑了:"你拒绝人家了还加她微信?渣。"

放在童谣脑袋上的手稍使劲压了压:"陆岳加的。"

陆思诚言简意赅地回答了童谣的各种问题,其间稍稍低下头——远远看来,听不见他正与童谣说什么的人大概都会觉得两个人动作举止亲密。而这些动作看在李恒硕的眼里,则更像是陆思诚因为一些事在故意宣示主权,他不由皱起了眉头。直到十几秒后,陆思诚嘟囔了声"可以了",终于放开了童谣,而后拿起自己的手机看了一眼——

昆:"哥不如像是小狗一样在她身上撒个尿算了!"

fhdjwhdb2333:"想死吗你,这样和你哥说话?"

顺手回了李恒硕声泪俱下的控诉,当男人转过头去和旁边的小胖说话时,声音自然得像是什么都没发生过。

小胖:"你和smiling说什么悄悄话?"

陆思诚:"她想拿风男,我问她还想不想看见明天的太阳。"

于是在第一局和岚战队的比赛中,童谣背负着"这个人很膨胀,她想拿风男"的黑锅选择了妖姬,保持完美手感与陆思诚双双爆炸Carry,顺利拿下第一局比赛,洗清自己的罪名。

比赛用时三十八分钟。

摘下耳机站起来,童谣习惯性地看了眼下面的观众席,李恒硕也乖乖地坐在自己的位置上低头玩手机,反倒是刚才那个坐在他旁边、脚边放着一大束花的妹子不见了。

童谣挑挑眉,此时还没将这事放在心上,跟在队友的身后往休息室里走。陆思诚掏出手机不知道在跟李恒硕说什么,童谣踮着脚看也看不懂韩语,只是一不小心,余光看见在选手通道的尽头,站着原本应该乖乖坐在观众席的那个妹子,此时她手中抱着一大束花,看见陆思诚走进来,露出了一个明朗的笑容。

童谣愣了愣,用了三秒反应过来这人是谁。

第四秒,她开始回忆如果是韩剧中的恶毒女配,此时应该怎么做来着?

第五秒,在她来得及阻止自己之前,她的身体先大脑一步做出了反应——她抬起手,一把揪住走在她前面正低头玩手机的男人的衣袖。

第六秒,陆思诚停下脚步,侧过身莫名其妙地看着童谣。

第七秒,童谣拽着他的衣袖边缘稍稍使力,男人问了句"干什么",顺势俯下身,同时童谣踮脚抬起手,在他的眼睛底下用手指轻轻拂过,并吹了一口气。

童谣放开了他,后退一步,从容镇定地笑了笑:"这里,掉了一根眼睫毛。"她弹弹指尖。

陆思诚:"哦。"

男人重新转过身时终于看见了站在他身后抱着花的人,从他侧身的一瞬间,童谣分明看见那人脸上的笑容已经和之前不太一样了,而此时童谣脸上的笑容连同方才的"从容镇定"一起消失得无影无踪,她像是泥鳅一般溜进了选手休息室,坐在椅子上,跐溜一下滑到墙角,脑袋顶着墙。

ZGDX smiling:"救命救命救命!我突然莫名其妙地对一个素不相识的人有了邪恶又恶毒的想法,并迅速地做出相应的糟糕行动!啊!"

阿毛它娘:"哦,欢迎来到成年人的世界。"

ZGDX smiling:"成年人个屁!真的特别傻的举动,类似于黄狗在不属于它地盘的电线杆上偷偷撒尿……"

阿毛它娘:"傻孩子,这叫生物应激性。"

阿毛它娘:"顺便问一句,你在哪个电线杆上偷偷撒尿了?陆家村村口那个?"

第二十一章

童谣发现自己无法回答今阳关于哪个电线杆这么犀利的问题,所以她对着手机屏幕瞪了一会儿后,果断选择关掉了手机。此时休息时间接近尾声,陆思诚推门走了进来,手里还捧着一大束盛开的鲜艳的花。童谣转过头,看着他进门就顺手把花递给了他的辅助。

身后摄影师在"咔嚓咔嚓"拍照。

小胖热泪盈眶:"我给你打了两年辅助,做牛做马做保姆,终于等来了今天——来来来,摄影师大哥,镜头给个特写,在这神圣的时刻,我要大声回应诚哥——我不愿意。"

陆思诚瞥了他一眼,冷笑一声,关上了身后的门。

外面的嘈杂声被关在门外,老猫端着咖啡在椅子上摇来摇去,听见动静伸长了脖子看小胖手里的那一大束花——包装高级,花的品种也高级,这么一束花可不便宜啊。老猫问:"谁给的花?粉丝?到后台的粉丝?"

陆岳抬抬眉毛:"他未婚妻吧。"

话音刚落,整个休息室都陷入了十分诡异的沉默。

老K:"你有未婚妻了?!"

小胖:"那我们童谣咋整啊?同床共枕过就算了?"

童谣:"啥?"

老猫扭过头,一脸同情地看着童谣:"我听见雨滴落在青青草地。"

老K:"我听见远方出轨钟声响起。"

老猫:"可是我没有听见你的声音。"

老K:"认真,说声对不起。"

老猫:"我说今天在基地一楼洗手时水咋那么绿?原来是童谣在楼上洗头。"

童谣:"滚。"

"你们差不多行了。"陆思诚抽过明神手中的笔记本,"啪"的一下揍在陆岳的脑袋上,"未婚妻?脑补出一出戏来。"

老猫:"尽在不言中嘛,诚哥你这是啥平静反应,心里偷着乐?有女朋友了也不告诉我们?还当不当我们是队友了?这样在比赛中我们也无法将自己的后背放心地交给你了……"

队友们看着很兴奋,大概是因为在此之前他们和童谣一样觉得陆思诚不可能爱上人类。

陆思诚正想说"天天和你们这些人在一起,我哪来的女朋友",这时,休息室的门被人从外面一把推开——原本应该老老实实坐在观众席的李恒硕钻了进来,手里还提了个星巴克的外卖盒,里

第二十一章

面放了两块蛋糕。他一出现,知道他听得懂大部分中文的陆思诚只好将没说出口的话吞回了肚子里。

手机战队的打野看着像是跑来的,此时呼吸还有些急促,进了休息室的门,跟里面的所有人打了个招呼,他直接来到童谣面前将手中的蛋糕放下:"这个好吃,给你。"说完想了想,又拼命往外挤了句,"打完比赛饿,对身体又不好。"

童谣:"谢谢啊。"

说完,童谣转头去看陆思诚。陆思诚看看他的蛋糕盒,再看看童谣,想了想直接用韩语说:"喂,你这小崽子是想要造反了吗?别人的休息室随便进进出出就算了,还要对着你哥我的女人献殷勤吗?"

"只是送个吃的而已,怕她饿了,这算什么献殷勤?哥你是没见过我献殷勤的模样,我能把星星从天上摘下来送给她啊!"

这次陆思诚是毫不掩饰地翻了翻白眼,抬起拳头对这小屁孩做了个要打的姿势。李恒硕"呀"了一声,转过头对童谣强调了一遍"要好好吃,很辛苦买来的",然后转身抱头鼠窜般逃走了,留下一整个休息室茫然的运营商队队员还有工作人员。

小胖:"咋回事啊?没管我们要微信号,是因为他本来就有,然而今天送蛋糕却没有人手一块啊!"

老猫:"这下不用脑补都有一出戏了。"

童谣将蛋糕盒子放下站起来,正想说些什么,这个时候小瑞推门进来:"时间到了,你们差不多就出来吧——这啥情况?又是鲜花又是蛋糕的,十分钟休息时间你们也要抓紧时间开个派对?

很膨胀啊!"

小胖:"我们队中下二路魅力无边。"

小瑞:"你?"

小胖:"除了我。"

小瑞看向童谣:"咋回事?"

童谣正欲回答,小胖又插嘴道:"隔壁手机战队的打野要给咱们做上门女婿了。"

小瑞:"要追我们童谣?上次比赛狂蹲中路直取我们闺女项上狗头,还指望能娶?哎呀,我说你们这些职业选手的浪漫真的不一般啊……"

队员们嘻嘻哈哈往外走,陆思诚走在最前面,童谣走在最后面。整个休息时间,十分钟内他们来不及说上一句话,虽然这个挺正常的,但是童谣总觉得好像哪里不太对,说不上的别扭。

到了外面比赛台,下面的观众已经坐好了。童谣扫了一眼最前排,陆思诚那个相亲对象已经回到座位上坐好,只是脚边没有了之前的那一大束花,李恒硕那个小鬼也坐回了自己的座位上。

第二局比赛开始。

因为第一局赢得很轻松,大家情绪也比较放松,进行BAN&PICK时也并没有太针对对方,大家都是直接拿了自己想用的英雄,童谣犹豫了一下,选了个月亮女神——因为这个英雄整整一个赛季没有在比赛场上出现过,再加上现在HPL陷入打多少场比赛来来回回选的就是那几个版本的英雄的境地,所以当童谣带着这个新面孔重返战场,一选出来就是一阵轰动。

第二十一章

虽然队员听不见，但是现场欢呼声很大。

解说A："月亮女神，哎呀！这个英雄选出来我是真的没想到——哈哈哈，真的可以啊，我觉得其他队伍的中单要好好考虑这个问题了，你说别人运营商队的一个妹子都敢选出来比赛，你们凭什么不敢选？"

解说B："我之前看韩服排位，最近smiling是玩月亮女神玩得挺多的，估计是在练这个英雄。"

解说A："那应该用得不算好吧？"

解说B："是用得不算好，偶尔会有昙花一现非常灵性的操作，但是大多数情况下都是不太亮眼的打法——希望今天她的发挥能够给自己一个满意的答卷。"

在解说的调侃声中，坐在后台饮水机旁的陆岳连续打了三四个喷嚏，打完喷嚏，他狠狠地翻了个白眼，一不小心想起了基地里的对话——

陆岳："月亮女神这英雄前期真的是弱，这种英雄存在有什么意义啊？删掉算了，它没有活着的意义。"

童谣："你不会玩就别嚷嚷，你这样搞能杀敌？你以为你在打白银局，中亚也不出，切了后排就没准备回来了是吧？走开，看清楚我的操作……"

陆岳："看不见。"

童谣："诚哥，过来把你弟眼睛撑开……"

显然路人们并不知道，所有的不亮眼操作都是一个ID为"律"的家伙在努力扩展他的英雄池，而那所谓的偶尔昙花一现的"灵性操作"，是这个游戏号的真正主人看不下去，自己抢了鼠标和键盘的实力教学。

陆岳单手撑着脸，一边吃手机战队打野送给童谣的蛋糕，一边看面前电视屏幕里的比赛直播。

此时BAN&PICK环节结束，双方十人进入召唤师峡谷。

前期月亮女神确实不是什么适合线上对拼的英雄，她最厉害的应该是团战时期用来突进对方后排、越过上单和辅助之类的坦克，直接切死对方脆皮C位。对于操作者，这个英雄要求反应快，走位好，灵活度强，是一个成败在于一瞬、可以改变战局的英雄。

童谣上线后，也是一直小心翼翼地补刀，没有给对方太大的机会，知道对方也是全华班，沟通好，全程余光没有离开过右下角小地图。

直到童谣到五级半的时候，她突然看见对方的中单和上单双双交出传送，下路亮起两道光。

老猫："咋回事？下路干吗了？也没人抢到六级怎么就集体传送了？"

老猫手忙脚乱地也跟着传送。

童谣没办法，找了个自家稍微深入在敌方后方的眼位，也跟着传送了。

下路莫名其妙就两队十人全员到齐了。

"我就看了他们辅助一眼，真的就看了一眼！"小胖特别无辜地喊，"看一眼能怀孕啊？那么敏感！至于看一眼就一言不合地开团吗？！"

第二十一章

"你不仅看了一眼,你还用钩子钩了一下。"

陆思诚懒洋洋地说着,手上犀利走位躲了对方几个技能。这时童谣和老猫也已经传送到了,老猫的巨怪扑过去卡了个柱子,准确地将他们的中单和ADC与前排隔离开。童谣跟上,手快地将他们原本血线并不算健康的ADC收割掉!

对方见自家ADC死了,就没有继续追击,想要回头后撤,然而陆思诚没有给他们这个机会,手上的暗夜弩手一个位移突然转头,跟在对方的上单后面追着屁股射箭——这时候大家的装备都没成型,上单的坦克程度也就那样,几下被弄死之后,剩下的辅助、打野、中单面对ZGDX战队五人,也是无力回天,更何况此时陆思诚的血线还很健康。

原本勉强维持和平的局面,直接在下路对方主动传送的情况下被打了个团灭,拉开了局面。

最后,童谣留着一个技能没放,把对方中单的人头让给了陆思诚,陆思诚瞥了坐在他旁边的矮一个头的人一眼,问:"今天那么大方?"

童谣没理他。

此时老K和老猫还有小胖三个人顺便把第一条元素龙收掉,陆思诚手里拽着三个人头巨款正想回城,拧头一看,对方的兵线推进来了,索性准备收完这拨兵再回城,又多几百块岂不是美滋滋?正当他这样打算的时候,兵线推进来的同一时间,他看见原本站在草丛里读条回城的自家中单突然打断了读条,"QAAAAAA",一连串操作,把刚进来的兵线吃得干干净净。

"哐哐哐",童谣的地图出现了无数个来自自家ADC的问号,意思是听说敢脏陆思诚兵的人,坟前荒草已经三尺高了。

童谣仿佛眼瞎耳聋,完全没看见陆思诚打的问号一般,悠然自得地重新躲回草里继续回城,并终于在游戏人物消失在一大堆的问号中的那一刻,扔下冷漠的三个字:"过路费。"

目睹这一切的小胖乐得喘不上气,龙也不打了,直接笑瘫在椅子上。陆思诚回城时,看着已经回城完毕买好装备重新出门上线的童谣,一脸无奈。这要是换平常在打排位,有人敢这么脏他的兵线,他这一个回城,大概就再也不会从泉水里出来了,但是现在他一句话都没说,被脏了就被脏了,老老实实买了装备,从泉水里出来。

小胖:"终于找到一个能欺负你的人了。"

陆思诚:"你别说话。"

这只是一个插曲。

比赛还在继续。

虽然对方战队的配合度确实很高,但是在队员一对一的操作水平上,除了中单对新人童谣还算不虚,其他人确实比ZGDX战队的其他队员略逊一筹,所以前期被抓了团灭的情况下,他们根本没多少机会打反手,ZGDX战队依靠滚雪球,很快便将比赛拿下。

今天依然是比较轻松地以2:0战胜对手。

而根据陆思诚的粗略统计,从比赛开始到比赛结束,童谣从头到尾就跟他说过"过路费"三个字——沟通是少了,但是配合倒是没什么问题,他这个做队长的居然也找不到理由挑她毛病。

第二十一章

点爆对方的大水晶后,队员们摘下耳机,到另外一边的选手席跟对方握手。童谣头也不回地走在前面,从陆思诚的方向只能看见她的侧脸,她这副沉默的样子让他觉得有些别扭,但是具体说不上来别扭在哪儿。

队伍五人走到台前,跟下面的粉丝观众鞠躬。

全程男人都是心不在焉的模样,鞠完躬就第一个转头往回走,正当他琢磨着走在他后面的人准备沉默寡言到什么时候时,突然他听见身后的人"啊"了一声,他下意识转过身去——

当时在现场的观众看到的一幕是这样的:ZGDX战队五人鞠完躬,转身往回走,陆思诚走在第一个,童谣第二个,小胖第三个,然后是老猫和老K。小胖一边走路一边回头跟身后的老猫说笑,一个脚下不注意,踩到了童谣鞋子的后跟,童谣跟跄了一下,眼瞧着就要摔倒在地,这时走在前面的陆思诚就像是背后长了眼睛似的,一秒回神,直接将身后坠空一半的人捞起来,像抱什么巨型玩具一样举起来抱在肩上。

那一刻,空气凝固了。

光着一只脚,挂在陆思诚肩膀上脸朝下的人,愣住了。

踩着童谣一只鞋子的小胖愣住了。

台下的观众也愣住了。

直到台下响起一声尖叫,童谣撑着陆思诚的背茫然抬头,只看见无数对准他们的手机、照相机以及如繁星的闪光灯——

陆思诚将童谣从自己的肩膀上放下来:"好好走路也能摔,缺钙啊?"

男人嗓音低沉,童谣甚至来不及辩驳是你家辅助踩了我的鞋。

"本来吧,我们以为自己是来看一场比赛的,直到最后,我们才发现,自己看的其实好像是韩剧……啧啧啧,当时呀,啧啧啧,我都不好意思说了,我只有在十四岁的时候才敢做梦梦到这样的场面。

"我也想不小心摔跤,然后被人举起来。

"我的少女心如是说。"

来自一位不愿意透露姓名的现场吃瓜群众。

第二十二章

观众席异常热闹,人们看上去非常喜欢这一幕赛后彩蛋。

小胖跟在两个人后面一脸茫然地问道:"你俩干吗呢?猪八戒背媳妇?"

陆思诚:"谁猪八戒?"

童谣脸涨得通红,拍拍陆思诚的背,小声说:"会不会抓重点?你先把我放下来。"

陆思诚没动,瞥了眼小胖,然后踢了他踩在童谣鞋上的腿一脚:"你腿挪开。"

小胖低头一看,这才恍然大悟一般"啊"了声把脚缩回去。陆思诚稍稍弯下腰把童谣放下来,放在自己的鞋子上,童谣落在地上,长吁一口气低头正想去穿鞋,这时发现刚才小胖把鞋子前面夹趾的地方踩脱落,坏掉了——童谣顿时整个人都不好了,这鞋是去年圣诞节时今阳送的,黑色的底,前面一朵白色的山茶花,虽然这只是一双人字拖,但这是一双很有纪念意义的人字拖。

这还不算最惨的,最惨的大概是这时候在旁边观望了很久的工作人员终于鼓起勇气上来跟童谣说:"smiling你这边准备好了吗?来做一下MVP采访。"

童谣踩着自己那只坏掉的鞋子,心想你看我像是准备好了吗?但是也没能说出口,因为此时不远处主持人已经就位,灯光也已打好,一堆ZGDX战队的粉丝聚集在采访区前翘首以待。

童谣沉默了下,"哦"了声,乖乖拖着脚磕磕绊绊往采访区那边走——走了两步,听见身后传来一声叹息,她愣了愣,正想回头问陆思诚你叹什么气,突然感觉自己腰间被一双大手卡住,然后双脚离地,下一秒她整个人便腾空起来。

采访区那边的粉丝又尖叫骚动起来,有男生在吹口哨哄笑!

"啊啊,喂喂!"

童谣脑袋后仰撞到男人结实的胸膛,从她的角度只能看见后者弧度完美的下巴。

陆思诚面瘫着脸将她一路拎着,拎到采访区的高脚凳上放下,当一堆快门亮起、闪光灯打在脸上时,他的表情依然保持淡定。他放下童谣后转身离开,回到比赛台上收拾自己的外设,还有童谣的。

童谣坐在椅子上,看着陆思诚把自己的耳机收好塞进外设包里,然后她收回目光,这时候整个人还有些蒙——她坐在聚光灯下,下面的粉丝黑压压的一片,她有些紧张,大脑也是空白一片,茫然中想起一件事:工作人员好像忘记拿接下来采访要问的问题给她看了。

第二十二章

就在这种看似一切都很仓促的情况下,采访环节开始。

主持人首先笑眯眯地恭喜了ZGDX战队以2:0的比分取胜岚战队,顺利拿下本场比赛,现在ZGDX战队的队伍积分是三分,暂时位列A组小组第一。

主持人:"对于现在的成绩,smiling有什么想说的吗?"

童谣握紧手中的话筒:"就……很满意,谢谢我的队友们带我赢,希望能把这个好状态一直持续到赛季末。"

底下的人笑了起来,童谣这时候大脑稍微恢复了运转,怦怦乱跳的心跳也稍微平复了些。

旁边的主持人小姐姐笑眯眯地夸她耿直,看了看手中的问题卡,问出了第二个问题:"大家都知道smiling是HPL职业队伍中唯一的一名女生,所有人都很想知道,作为一名女生来打职业,是不是会有一些不方便以及需要面对比普通选手更多的烦恼呢?"

"还好,刚开始会很紧张,怕自己融入不了,但是后来发现队友们很和善,"童谣挠挠头,"好像也没有人因为我是女生所以给予特殊的照顾,这反而是最好的。再夸一次我的队友们,大概在他们看来,女生打职业并不是什么了不起的事情,他们从来没有这样的想法。"

童谣放下话筒,想了想又补充道:"女生想要做的话其实也可以做到很好,电子竞技不应该只是男生才能涉及的领域,希望拥有这种顽固思想的人能够有所改观。"

童谣说完,勉强看见下面站着的妹子有几个放下相机开始拼命鼓掌。

不知道为什么，她突然想到了入队之前在春季赛总决赛现场遇见的那个明神的粉丝小姐姐，不知道她现在是不是真的已经离开了电竞圈，又或者还是放不下，依然像是以前那样坐在粉丝席上为ZGDX战队继续加油。

童谣微微眯起眼努力看向观众席，她总觉得自己好像看见她了，但是下一刻又觉得自己大概是看走了眼。

接下来主持人又问了几个问题，如为什么要拿月亮女神之类的，童谣一一回答了，直到三四个问题问完，童谣以为采访将要结束，正想从椅子上跳下来，这时却突然被主持人拦住，她转过头，对上对方笑眯眯的眼——

"我们还有最后一个临时附加题，现场所有的粉丝包括我在内都想知道，刚才致谢观众后你们往回走的时候，到底发生了什么让我们Chessman突然回过头，将你一把抱了起来？说实话，能够在《英雄王座》职业赛场上看到这么浪漫的一幕——"

下面的观众哄笑起来，人们小声议论开来。

童谣抽了抽嘴角："是小胖踩了我的鞋，我绊了一下，他接住了我。"

主持人："可是最近各大八卦聚集地都在讨论你和诚哥……"

童谣："还是很清白的，只是偶尔他会说点有的没的，你们不要被他带节奏。如果哪天我们队长决定开始喜欢人类并和我在一起了，我一定昭告天下，广发喜帖。"

主持人："真的会告诉我们吗？"

童谣："拿个喇叭站在比赛台上喊。"

第二十二章

主持人:"哈哈哈哈!"

童谣如此坦诚,完全没有扭扭捏捏的害羞状,反而让那些原本觉得她和陆思诚真有什么、心存疑虑的人放下心来。采访到最后嘻嘻哈哈一片,气氛很好也很轻松,直到主持人宣布采访结束,人们三三两两散去,童谣这才松了口气般从椅子上跳下来。把话筒还给主持人时,她的手掌心全是汗。

为了不让他们队长沾惹上各种粉色新闻,她也是操碎了一颗少女心。

往后面休息室走时,她一瘸一拐的,右脚挂着鞋的"尸体",边走边跟今阳发短信——

ZGDX smiling:"鞋坏了啊!你送我的那个昂贵货……"

阿毛它娘:"哈哈哈哈!我看见了,没关系再给你买啊,被陆家村村口电线杆当场举高高的感觉怎么样?有没有触电危险?"

ZGDX smiling:"不咋样。"

阿毛它娘:"这是电线杆弯着腰邀请你这黄狗来撒尿了,不尿还不高兴。"

ZGDX smiling:"我就喜欢你这想象力丰富的乐观模样。"

说着,童谣终于到了休息室,推开休息室的门,发现里面还有几个工作人员在,其中一个妹子跑过来递给童谣一双酒店的那种一次性拖鞋。

童谣:"哪来的?"

工作人员妹子:"诚哥刚才去附近酒店要的。"

童谣"哦"了一声,嘟囔着"他这么好"弯腰换鞋,其间余光看见了放在桌子上的一大束花,她停顿了下,直起腰,看工作人员也收好了东西转身准备离开,完全没有人要把花带走的模样。

"这花不拿啊?"童谣指着花问。

"诚哥没说拿啊。"

童谣凑上去嗅了嗅,都是最新鲜的进口花,含苞待放的,就这么扔了好像有点可惜。想了想自己也没什么要拿的东西,她索性一只手拎着自己那双昂贵的拖鞋的"尸体",另外一只手捧着几乎要把她的脸都埋起来的花束,跟在工作人员身后吭哧吭哧地爬上了大巴车。

大巴车上,陆思诚坐在最后一排的专座闭目养神,童谣走过去稍稍弯下腰,伸手将他一边的耳机拽了下来:"队长,谢谢你的拖鞋。"

男人睁开眼,深褐色的瞳眸平静又冷漠地与她对视三秒,第四秒,他的视线移开,看向童谣脚边的花:"这是什么?"

"粉丝送你的花。"

"我问的是这个?我问你拿上来做什么?"

"这花好好的为什么不拿?你花粉过敏?"

陆思诚沉默了一会儿,盯着童谣半晌扔出一句"你自己要拿的,等会儿别啰唆",在后者露出莫名其妙的表情时,他一把将自己的耳机抢回来塞回耳朵里,然后将外套的帽子戴上,遮住了半边脸——

一个用行动表达的无声指令:滚远点。

童谣笑了笑,发微信给今阳"恶毒韩剧女配黄狗子又撒了第三泡尿。我觉得我死后大概会下地狱",而后转身坐回椅子上,脚边放着那束花,跷着二郎腿刷微博——

一不小心在首页刷到了一条微博。

不能说的电竞圈秘密:"有现场粉丝今天跟圈圈爆料,坐在运营商队粉丝座位第一排的有个人行为很奇怪,她明显不是混电竞圈的,因为在大家都忙着给近在咫尺的昆选手拍照时,她莫名其妙地问身边的人'他是谁''为什么要给他照相'——而且在第一局比赛时,她脚边放着很大一束花,第一局比赛快结束时,她带着花离开了座位,第二局比赛开始时,她回来了,花没了。在有人问她是来看谁的比赛时,她回答'我是陆思诚的朋友'。"

不能说的电竞圈秘密:"还有工作人员爆料,在后台亲眼看见有个女的把花给陆思诚了,两个人应该确实是认识的,还说了几句话,后来那女的好像是不怎么高兴地走掉了……"

童谣抽了抽嘴角,放下二郎腿坐直了,心想这世界上还真是没有不透风的墙,低头看了眼脚下那束罪魁祸首的花,越看越觉得它是真的很无辜。童谣退出微博到别处看了一圈,发现这个神秘女的新闻已经铺天盖地了——

一枝梅:"叫你们嫌弃smiling矮,配不上你们诚哥,现在好了吧?至少她会打游戏。"

哎哟不错哦:"我刚在smiling那儿放下的一颗心又在另外一个是谁都不知道的女人那儿悬起来了。"

鲸鱼游啊游:"这女的妆真的浓。"

友谊第一:"我就说一句,她可能真的是圈外人,因为我们圈子里的人叫诚哥要么说Chessman要么叫运营商队队长，要么就是叫诚哥，直呼大名真的很少——至于她是谁，为什么跑来比赛现场大秀特秀，哦吼，不知道了。"

我去："想想诚哥其实也到该恋爱的年龄了，细思极恐。"

阿拉拉蕾："发一波举高高动图压压惊（陆思诚把童谣直接抱起来那一瞬间的截图动图），这女的明显是故意的，要是低调，她绝不会坐在第一排。"

野火："楼上+1，故意的+1，诚哥打职业这么久没多少花边新闻，这女的搞毛线啊？"

哇哈哈："嘻嘻嘻，所以现在还有人要骂我们这些双C党吗？至少今天看着诚哥拎着smiling到处走时，你们还知道哈哈哈，现在面对送花女，你们还哈哈哈得出来吗？"

童谣看了一会儿，没想到今天那个妹子送个花也能搞出这么多事，这些网友在这种时刻个个化身电竞福尔摩斯——最恐怖的是，他们猜的大多数都是对的。

至于那个妹子是不是故意的——

童谣站起来坐到陆岳身边，发现陆岳正抱着手机不知道跟谁在说话，她用脚踢了他一下，后者一脸茫然地抬起头，看着身边坐着的面无表情的少女，他停顿了一下，压低声音："你也看见贴吧和微博在说的事了？"

童谣："我以少女的第六感泼一波脏水——那女的是故意的。"

陆岳翻了翻眼睛，把手里的手机递给童谣看——童谣看了一眼，发现这手机是陆思诚的，但是现在陆岳快和一个叫"落落"

的人吵起来了,简单来说,就是陆岳说我替他加了你微信是让你来搞事的吗?现在外面铺天盖地在说我们队长恋爱了,放女朋友来看他比赛还送花之类的……

落落:"所以呢?你们这些打游戏的是不能恋爱还是怎么了?他都多大了?不能有自己的生活?"

落落:"就故意的怎么了?那些女粉丝个个把自己当什么啊?一口一个'我老公'也不害臊,索性让她们死心呗!"

落落:"有新闻就有新闻呗,增加曝光率不是挺好的吗?"

陆岳面黑如炭,从童谣手里把手机抢回来直接把她拉黑了。

"不是不能谈恋爱,"陆岳将手机往口袋里一塞,"是不能和这种人谈恋爱。炫耀心太强,好胜心太强,优越感过于旺盛,对这个圈子的现状一无所知,虽然不完全是她的错,但是大家都不想因为这些事浪费时间。"

"你真是操碎了心。"童谣靠向靠背。

"我哥怎么说也算是个公众人物,不仅是他自己,他身边的人也需要有作为公众人物的自觉,这样大家才能够相安无事地去做自己想做的事。"

童谣想了想,抬起手揉揉陆岳的头发:"你还蛮懂事的嘛!"

陆岳"哎呀"一声往后缩,童谣还想凑上去欺负他,这时候伸长的手突然被人从后面一把拉住,她和陆岳一愣,双双抬起头,随即看见像是一尊雕塑似的立在他们身后的人,满脸睡意蒙眬。

"你们在干吗?"陆思诚问。

陆岳:"开会。"

童谣:"开会。"

"开个屁,幼儿园不需要开会,"陆思诚放开童谣的手,露出嫌恶的眼神,"到地方了,下车吃饭。"

童谣抬头一看,还真到吃饭的地儿了。

打完比赛正好是晚餐时间。

童谣穿着那双酒店拖鞋跟着他们去聚餐,她很惊讶进餐厅的时候那些服务生看向她脚上的鞋时虽然一脸莫名其妙,但是居然并没有上前把她打发出去。

席间没人敢跟他们的队长讨论关于他破天荒第一次上桃花新闻的事,酒足饭饱后,反而是陆思诚自己突发奇想提出了一个惊人的决定:"我们去买个统一的队鞋?看着你们拖鞋、凉鞋、跑鞋乱穿,我也是眼睛疼。"

童谣:"拖鞋、凉鞋多方便,你为啥嫌弃……"

陆思诚:"今天就该让你脸朝下摔个狠的,牙磕掉看你还方便不方便。"

童谣低下头看看自己脚上的酒店拖鞋,乖乖闭上了嘴。

小瑞:"还要申请拨款……"

陆思诚:"我来。"

小瑞想了想,好像他确实是老板来着,于是点点头:"诚哥有钱诚哥给啊?那我看行。"

众人也是说什么是什么,吃完饭看时间还早,索性就在餐厅附近的商场里逛,说是队鞋,其实也就是随便找个体育用品店,买六双一模一样的跑鞋。大家一窝蜂地冲向某家店,挑挑拣拣好不容易定下一款蓝白主色调的男款篮球鞋,小胖上脚穿了,众人看着不错,于是一致通过。

"就它了,"陆思诚从裤子口袋里摸出一张卡,"你们都报一下鞋码。"

在一堆"41""42""40"的报数声中,某个角落里的人沉默了一下,说:"35。"

众人沉默,陆思诚往外递卡的动作一顿。

当全队人齐刷刷转过头看向童谣时,少女挑了挑下巴:"就35,有本事把我开除。"

"瞎得意什么啊你?"陆思诚无语地嘟囔了声,转头去看售货员。

后者被他盯得脸一红:"这款球鞋是男款,最小39码起,但是……但是我知道有个差不多款式的女款。"

售货员一边说着,一边转身,到女鞋区拿了双红白相间同样款式的鞋回来,往这群大老爷们儿选中的鞋子旁边一放,还挺配。

"巧了,"售货员笑着说,"你们选中的这款鞋正好有个女款,是情侣款。"

童谣踹了拖鞋,把脚伸进去试了试,正低头扒拉着小胖穿着男款的脚跟自己对比哪儿就情侣款了,抬起头发现陆思诚已经把卡递出去让人家结账去了。

童谣:"咦?我觉得我还能再选选。"

陆思诚:"再选选天都亮了,有没有纪律性?"

买了鞋,热热闹闹回到基地,众人打赢了比赛还收到一双新鞋,个个都是心满意足,觉得"诚哥有钱诚哥给"真是一句好得不得了的造句。

回到基地,大家原地解散,有的上楼去放外设包,有的去洗澡,小瑞抱着大饼不肯撒手,开罐头讨好猫大爷去了,基地一层一下子只剩下童谣和陆思诚两个人。童谣看见陆思诚在电脑前面坐下来,打开电脑好像是准备继续打RANK训练,她犹豫了一下,走过去,从口袋里掏出一个硬币,拉过陆思诚的手放进他的手心。

童谣:"今阳说,送鞋不好,被送鞋子的人要给送鞋的人一点钱驱邪。"

陆思诚:"你是哪个山头翻山越岭进入大都市打职业的?山里通网了?"

陆思诚面无表情道:"只有情侣之间才有这种说法。"

童谣"哦"了一声,想了想,脸微红地弯腰去抠陆思诚的手,小声道:"那你还我。"

陆思诚手往后缩,然后在童谣来不及捉住他时,手脚敏捷地将那枚硬币扔进了招财猫存钱罐里。童谣倒吸一口气:"你以为丢进去我就找不到——"

话还未说完,只见面前的男人挑起眉,抓着招财猫罐子使劲摇晃几下,然后将整个存钱罐往她怀里一塞:"慢慢找。"

童谣:"陆思诚,你幼稚!"

陆思诚:"我幼稚你还抠门呢,一块钱给人家还要回去,一边去慢慢大海捞针吧,别碍着我开直播。"

第二十三章

陆思诚开直播,其他队友也陆陆续续地下楼开直播补时间,童谣拿了盒水果蹲在座位上吃,一边吃一边看电视剧,陆思诚打着游戏,偶尔抽点时间来跟她闲聊,比如——

陆思诚:"你直播时间弄完了?"

童谣:"放弃了,下个月再说吧。"

陆思诚:"十一点半了。"

童谣:"怎么了?"

陆思诚:"美少女的睡觉时间已经过去一个小时了,你还蹲在这儿吃西瓜……"

童谣摸了摸自己的肚子,心想不上秤看不见的肉就不存在,于是心安理得地把水果吃完,然后打开电脑,打开某直播平台,进入陆思诚的直播间,看见满屏幕都是在问今天那个女的是谁,剩下的那些则是在嘲笑陆思诚。

"有网友说这周比赛你的傀儡师菜得抠脚,四大皆空,是吗?"

童谣指指电脑屏幕,"我都没注意。"

"我是老年人AD,本来就不会玩傀儡师这个新英雄,小胖那天嚷嚷着让我拿的。"此时陆思诚正在进行一局新游戏的BAN&PICK,一边和旁边的人说话,一边直接锁了个傀儡师,"那练练。"

童谣"呃"了声,缩回脖子。

陆思诚又问:"弹幕还说什么了?"

童谣瞥了他一眼:"你自己不会看?"

陆思诚切出来看了两眼,在他切出来的时候弹幕的刷新速度明显变快了很多,陆思诚看着弹幕沉默了一下,而后用那种慢吞吞、懒洋洋的语气回答这群好奇宝宝:"那个女的?哪个女的?你们怎么什么都知道,福尔摩斯啊?她不是谁,家里给我安排的相亲对象……什么叫我为什么要相亲?我也是到法定结婚年龄的健全成年男子,为什么不能相亲?但是拒绝了——是啊,现在不想这个,我更想迎娶S6奖杯过门。"

"不是不好看,是不适合,而且不是这圈子里的人不敢要,不然早晚会分手,何必浪费时间……怎么不会分手?"

陆思诚一边回答网友,一边伸手将自己的摄像头转向童谣这边,于是大家看见蹲在椅子上的ZGDX战队中单一脸茫然地转过头来。在摄像头上方,陆思诚平静的声音传来——

"说出你的故事。"

摄像头中,ZGDX战队的中单翻了个巨大的白眼:"说个屁啊。"

陆思诚将摄像头拧回来,放回桌面上放好:"听见了?这就是下场，还想知道详细的故事你们别问我，去问阳神——那个说以前觉得smiling太矮，现在一对比觉得smiling也不错，可以和我凑合的。房管呢？干活了，封一个月吧，理由是侮辱我的队友矮。"

童谣看见弹幕上飘过一大堆"哈哈哈哈"以及"恼羞成怒算什么，你只是不想被硬凑成一对"，她挪了挪凳子凑到陆思诚旁边："我肯定不找职业选手当对象的，对，不恋爱了，我把青春和少女心奉献给电子竞技。"

陆思诚看了她一眼，童谣抬起头："看什么看？"

陆思诚："自己不会开直播？来我这儿挤什么挤？"

童谣将叉着一块哈密瓜的叉子当作话筒一样递到陆思诚嘴边："代表广大网友请问队长喜欢的类型偏好，方便您的太太团向着那个美好的目标进发。"

陆思诚脑袋一低，直接把那块水果吞了，咀嚼两口吞下去，想了想："以前不是说过？打游戏打得比我好的。"

弹幕上除了"哈哈哈"，现在又多了许多的问号，童谣将叉子往水果小盒子里一扔，拍拍手："听见了吗？他不喜欢女人，老公团得一分。"

"你自己今天在采访里说女的想要做不一定比男的差。"

"想要做——建立在不逛街、不吃好吃的、不美甲、不化妆、不买新衣服、不逛某宝的基础上。"童谣说，"女人离开这些会死，而男人的生活里本来就不存在这些东西，这是你们唯一的天然种族优势。"

童谣撑着脑袋看了一会儿陆思诚直播，然后就打着哈欠回卧室睡觉去了。第二天早上起来，基地还是空无一人时，她做贼似的打开电脑开始直播——其实她并没有对自己的直播时间放弃治疗，她一般都会在早上和中午开直播补时间，而这个时候，她的队友还在睡觉。

她的粉丝因此而感慨，这家伙总是起得比别人还早，根本不是一个合格的电竞人。

童谣直播了一个多小时，偶尔跟弹幕聊聊天什么的。时间过得挺快，将近十点时，陆思诚房间的门开了，男人踩着拖鞋睡眼蒙眬地走下楼，身上邋里邋遢地穿着个衬衫加奥特曼花裤衩（疑似小胖的），头发乱得像鸡窝，明显刚从被子里爬出来……

这就是人民群众心中的电竞男神。

童谣切出来看了眼弹幕——

是陆思诚啊："麻烦转告我男神，奥特曼裤衩好看！"

童谣一个个字地把弹幕念出来，站在厨房里喝水的男人动作一顿，沉默地伸手拎了拎裤子："大清早你开什么直播？"

说完捏着咖啡杯绕到童谣身后，见童谣手上拿着的是皇帝，此时游戏进行到第九分三十秒，童谣的补兵数是九十九个，三十秒后，会有新的第十七条兵线从双方泉水里走出来——

根据陆思诚对于兵线这玩意儿了如指掌的数字概念，也就是说，在过去的九分半时间里，她一个兵都没有漏，并且此时她的个人战绩是1击杀0死亡0助攻——她不仅没有漏兵，还曾经抽空与打野配合拿下过一个人头……

陆思诚挑挑眉，正想说"这皇帝补兵算是练出来了啊"，这时候对方的中单上线,他意外地看见对方中单脑袋上顶着的ID是"TAT TEI",陆思诚摇晃了下杯子,低头看了眼坐在位置上的人:"服用兴奋剂了吗?"

童谣抬起头看了他一眼:"你该刮胡子了。"

陆思诚抬手摸摸下巴:"对方是阿太。"

童谣:"怎么了?"

陆思诚:"一周前遇见他,你都还在瑟瑟发抖,今天怎么就成这样了?"

童谣停顿了下:"阿光教我的。"

"谁?"

"KING战队的打野,"童谣慢吞吞地说,"他告诉我所有的对手并不像是表面看上去的那么令人恐惧,他看上去很强,只是因为他付出的更多……大多数的人都是平庸之辈,努力就可以赶得上,用不着和他们拼天赋。"

陆思诚低头看了眼手中的咖啡,飘上来的咖啡是"鸡汤味"的,于是男人想了想后,问:"在男厕所那次?你们两个小动物在厕所也能领悟出那么多人生道理?"

童谣沉默地切出去看弹幕——

"宝宝你去男厕所干吗?"

"哈哈哈哈!厉害了我的姐!"

"HPL第一中单恐怕是本年度的最大炒作,其真实身份为变性人……"

"我去男厕所是因为走错了,走错了行吗?正好遇见阿光就聊聊天，为什么要在厕所聊天？因为厕所没人啊，特别适合聊天！说我变性的，房管封封封封，封一辈子，没有刑满释放的那一天！什么我打职业是为了赚够钱把变性手术做完，这个也给我封了！房管呢？算了，我自己来！"

在童谣叽叽喳喳忙着和弹幕吵架时，陆思诚突然沉默下来，没别的原因，只是看见她这副活蹦乱跳的模样，突然一不小心想起了那一次和他的老东家打完训练赛后第二天早上——几乎是同一个时间同一个地点，面前的人坐在这里使用同一个英雄，那时候她面色苍白，挂着黑眼圈，第一次因为在职业赛场上受到的打击泣不成声。

而如今——

清晨的阳光从侧面倾洒入基地，照射在她面庞的一侧，稍微垂下眼可以看见她健康的淡粉色面颊上的细细茸毛，她专注于面前的游（弹）戏（幕），眼里仿佛有光。

陆思诚破天荒地不再继续嘲笑她随便乱甩鸡汤，男人那睡眼蒙眬且麻木的眼角突然变得柔和起来，他抬起手，拍了拍童谣的脑袋。

"一会儿来solo。"

"为啥？"正与弹幕争执的童谣声音一顿，一脸茫然地抬起头。

"因为我高兴，赌个今晚夜宵，输了的请客。"

扔下这么一句话，陆思诚转身扬长而去。

童谣目送他离开，一脸莫名地切出来看了看外面的弹幕，然后看到了一番新的天地——

"我也要看solo！不许关直播！"

"跟他solo，打爆他，迎娶他过门！"

"昨天他才说想要跟比自己打游戏厉害的人在一起啊……这是在给你面试的机会，我的小姐姐！"

"哈哈哈哈！然而你并不能打过他！以前我诚哥solo，那个李君赫都打不过他！"

"大清早猝不及防一口狗粮。"

"我诚哥头发乱如鸡窝依然很帅。我告诉你，这样的男人适合放在床上从早看到晚，每一秒都是美好的风景——要不要争取，你自己看着办。"

第二十四章

ZGDX战队莫名其妙地就举办了一场以今晚夜宵为最终大奖的solo大赛。

参与人：童谣、陆思诚。

协办吃瓜群众：小胖、陆岳、明神、老K、老猫以及以教练组为代表的全体工作人员。

开赛前，人们自发而统一地站在了童谣的这一边。

"赢了我们吃小龙虾，输了就只有麻辣香锅了。"小胖一脸感慨地拍拍童谣的肩。

童谣"咦"了一声："就算是小龙虾其实我也可以——"

小胖："不能一次一个人吃十斤的小龙虾算什么小龙虾？"

童谣掐指一算每人十斤小龙虾的价格，点点头，说道："我会努力赢的。"

这时候坐在一旁的陆思诚已经开好了solo用的独立游戏房间，把房间密码发给了童谣——此时两个人的直播也是开着的，童谣这边的弹幕全部都是"仿佛看见诚哥比武招亲现场""房间就是他的擂台""我也好想试试啊,万一呢",而陆思诚那边的弹幕则显得乐观得多——

"诚哥你回头看看,你后面没有人。"

"没有人爱你。"

"我们也不爱你。"

"贴吧夸你的都是你请来的某宝水军吧?你没有粉丝,没有朋友。"

"心疼队长,不得人心。"

"ZGDX战队恐生嫌隙,队员统一孤立队长!"

"无论如何我都支持你啊!我的诚哥啊!反正小龙虾我也吃不到……"

陆思诚扫了眼弹幕,冷漠道:"闭嘴,关直播了。"说完又拧头看了眼童谣,"知道solo的规矩吗?"

"注意!诚哥要开始公布比武招亲的规矩了!"

"今日我们smiling小姐姐是否能够抱得队长归?"

"我申请一起上!"

"哈哈哈哈!你们烦死了!"

"我不知道,我不知道,诚哥给讲!"

陆思诚扭头"啪"的一下把直播关了,十秒后,童谣直播间的观战人数开始暴增,弹幕内容里多了许多瞬间倒戈的吃瓜群众,人们统一了口径:"小姐姐干死那个一言不合关直播的死傲娇!我们为你摇旗助威!"

第二十四章

童谣搓了搓因为紧张而有些冰凉的手，说道："知道知道，三头一塔。"

所谓"三头一塔"，是《英雄王座》的solo规则——

第一，不许带符文天赋；

第二，不许带治疗术、清晰术以及复活等具有回复能力的召唤师技能；

第三，在中路对打，以中路通往河道的两个草丛为边界，超出草丛算作弃权；

第四，这是核心规则，以杀掉对方三次或者推倒对方一个塔定输赢。

双方自由选择英雄，但是在多数情况下，当两个人想要在技术上一决高下时，他们将会选用一样的英雄进行镜像solo——原本童谣和陆思诚擅长两个不同的位置，很难从中找到一个平衡，但是巧合的在于他们是中单和ADC，《英雄王座》中有不少英雄是可以同时胜任这两个位置的，如伊泽、爱神射手、鸟人、红围巾等。

童谣看了眼英雄列表："镜像对吧？那就伊泽好了？"

陆思诚"嗯"了一声，双方选定英雄，进入游戏。

因为没有带符文天赋，所以使用的英雄在初始的各种数值的伤害都与平时不一样，对经常喜欢通过计算伤害来击杀对手的职业选手来说，他们很有可能会被自己的固定思维引向死亡，甚至连补兵都有难度，而要避免这种情况的办法只有一种：平日多开单机模式练习补兵。

只有在这种情况下，他们才会了解并掌握一个英雄在完全裸符文时的伤害值。

刚开始双方出兵上线，童谣还有些紧张——来ZGDX战队这么久，玩《英雄王座》这个游戏更久，她还从来没有和陆思诚直接面对面地对线过。此时听着耳边"咔嚓咔嚓"的鼠标声，看着游戏画面里对方流畅的走位和不急不缓、计算血量伤害恰到好处的补兵，她仿佛可以听见自己的心跳声。

她知道这肯定是在单机练习了很多很多次之后，才会拥有的补兵基本功。

如果说她刚刚稍稍克服对于表情包战队中单的恐惧，是因为她知道生活中大多数人都和她一样是平庸之辈，那么此时，她心中也清楚，陆思诚不是。

出道时作为中国为数不多的选手被韩国的俱乐部签去做练习生，在全世界最顶尖的职业联赛中占有一席之地，提到中国人、中国选手，人们会不假思索地想起"陆思诚"这个名字——

他很早就成名，而后一直位于自己的巅峰。再强的选手也会承认他、欣赏他，因为他拥有过人的天赋，且比寻常人更加努力。

上来一级就被在脸上凶了一套，一路被压着退回防御塔下，愣是漏了一两个小兵的经验，童谣心中咯噔一下，接下来只敢小心翼翼地躲在兵线后，收敛地补自己的兵，其间偶尔会被陆思诚的技能剐到，掉一点血，在看到自己的经验条即将涨满到二级时童谣开始迅速后退——

果不其然，在领先一个补兵的情况下陆思诚率先到二级，先开了第二个技能，上来打了一套。他的手速极快，哪怕童谣立刻

第二十四章

后退扭身,想要躲避他的技能,也还是硬着头皮吃了几个他的平砍,慌忙之中童谣喝了血瓶,攻击小兵,自己到二级学好技能的同一时间,却发现血线极其健康的陆思诚已经开始后退——

追上去迎头反打是不可能的,童谣的唯一机会就是陆思诚上头追着她打,然后她才有机会反手杀掉他……

但是男人显然并不准备给她这个机会。

接下来两个人又是和平的发育时间,其间童谣意识到,如果再让陆思诚安稳发育,她将永远因为那一个漏掉的补兵被他一路压制,所以她永远游走于兵线中,想方设法地骚扰陆思诚,可惜人家根本不吃她这套。

双方到三级半时,童谣因为过分骚扰,压兵线压得比较深,被率先清完一波兵的陆思诚用位移技能跳上来极快地打了套伤害,眼看着血见底,童谣一边用Q技能接平砍A,一边后撤往自己的兵线里逃!

当她的血线只有不到两百时,她看见他跟着冲进了防御塔范围内,挨了一下塔的时候,童谣眼一亮,觉得自己的机会来了,然而就是这一秒的犹豫要了她的命——陆思诚在扛塔的同时,点了下童谣,瞬间挂上灼烧技能,然后E位移技能跳出防御塔范围内,读完冷却时间的Q技能图标亮起来时,他扭身释放,童谣被他在使用位移后接W增加了攻速的Q技能夹杂一次平A刷到,与此同时身上还有灼烧技能的持续灼烧效果。

灼烧技能有五十左右的Debuff,所以当童谣撤到防御塔范围内时,虽然不再能吃到陆思诚的技能,但是也被身上挂着的

Debuff直接烧死!

屏幕一暗,当游戏里响起"FIRST BLOOD"的提示音时,童谣摔了下鼠标,露出无奈的表情。

屏幕被献给陆思诚的弹幕覆盖,伊泽这个英雄的使用方式简单,他的操作并不见得很秀,但是在这一连串的动作中,陆思诚至少展现出来他对这个英雄的基本伤害、技能冷却时间十分了解,以及对使用技巧的计算极为精准!

童谣在等待复活倒计时的时间里买好装备,等英雄重新出现在泉水时,她意识到自己如果继续束手束脚,只会被陆思诚一路压着打到本场solo结束,于是重新上线时,哪怕本身落后一小件装备,她却反而像是放开了手脚——

三分钟后,当双方双双来到五级,童谣以跟刚才一模一样的手法在陆思诚的塔下将他击杀!

陆思诚挑了挑眉,而此时对方的兵线推进防御塔,小兵都被自家防御塔点掉,他吃不到这些兵的经验,还必须眼睁睁地看着童谣站在塔下安逸地点他的防御塔血量——

当防御塔出现"哗啦哗啦"石头滑落碎裂的动画效果时,这宣布着童谣将前期的劣势追回,比赛再次进入一个新的平衡点!

这是一场持续了整整二十分钟的solo。

双方你追我赶,谁也不让谁,场面的人头数一度来到2:2平分,双方的第一座防御塔血线双双告急!

此时周围的人在说什么、弹幕在说什么,童谣早就没在注意了,她全神贯注,眼中只有面前的人。他先上来交出一个召唤师技能，将童谣打至40%的不健康的血线，此时见兵线推进，他犹豫了一下，大概是求稳又往后稍稍撤了些——

这是陆思诚对于中路兵线长短的一个估算失误，其实他完全有办法在兵线推过来之前将童谣打残甚至击杀！但是他错误地选择了放弃，这让童谣抓到了一个小小的机会——当对方准备放弃一波进攻并回撤时，往往是被进攻方吹响反攻号角的最佳时机！

Q打伤害，接W提升攻速，AAEAQ，挂致残，挂灼烧！

在看见对方血量见底，使用E技能迅速后撤拉开双方距离时，童谣摁下R键——

蓄力一秒后，半月弧形大招释放，在挂了几个小兵减弱效果后，却还是将只挂着一层血皮的陆思诚击杀！

3:2！

"赢啦！"

童谣一甩鼠标和键盘，高举双臂，身后以小胖为首的众人见小龙虾稳了，顿时也跟着热泪盈眶、热烈鼓掌，弹幕上也是喜庆洋洋一片——

"哈哈哈！厉害了我的小姐姐！"

"电竞花木兰干倒了陆将军！接下来就是喜结连理无误了嘻嘻嘻！"

"HPL拿了S6冠军我也就这么激动了！"

"紧张到无法呼吸……你们都是老司机，伊泽这英雄也可以被玩出花来。"

"紧张得我哦，手掌心都湿了！"

"我在厕所!蹲了三十分钟忘记我是来干吗的了!恭喜 smiling,恭喜诚哥,现在我要去专心上厕所了,么么哒!"

童谣笑嘻嘻地回头看着陆思诚,后者不急不缓地切出来,到童谣的直播间看了眼弹幕,嘟囔了一声"恭喜我干什么啊?祝你便秘",关了直播间,伸手要戴上耳机——

童谣一把拉住他:"小龙虾,小龙虾,小龙虾。"

陆思诚抬起眼看了看自己手腕上的爪子:"知道了。"

这时,他摆在手边的手机响起,童谣放开他,男人抓起手机一看,是个陌生来电,接了说了声"你好",然后原本放松的眼神发生了变化。

此时童谣正扭身关直播,乖乖跟摄像头挥挥手同粉丝们说了"拜拜",随后"吧唧"一下关了直播间。她转头去看陆思诚,见他反应不对,眨眨眼问:"谁啊?"

"苏落,"陆思诚挂了电话,"说今晚想约我最后一次,吃个饭,以后就不再纠缠。"

童谣愣了愣,原本不错的心情迅速恢复平静,她想了想,说:"哦!不能不去?"

陆思诚瞥了她一眼:"她说不去的话,她会来基地。"

童谣又"哦"了声。

陆思诚"啧"了声,看着有些烦躁地戴上耳机,随便开了个音乐播放软件,此时周围的人散开各自去做自己的事了,周围一下安静下来。

"诚哥啊。"

童谣叫。

陆思诚没理,蹲在椅子上盯着电脑,显得挺专心地在看《英雄王座》下个版本的更新新闻。

"诚哥啊。"

童谣再叫,陆思诚还是没理。

她转头看了他一眼,问"听不见哦",然后又嘟囔着"耳机开那么大声不怕耳朵聋",弯下腰抱起蹲在她椅子上"喵喵"叫的猫转身想要离开,然而在走出几步后,又突然倒退回来。

她站在陆思诚的椅子后沉默了一下,以不大不小的平静声音说:"我不想让你去。"

说完,她垂下眼,抱紧怀中的猫,转身上楼回房了。

蹲在椅子上戴着耳机的人依然一动不动地看他的新闻。

一分钟后,小胖的房门打开,小胖抖着肥肉"噔噔噔"地从楼上蹦跶下来,一边蹦跶一边用不算大的声音说:"诚哥,今天的龙虾要吃××家的,最贵的那种……要三十斤!"

"知道了。"

基地一层的电脑旁,男人掀了掀眼皮,扯下一边的耳机,神色慵懒地回答道。

第二十五章

下午五点的时候,陆思诚还是一副胡子拉碴、抠脚大汉的形象瘫在电脑前面,仿佛一尊雕塑,风吹不动,人推不倒,看看新闻看看剧,也不打游戏也不开直播,一副心不在焉的模样。

五点十分,小瑞从外面回来,一看陆思诚坐在那儿,"哟"了一声,调侃道:"你那对象不是约你见最后一次吗?这都几点了还不收拾收拾打扮打扮?"

陆思诚闻言"哦"了声,抬起头看了眼墙上挂着的钟,停顿片刻,站起来伸了个懒腰,然后从自己的座位上慢吞吞地走到沙发边上,坐下来,又不动弹了。

沙发边上,正抱着猫和手机看美剧的童谣感觉沙发的另外一头陷下去,她掀起眼皮从手机上方扫了眼坐在沙发另外一边的男人,后者闭上眼半躺在沙发上,柔软的头发向后垂落,从窗外照入的阳光照在他半边身子上。

童谣放下手机,摸了摸大饼的脑袋,又拧头看了看站在陆岳身后嫌弃他的抠脚操作、整个人的注意力完全没放在这边的战队经理。

童谣犹豫了一下,抬脚小心翼翼地踹了踹陆思诚,小声道:"你还不准备出门啊?"

男人沉默片刻,正当童谣以为他压根没听见时,他突然动了动,从喉咙深处"嗯"了一声。

"不去了?"童谣又问,那眼神不自觉地有点雀跃,她自己都没有察觉。

陆思诚睁开眼,然后坐起来,看着沙发另外一边坐着的人,他停顿了一下,突然垂下眼,语焉不详地说道:"不是有人不想让我去?"

童谣下意识反问了句"谁啊?管那么宽",问完以后猛然发现哪里不对,她"哎呀"了一声,"噌"地从沙发上站起来,面颊仿佛逐渐被外面的阳光温暖照射而变得微红。在陆思诚深褐色的瞳眸平静的注视中,她又"啪"地坐了回去,嘴角哆嗦,差点找不到自己的舌头:"你都听见了?"

"又不聋。"

"那你当时怎么假装——"

"我要脸。"

童谣想说这和你要不要脸有个鬼关系,结果话到了嘴边,她盯着队长那张面无表情的脸,突然反应过来他是什么意思——

他要脸?他害羞?

这一刻血液仿佛都冲上了大脑,童谣的脸颊灼热得都能烤个面包。

童谣："我、我就随便说说，主要是怕你分心啊，你想想队友都指望你今年S系、夏季赛、夏季赛冠军，奖杯，哦对，冠军皮肤，复仇教皇——"

陆思诚沉默地看着她。

不行了，掰扯不下去了。童谣吸了吸鼻子，猛地举起怀中的猫捂在自己的脸上，大饼顺势用爪子抱住了她的脑袋！

陆思诚叹了口气，站起来走到沙发另一边，弯腰拎着猫的后颈想要把猫拎开，然而正用猫捂脸的人死活不撒手——两人无声较劲时，小瑞转过头，一脸茫然："你俩干吗呢？"

陆思诚松开了手。

童谣一下子失去重心，抱着十几斤的猫一块倒回沙发上，猫圆滚滚的肚子压在她的脸上。

"你准备这辈子挂着猫见人？"

陆思诚伸手晃了她一下。

她反应极其灵敏，伸手"啪"地拍开他的手，转身面朝里蜷缩在沙发上。从陆思诚的角度看过去，在猫毛的覆盖下，隐约可以看见她粉色的脖颈和能滴出血的面颊一侧。

小瑞："陆思诚，你到底出去不出去了？"

陆思诚："不出，要我说几遍？"

小瑞："干啥不出了呢？"

陆思诚弹了一下大饼的脑门，直起身回过头淡淡道："这猫舍不得我去。"

第二十六章

"这猫咬着你的袖子还是抱着你的腿不让你走了?"小瑞一脸茫然。

"都有。"陆思诚言简意赅地回答,想了想又说,"那个苏落她想来基地就来好了,在基地门口说清楚也好,免得我还开车出去,刚洗的车,麻烦。"

"嗯,电子竞技,没有爱情,"小瑞点点头,"我们的目标是S6冠军。"

陆思诚看了他一眼,嘟囔了声"跟这有什么关系",当小瑞嚷嚷着"你这话什么意思?队长,你真准备跟谁来一段说走就走的粉色关系啊"时,男人回到了自己的电脑跟前——这时候被童谣捉住揞在自己脸上的大饼终于不耐烦了,挣扎着爬起来,爪子嫌弃地在童谣脸上踩了两脚,冲着小瑞跑过去了。最近小瑞天天给大饼开罐头,俨然已经成了它的新爹。

这会儿小瑞又弯腰把它抱起来要给它开罐头。

"你别给它老吃罐头,吃挑嘴了放假回家的罐头钱我要跟俱乐部申请公费报销了——你这是在犯罪。"

童谣从沙发上坐起来,抹抹脸道。此时她声音不稳,说话的时候还在偷偷瞥陆思诚那边——男人低着头,不知道在电脑上玩什么小游戏,还是在回某人的QQ信息。

童谣收回目光。

"说到犯罪,我有天半夜看见你饼在犯罪。"小瑞凑近童谣小声道,"那天半夜队长去厕所,你饼见队长走了,立刻跳到他桌子上去捞金鱼,踩了一桌子水还弄得一鱼缸全是猫毛。队长回来我还以为他要杀猫,都举起电话准备报警了,谁知道他就是把大饼拎起来放在地上,自己默默去换了鱼缸水,还搞了卫生,居然什么也没说。"

童谣听得心惊胆战,伸手抓住大饼的爪子用力拍了两巴掌。

大饼委屈得"嗷嗷"直叫。

童谣一脸惊恐:"委屈个屁!差点你就死了!"

"小胖以前给诚哥的金鱼喂饲料,倒多了,撑死过两条鱼,那一个星期的训练赛他都没有得到诚哥给他的哪怕一个治疗……他就看着他的辅助去死啊,然后转身走得头也不回,闻者心痛,听者流泪。"小瑞说到这儿突然停顿了下,"所以你说诚哥怎么忽然就变得这么有爱心了?"

童谣扔了大饼的爪子,抬起头:"什么?"

小瑞:"大饼啊,诚哥对大饼的耐心特别好。"

童谣停顿了一下:"是哦?也许是我们大饼长得美。"

小瑞:"再美之前不也是一口一个毛茸茸的小东西吗?咦?饼,你为啥突然面子变得那么大?"

大饼打了个喷嚏。

趁小瑞举起大饼蹭它的猫脸发嗲的时候,童谣从沙发上站起来,揉了揉滚烫的耳根,回到自己的电脑前面,打开游戏准备玩两局RANK冷静一下——陆思诚见她在自己旁边坐下,就站了起来,转身去洗手间。

这时,小瑞在客厅嚷嚷:"童谣,你把诚哥电脑桌面上那个本月RANK数据统计考核文件给我发一下,又到了一月一次激动人心的扣工资时间了。"

童谣"哦"了声,斜着身子去抓陆思诚的鼠标,好不容易滑动鼠标抬头一看,发现电脑屏幕上是陆思诚和CK战队的上单闲聊的聊天窗口——

好运来那个好运来:"诚哥,你上午solo专门输的啊?"

陆思诚:"我为什么要专门输?"

好运来那个好运来:"阳神说的。"

好运来那个好运来:"那你为什么会输啊!"

陆思诚:"还要我把我为什么输的原因解释给你听?要不要再写八百字检讨顺便面壁思过?"

好运来那个好运来:"讨厌,你刻薄人家,全世界都以为你是故意输的!"

陆思诚:"不是。"

陆思诚:"兵线距离计算失误,被她抓着机会。"

好运来那个好运来:"这种错误不像是你会犯的。"

陆思诚:"我又不是神仙,不会犯错。再说,我为什么故意要输给她?"

好运来那个好运来:"不知道你,反正我只有在泡妞的时候才这么温柔。"

陆思诚:"我们中单看不懂这种高深套路,赢了我之后,她满脑子估计只剩怎么谋朝篡位取代我一统运营商队,对她温柔就是对自己残忍。"

聊天记录到此为止。

这时童谣身后响起平静的男声:"看够了没?"

童谣整个人一哆嗦,扔开了陆思诚的鼠标,弹起来在自己的位置上坐直,背贴着电竞椅一侧的扶手语无伦次地说:"小瑞让我发表格,扣工资那个,说在你电脑上,他让我发的……"

童谣看着陆思诚弯下腰握住鼠标,将聊天窗口最小化,然后在桌面找到小瑞说的文件。童谣沉默了一下,问:"那你今天早上是故意输的吗?"

陆思诚将文件拖进和小瑞的聊天窗口,文件开始传输时,他转过头,语气平淡地反问:"你觉得呢?"

童谣想了想:"我觉得不是。"

陆思诚"嗯"了一声:"你又不是小姑娘要这么哄。"

童谣"哦"了一声,低下头,将耳边的发别至耳后,同时嘴角抑制不住地上扬。

陆思诚:"搞得好像你能看得懂这种套路似的,还不是对牛弹琴啊?"

童谣上扬的嘴角抽搐了一下,又重新放平。

童谣:"我看得懂,我有少女心。"

陆思诚:"你有个屁。"

童谣点开排位,打了两局游戏,把对方中单用的任何英雄都想象成陆思诚的脸,她轻易就把对方的高分路人怼得稀巴烂。打完游戏,看了眼自己稳稳坐在韩服王者的分,她推开键盘站起来伸了个懒腰,决定去睡个午觉。

回了房间,睡前看了下贴吧,满世界都是今天早上她和陆思诚solo的播报八卦,大多数人认为陆思诚是故意输的,少数人站反对派,而这少数人站反对派的理由也是非常理直气壮:陆思诚凭什么让她啊?

少数几个看懂了陆思诚的失误并夸奖她技术的人不幸被淹没于茫茫人海当中。

童谣看了一会儿,觉得没意思,扔了手机就睡了。

迷迷糊糊睡了一会儿,被小胖的微信吵醒,睁开眼睛发现外面天已经黑了。小胖的微信上说:"那女人来了。"

童谣一个哆嗦从床上坐起来,又因为睡得太久,头晕眼花地倒了下去。三秒后,她想到自己房间窗下就是基地门口,又挣扎着爬起来,做贼似的推开窗,伸脑袋往下一看,果不其然那个长腿小姐姐已经站在基地楼下。此时,陆思诚背对着基地站在她跟前,两个人不知道在说什么。

童谣只能看见陆思诚手中的点点星火——

记忆中他很久没抽烟了。

童谣趴在窗户上看了一会儿,发现那两个人转身要往外走,她小声"啊"了一下,心说别走啊,你们去哪儿?想想又不对,人家去哪儿关她屁事,于是抿抿嘴唇,关上了窗。

而此时,院子里。

陆思诚跟面前的人说得很清楚,他俩不合适,并提出天晚了,可以把她送回去。苏落见对方没有想要多谈的意思,只好说自己开了车来,停在小区外面。陆思诚想了想,就说了句:"那送你到院子门口。"

苏落闻言,觉得很气——这男人从头到尾,哪里都很好,怎么可以不是她的?

苏落知道,从ZGDX电子竞技俱乐部基地到这个别墅小区门口停车场的这段路是她可以把握的最后机会。

"陆思诚,你是不是不高兴我上次去比赛现场看你,然后太高调了?"苏落问,"我真不是故意的,那些人怎么问,我就怎么答了,我也没想到你这么有名,而且那些人还会这么深入地分析我说的话……"

陆思诚停顿了下:"跟这没关系。"

"你的粉丝都闹翻天了,真的很抱歉,"苏落说着蹙眉,"她们还找到我的微博了,有些人说话很难听的,说什么我不要脸,假装你女朋友——"

"抱歉。"

"你道什么谦?又不是你的错,是你那些粉丝……"苏落停顿了一下,"我是不太懂你们游戏圈的这些事,但是如果可以发展,我愿意去学。"

"跟这个没关系,"陆思诚熄灭了烟,其实他并没有碰几口,这会儿就直接扔进了垃圾桶里,"我不知道是不是陆岳跟你说了什么有的没的,比如这个圈子的规矩之类的蠢话,你可以不用理他。事实是如果我想要谁,就会保护好她,她什么都不用学。"

陆思诚停顿了下:"所以跟这没关系。"

"那你是怕你的粉丝伤心?"

"又不是娱乐圈,我是打电竞,不是进和尚庙。"

"那到底是——"

"不合适。"陆思诚言简意赅道。

此时两个人已经来到小区外,大概是两个人都长得高,腿够长,速度挺快的。外面就是繁华的街道,有酒吧的音乐声隐约传来。灯光下,苏落转头看着身边比自己高小半个头的男人,他的侧脸隐藏在身后小区投下的阴影之中,有冒出的胡碴没有刮掉,但是这并不妨碍大家意识到这是一个英俊的男人——

他理所当然地说"她什么都不用学"时的语气,也足够让任何听者心跳漏下半拍。

"我们怎么不合适?样貌,智商,家世,还是身高?"苏落笑了,她用下巴指了指不远处酒吧门口的一对情侣,"他们都能在一起。"

陆思诚回过头去,看见一个很高大的男生正将一个身高只到他胳肢窝的小姑娘抱到重型机车上,他穿着背心,手臂肌肉结实且文满文身,这会儿他揉揉小姑娘的脑袋,并拿了个对他的大手来说像个玩具似的安全头盔要给坐在机车后座的小姑娘戴上。

小姑娘笑眯眯地伸长了手臂揽住他的脖子让他低下头,在他的嘴角亲了一下,并让他给自己戴上安全头盔。

苏落:"这小女孩能给他当女儿。"

陆思诚收回目光:"不是挺好吗?"

苏落一顿,用奇怪的眼光扫了陆思诚一眼。

苏落:"你到底喜欢什么样的人啊?"

陆思诚:"游戏比我打得好的人。"

苏落笑了:"那不是炒作噱头吗?"

陆思诚:"不是。"

苏落:"可是真的有这样的人存在吗?他们说你打游戏很厉害的,没有人会比你厉害。"

"没说一定是《英雄王座》,玩《俄罗斯方块》比我厉害也行,只是如果是《英雄王座》就直接娶了。"陆思诚面无表情地说道:"再见。"

苏落走了,最后她也没能说出什么打动陆思诚的话。她道歉,他说不用道歉;她说她会努力适应电竞圈的规矩,他说不用适应;她说他们从头到脚都很般配,他也不置可否。

这根本是块雷劈都劈不动的石头。

苏落气哼哼地把车开走,经过刚才走出来的小区门前时,她隐约看见陆思诚还站在小区门口,她降下窗户正想跟他打个招呼道别,这时候,男人却已经转过身去,目光沉默地看向身后的小区里——

第二十六章

苏落愣了一下,隐约觉得他是在看什么人,但是此时她已经开过了,所以最终她什么也没看见。

陆思诚看着小区的昏暗光线中,一个身影逐渐靠近,最后她气喘吁吁地在他跟前停下,上气不接下气。陆思诚动了动嘴,看着这站直了只有他肩膀那么高,这会儿弯着腰就像是能被他一不留神一脚踩死的人。正想说话时,她打了个手势,示意他闭嘴,然后撑着膝盖像狗似的喘了几口大气。

"你高中体育及格过吗?"

"游戏要打得好,长得也要很可爱,性格还要棒棒的妹子已经千里难寻,还要求体育及格?"童谣扯了扯衣领,擦了把下巴上的汗,"别得寸进尺。"

"你说的这些条件里,除了'游戏打得好',哪条跟你沾边了?"

"……"

"出来干什么?"

"小胖说他饿了,"童谣直起腰,"让我来催你去买小龙虾。"

"不会打电话?"

"手机没电……"童谣看了看陆思诚身后,"你相亲对象呢?"

"走了。"陆思诚从口袋里掏出车钥匙,拍拍身边的人的脑袋,"走,去买夜宵。"

"还走回去!"

"没人叫你追出来。"

陆思诚说着转身往外走了两步,见身后的人没跟上又停下了,回过头发现她愣在原地看着不远处——男人停顿了下,目光顺着她的视线看去,只见那个小姑娘和花臂男还在原地头碰头地说悄悄话,花臂男说得开心了,将她抱玩具似的一把从车上抱下来。

童谣看了一会儿,转头看着陆思诚,两只眼都闪烁着光:"萌。"

陆思诚嗤笑:"你萌点长歪了?"

童谣转身,三两步小跑跟上男人:"不是挺好吗?"

"好什么?"

"你什么也不懂。"

"哦。"

小区内,路边的灯光将两个人的倒影拉得很长,当童谣走在陆思诚的身后时,男人所投下的阴影足够将她完全覆盖。

她抬头看着眼前那宽阔的肩,眼中有未说完的话。

第二十七章

最后童谣还是坐上了陆思诚那辆传说中刚洗好懒得开出去的车，穿越大半个城市找到了小胖指名的那家龙虾店。当两个人要了三十五斤龙虾时，童谣分明看见老板的脸上显出了惊慌，仿佛下一秒就想拿起电话拨打"110"，举报这里来了两个神经病，直到两个人说清楚是要打包带走的。

在等待的过程中，童谣低头玩了一会儿手机，她面无表情，手机里却在跟好友聊着惊天动地的消息——

ZGDX smiling："宝宝好像真的有点喜欢村口那根电线杆。"

阿毛它娘："啧啧啧，早就让你不要随便立Flag，什么不会跟职业选手恋爱，这种话说出来就是用来打脸的……那现在怎么办？那个搞事的女人呢？"

ZGDX smiling："被赶跑了。"

阿毛它娘："那你呢？"

ZGDX smiling："不知道，在被赶跑的路上？"

阿毛它娘:"好好说话。"

ZGDX smiling:"在他放出'想要和打游戏比我好的人在一起'这样的话后,早上我和他solo了一局,他主动邀请的,我赢了——放在一般言情小说的套路以及大多数当时看到的粉丝眼里,这是陆思诚有问题,在有意搞事输给我,但是其实我能感觉到,当时他一点都没有放水,就是在认真打游戏并且想赢,我能赢是因为对于中路地形和兵线的了解,我比他更熟悉,仅此而已。"

ZGDX smiling:"所以我觉得他应该没想那么多,而且大家作为队友,真的冒失做出什么举动被拒绝了,那以后还怎么一起打比赛啊……"

ZGDX smiling:"一想到这个就觉得很恐慌,相比不知道结果的东西,我更希望能够做好打比赛的事——被拒绝很丢脸,但是更不想被别人说'这些女人来打职业就是为了出名或者找男人'……本来妹子打职业就很少见,前人有,但并不多,如果出了什么事,大概又是大帽子扣下来……很丑。"

阿毛它娘:"我开始同情你了,顾虑得真多,我家少女也有长大的一天,来,摸摸头。看来在主动性这方面,你的地位还不如一个普通的粉丝,至少粉丝还能光明正大地叫他一声'老公'。"

ZGDX smiling:"呃……"

阿毛它娘:"那你现在人在哪儿?在黄浦江边上站着准备跳下去吗?"

ZGDX smiling:"早上输了的请客夜宵嘛,现在和他在外面买小龙虾。"

第二十七章

ZGDX smiling:"那现在怎么办啊！"

阿毛它娘:"你自己不是分析得挺好的？别轻举妄动，男的有想法他们自己会憋不住的，如果迟迟不行动，就是你想太多。"

童谣对着手机屏幕"哦"了声，这时候也在低头看新闻的陆思诚抬起头看了她一眼，低声说:"对着手机屏幕自言自语什么？"

童谣收起手机正想要回答，这时候第一部分做好的龙虾拿过来了，陆思诚也就没等童谣说话，站了起来，掏出钱包到前面结账——童谣坐在原地看着男人走到收银台，盯着他的背影看了一会儿，看他不知道和收银台后的老板说了什么，回头看了她一眼，然后又转回去，停顿了下，最后很克制地勾起嘴角笑了笑。

侧脸，很好看。

童谣低下头，用袖子擦了下手机屏幕上的指痕，大脑却一片空白。

她并没有听见龙虾店的老板和陆思诚的对话其实是——

老板:"居然一次要那么多龙虾，是和女朋友在家里聚会招待朋友吗？"

陆思诚:"她不是我女朋友，只是队友。"

下意识地这么回答了，陆思诚递出银行卡的动作却一顿，回头看了眼身后的人，看见她坐在自己身后的桌子旁边，双腿屈起，踩在椅子的下方横杠上，眼巴巴地看着自己，黑色瞳眸明亮，像是一只安静等待主人的毛茸茸的小狗。

两个人目光对视上时，她率先移开了视线。

"乱讲吧？她看你的那个眼神不是看男朋友的眼神，就是看老公的眼神,老板我做夜宵的,什么样的搭配没见过啊……"龙虾店老板笑嘻嘻道,"小姑娘好像是喜欢你哦。"

"不喜欢人家也不要伤她的心啊。"

陆思诚接过老板一边说一边递过来的银行单,含糊地"嗯"了声,又笑了笑,在最下方龙飞凤舞地签了自己的名字,然后他回到童谣身边坐下。

童谣:"你和老板说什么笑得那么甜?"

陆思诚:"你眼睛有毛病了吧?"

童谣:"老板给你打折了吗?"

陆思诚:"没有。"

童谣:"那你到底为什么笑得那么甜蜜开心啊?"

陆思诚:"老板说你像看自己的男人一样着迷地看着我。"

童谣:"屁啊!老板会有那么无聊?"

只是否认老板的行为,却不否认自己的行为。

陆思诚笑笑,不反驳也不揭穿,顺其自然地让童谣以为他在撒谎,掏出手机继续看新闻八卦。童谣瞥了一眼,发现其实陆思诚也是会看贴吧的,也就是说,其实近期发生了什么八卦的事他都知道,只是不说而已。

包括之前相亲女的事情,还有今天上午solo后,网友们上蹿下跳地给他们两个看黄历安排去民政局的时间……想到这儿,童谣觉得自己的脸上又有要燃烧起来的迹象,她单手支着脑袋转过头去——

在接下来等待龙虾做好的三十五分钟里,他俩很少说话。

第二十七章

龙虾送来后，他们各自清点数量，然后大袋小袋地拎起来——陆思诚拎着其中的大部分，剩下的小部分在童谣手里。两个人往外走了一段距离，童谣已经被累得一身的汗："我们到底为什么不叫外卖？"

"这家店不送那么远的外卖。"陆思诚一边说着，一边放下手中的袋子，"休息一下。"

童谣正想说她还能走，结果一回头发现陆思诚在揉自己的手腕，她微微一愣，拎着龙虾三两步跑回去，扔了龙虾伸手去扒陆思诚的手看："你怎么了？手疼？你有手伤？"

"打职业那么久了，又是AD Carry位，有职业伤很正常吧？"陆思诚语气平静，却没有将童谣的手甩开，"只是高强度补兵的劳损而已，只要平常不提重物——"

话还没说完，就看见童谣弯腰将他原本提的那一大堆重物拎起来，陆思诚脚边大概就只剩下一袋七八斤那么重的袋子。

童谣："有手伤干吗不早说？"

陆思诚："有什么好说的？车就在那边了，你先把东西放下。"

童谣："不行。"

童谣："我在家里给我妈扛过天然气。"

童谣："没那么娇贵的，你手伤为什么不早说？要不你在这儿等我，我把这些放上车再回来接你——你把车钥匙给我。"

"劳损，不是残废，"陆思诚一脸无奈，弯腰拎起地上那一袋，向前走一步，"给我。"

童谣往后退了一大步，瞪大眼看着他。

陆思诚"啧"了声,知道自己再往前这人就该头也不回地向着车子那边百米冲刺了,抬起眼看了一下,好在车子也没停太远,最终还是在童谣的坚持下叹了口气:"走吧。"

童谣拎着二十七八斤的龙虾走在前面,健步如飞。

两个人回到车上,将东西在后座放好,当童谣坐在副驾驶座摸索着安全带时,陆思诚也开门坐了上来,停顿了下,突然说:"有点新鲜。"

"什么?"童谣头也不抬地问。

"第一次被小姑娘照顾。"

"哦,"童谣"咔嚓"一声系好安全带,然后抬起头说,"可是我不是小姑娘。"

陆思诚什么也没说,只是笑了笑,抬起手揉了揉她的头发,说:"谢谢。"

车内一下子安静了下来。

童谣微微瞪大了眼,略微出神地盯着驾驶座上的那个人,等他将车启动缓缓开出停车场,她还是看着他,良久,突然叫了声:"诚哥。"

"嗯?"陆思诚开着车,顺口应了声。

车窗外的喇叭声替童谣掩饰了她心中如擂鼓般的心跳,迎面而来的车灯打在她的面颊一侧,她垂下眼,盯着男人握着方向盘时骨节分明的手,侧方凸出的骨节看着很性感。

"什么事?"

"我……啊……你要注意合理安排训练时间,不要加重自己的伤。"

"队里每个月会安排理疗师来帮忙按摩的,上个月你入队的时候正好过了那个日子,所以你不知道。"

"哦。"

童谣点点头,紧绷的肩膀放松下来,然而脸上的纠结和犹豫还是没有退去……她深呼吸一口气,可以听见自己的呼吸声。

"诚哥……"

"嗯。"

"我好像——"

童谣犹豫了。

"要不要听歌?"

陆思诚淡淡地打断了她,余光看见身边那个人眨眨眼,一瞬间就像是鼓胀后被戳破的气球,她垂下头,肩膀耷拉下来……

男人垂下眼,长而浓密的睫毛掩饰了他眼中的情绪,只是再次伸手拍拍她的头,平缓而安静道:"别着急。"

你想要的,都会有。

第二十八章

ZGDX smiling:"差点犯错。"

阿毛它娘:"什么?"

ZGDX smiling:"刚才有一瞬间被他帅到,差点就没把持住表白了——自从跟你坦白从宽之后,那个心潮澎湃,停都停不下来,看他哪儿哪儿都挺帅的,说话帅,不说话也帅,笑很帅,刻薄的样子更加帅,开个车都能成'电竞舒马赫'……"

ZGDX smiling:"看着他握着方向盘的手,我就想变成那个方向盘!"

阿毛它娘:"以上宣言打印出来,说不定陆思诚后援团能给你挪个团长位,但是在此之前,要不你先吃口药?诚哥是很帅没错,你没出息也是真的——说好的梦想呢?说好的为区别对待女职业选手而奋斗呢?木兰!"

ZGDX smiling:"美色当前,之前的理智分析差点都成放屁。"

阿毛它娘:"后来怎么及时刹车的?"

ZGDX smiling:"他岔开话题了,问我要不要听歌,然后让我别急。"

阿毛它娘:"别急什么?"

ZGDX smiling:"可能是我刚才那一瞬间上头,看上去正急得说不出话来……他看我憋得痛苦才让我别急。"

阿毛它娘:"哦,那万一是让你别急着告白呢?"

ZGDX smiling:"然后呢?别急着告白然后呢?是让我耐心等着他主动来告白的意思吗?嘻嘻嘻,这不好吧!"

阿毛它娘:"你这脑回路比《快乐水管工》噩梦难度最后一关还蜿蜒曲折。不过你就暂时先这么认为吧,乐观得像个傻狍子。"

ZGDX smiling:"我不傻。"

阿毛它娘:"是是是,你聪明。"

ZGDX smiling:"等着,也许总有一天他会被我的高超游戏技术以及人格魅力折服,那一天早晚会到来,到时候允许你跟外面吹牛吹三年。"

阿毛它娘:"乐观过头了姐们儿,妄想症了都?还高超的游戏技术,赢了一局solo都不知道自己是谁了,你还是吃药吧。"

童谣嘻嘻笑着退出微信,陆思诚瞥了她一眼:"再在我车上笑成这样就把你扔出去。"

童谣横了他一眼:"笑一下也不行?"

"我车上禁止携带动物,傻狍子在列,"陆思诚说着,想了想又问,"在和谁说话?"

童谣想到刚才和今阳的聊天内容,瞬间抓紧了手机就好像陆思诚能腾出手来抢似的,她脸微微泛红——还好车内光线暗,旁边的人看不见,她吭哧了下:"你怎么管那么宽?"

"队长照顾队员的义务。"陆思诚说着,突然皱起眉,"看你一脸紧张,是李恒硕吗?你还在和李恒硕废话?语言不通也能聊那么好?"

"我没和他说话。"

"哦,拉黑了吗?"

"……"

"拉黑吧,嗯?队长的命令。"

"队长的命令不是这么用的,我没理他,但是莫名其妙拉黑人家,这么尴尬的事我做不来。"童谣把手机塞到自己的屁股底下,"有本事来拿,你自己删吧。"

陆思诚开着车没心思跟她瞎闹,瞥了她一眼就没说话了——于是在剩下的半个小时里,童谣就这么侧着身子干坐着看看陆思诚。其间陆思诚开车,童谣也没玩手机,两个人为了打发时间,就时不时闲聊两句职业圈子里的八卦,谁又找了女朋友,谁又背着女朋友劈腿,哪个战队的女粉丝长得最好看之类的……说着说着,就说到了童谣第一次以粉丝身份坐在下面看ZGDX战队的比赛,摄像头照到她时她笑嘻嘻挥手的样子。

"你那一挥,就把ZGDX战队粉丝团体的颜值平均分从八分降低到六分。"

"对,你家粉丝都是神仙姐姐。"

"嗯,"陆思诚空闲出一只手拍了拍副驾驶座那人的脑门,"再给你一次机会,想好了再开口——谁家?"

"咱家。"

陆思诚满意地笑了笑,收回手。童谣捂着额头倒在椅子上坐好,时不时用小眼神偷偷看在开车的人——

朦朦胧胧的时候就像是站在很远的地方,人群之中,只要他的视线在自己的身上多停留一会儿就可以欢呼雀跃起来,然而当确定了心意之后,那样容易满足的心情便不见了,蠢蠢欲动地,想要用自己塞满他的全世界……

人总是容易这么贪得无厌。

"诚哥啊。"

"干什么?"

"你自己不谈恋爱又禁止队员恋爱,ZGDX战队是和尚庙吗?"

"是,不爽你离队。"

"离队去哪儿?去CK战队?"

"你试试。"

等到了基地下车时,童谣从屁股底下拿出被焐热的手机,这才反应过来自己好像又被套路了——她就这么在路上和她的队长干瞪眼瞪了一路,无聊到爆炸也没想起来自己还有个手机可以玩。

第二十九章

回到基地,两个人手中的小龙虾受到了众人的热烈欢迎,虽然陆思诚刚洗好的车里充满了小龙虾的味,眼看着是又白洗了……努力给洗车店创收的小胖开了直播,跟粉丝们好好地炫耀了一番属于他个人的十斤龙虾,并在关直播吃龙虾之前郑重其事地与粉丝们宣布:诚哥是个言而有信的好男人。

弹幕表示——

"说得好,所以你家双C啥时候成亲?"

"还乐颠颠吃着龙虾呢,成什么亲?我队都是小学生和幼儿园小朋友。"

"ZGDX这个队,队伍氛围是真的好。"

"成绩好的队伍氛围当然都好啊,这不是废话吗?而且有陆思诚这个大金主天天请吃饭,是我也能整天乐观得不行。"

"所以这些龙虾多少钱啊?"

"所以陆思诚是真有钱,一年不知道赚多少?"

"楼上难道不知道陆思诚本身就是个富二代哦？不信你看陆岳啊，他一个万年替补，一年签约费能有多少啊，还不是和他哥同款手表戴起。那表多少钱你知道吗，朋友？"

"镜头转过去一点，我看看别人，不看你，胖子。"

"什么胖子？你们好好说话，就这态度还指望我给你们转摄像头？"小胖捏着一只比他的巴掌还大的龙虾使劲嘚瑟，"这么大的龙虾看过没？一百五六十一斤的虾中贵族，煮熟之前吐出的泡泡都是七彩的……"

"食物中毒了吧，这虾？"

"都是激素。"

"虾中玛丽苏，就被你这牛粪糟蹋了。"

"喝了洗涤灵……"

"小胖你说够了没，吃不吃了？"

老猫的声音远远传来，其间不时夹杂着塑料袋被解开的"唰唰"声……小胖抬头一看，发现老K正举着相机自拍，自拍内容包括他自己以及身后的队友还有小龙虾。自拍完之后他就发了微博，小胖扔了手里的虾刷刷微博："老K，你这微博问题大了，什么叫'全员到齐'？请问你看见你家辅助了吗？"

"谁让你不过来，给你P上去？"老K放下手机，戴上一次性手套。

陆思诚嗤笑一声，坐在原地没动手，低头玩手机。

"你怎么不吃？"童谣踢了他一脚。

陆思诚抬起头看了她一眼，没说话。

陆岳捏着一只虾剥开:"嫌麻烦,还有容易吃一手味呗。"

陆思诚:"那味道第二天都散不去,难受。"

陆岳满脸写着"你看吧",冲着童谣扬扬下巴:"偶像包袱太重,除非你给他剥好放碗里。"

"以为自己在吃波士顿大龙虾啊,还要人伺候?"童谣碎碎念,利落地扯了虾头,扒开虾壳,抽掉虾线,扔汤汁里糊了两下递到陆思诚嘴边,"张嘴,啊。"

陆思诚往后躲了躲,童谣嘟囔着"你看着我扒的,没下老鼠药",见他还是一脸抗拒,挑挑眉又说"算了",正想缩回胳膊自己吃了,这时候见陆思诚张嘴叼过虾尾,将它扯进自己的嘴里。

童谣又问陆思诚:"还要吗?"

陆思诚:"你喜欢给人剥虾?"

童谣:"我就是想说还要也不伺候了,好歹花了钱让你尝个味而已,这叫礼貌——你在跟谁说话?"

陆思诚手机屏幕一转:"关你什么事?"

童谣:"刚才你这么问我,现在我也这么问——"

话还没说完脑门上就挨了一巴掌,童谣"哎"了声缩着脖子往后退,陆思诚扔下一句"没大没小",站起来从童谣身边的椅子换了个离她远的地方坐下。这时陆岳咂吧嘴道:"啧啧啧,早上solo,晚上喂虾,打情骂俏,举案齐眉。"

陆岳的声音有点大,小胖那边的弹幕立刻有了反应——

"谁给谁喂虾?谁和谁举案齐眉?!"

"我刚才听见smiling让谁张嘴!"

"胖子你敢不敢把摄像头转过去让我们看一眼不远处发生了什么——谁要看你直播吃小龙虾！不约！"

"转摄像头，转摄像头！"

小胖笑嘻嘻地坐在电脑旁边，跷着二郎腿贱笑着"哎，不转""一手油，没空转""你们打我啊，哈哈哈哈哈""转什么转？你们看我就够了"，正欢快地调戏弹幕中，这时候，他突然看见一个弹幕飘过——

"胖爷，下周C市等你，么么哒。"

小胖正往嘴里塞虾的动作一顿，满脸茫然地抬起头看了眼不远处的队友，又看看弹幕，眨眨眼问："什么C市？"

弹幕变得密集了些，刚才还争先恐后地嚷嚷着让他转摄像头的粉丝们这会儿纷纷相当耿直地跟他汇报情况：今晚ZGDX战队官方微博放出消息，运营商队全体主力队员将于下周六空降C市，并于某个漫展的某个展台出现，参加某个外设品牌赞助商的现场活动。

对此事，小胖的反应是一脸茫然："下周在C市有活动？漫展？什么漫展——我们战队？不好吧？为什么我都不知道还有这种事……下周有两场A组最后的组内循环赛，周五打黑曜战队，周日打红箭战队啊，就一个周六，主力队员怎么去C市参加活动？当天去当天回？"

小胖一边说着，一边把脸上的笑收了起来，脱了一次性手套嘟嚷着"我去问问"，然后就伸手关了直播。

这边关了直播，小胖直接打开手机看了眼运营商队的官方微博，发现大概在一个小时之前官方微博还真的公布了这个消息。所有有微博的成员官博一个都没有@一下，就是单方面宣布了这件事，就好像生怕被队员本人知道似的。

偷鸡摸狗的。

"小瑞，这什么玩意儿？下周六C市有活动？朋友，你清醒点，坐飞机单程都要两三个小时，大半个中国的距离，你以为去郊区郊游啊？要不是刚才粉丝在弹幕里说，我都不知道……"

小胖嚷嚷着把手机往桌面一拍，此时正围着桌边吃夜宵聊天的众人也跟着愣住了——老猫伸脑袋看了眼小胖的手机屏幕后也跟着蹙眉，先抬头看了眼小胖："直播关了？"

小胖："关了。"

老猫"哦"了声，转头看着小瑞，非常直白地问："这赞助商是不是有病？"

"总部之前是跟我说可能会有这个行程，但是还没确定——我跟他们说了下周五、周日有比赛，没心思去参加什么狗屁活动，他们也说会跟赞助商沟通看看，能不能让二队或者DOTA分部去凑个数……"小瑞也从椅子上站起来，撅着屁股伸脑袋看了眼小胖的手机，"这群人沟通的结果就是不跟我们分部商量，直接偷偷摸摸官宣了？"

童谣呆愣了一会儿后，仿佛反应过来什么似的，脱了一次性手套，直接从几个椅子上爬过去凑到陆思诚旁边，以不容拒绝的速度扒拉他的手机伸脑袋去看——

果不其然，看见的是当他们还在乐观地吃夜宵时，他们的队长大人早就开始跟总部那边的人"据理力争"着这件事。

ZGDX运营部小马说:"赞助商都是衣食父母啊,诚哥,你就答应了吧?"

陆思诚说:"不。"

ZGDX运营部小马说:"据我所知你们下周打的两个队也不是什么强队,抽空去C市一趟参加下活动也不会有太大影响……"

陆思诚说:"不去。"

ZGDX运营部小马说:"不想参加这些乱七八糟的活动的话,要不您下次把ZGDX整个电竞俱乐部买下来?"

陆思诚说:"我姓陆,不姓马。"

ZGDX运营部小马说:"大家都是要吃饭的,诚哥。"

陆思诚说:"行,这次空我给你们补上,让他们撤资吧。"

ZGDX运营部小马说:"别让我们难办啊诚哥,因为您也是股东之一,所以才和您商量的,这么强硬的不合作态度会让总部觉得很难办的啊,这都官宣了呢!"

陆思诚说:"是你们不考虑现实情况,见钱就屁颠颠答应赞助商提出的任何要求,现在来跟我说是我们这边不合作让你们难办?还有,是我让你们官宣的?先斩后奏玩得挺溜啊?"

诸如此类,还有一大堆。

说到最后陆思诚的语气已经相当不好,童谣看着都想找个锅盖顶头上爬走。

但是这个时候,因为官方微博都已经公布了这件事,且不说这时反悔已经第一时间买了漫展票的粉丝是什么反应,赞助商这边也不好交代,就算陆思诚真的愿意自己掏腰包把赞助商的钱补上空子,要求他们撤资,这对以后俱乐部再找投资商赞助影响也挺大的。

总部那边肯定不会由着《英雄王座》分部这边任性,毕竟人家搞电竞俱乐部不是像喊口号一样为了梦想、为了中国电竞,他们本质上是商人,商人都是要赚钱的。

"算了,反正也是当天去当天回吧。"童谣看陆思诚像是真有点生气,只好强压下心中的不满,安慰他,"最多我们累点,少休息一天。"

"你不懂,"陆思诚瞥了她一眼,"这种事有了第一次,让他们尝到甜头以后就停不下来了——去年你没入队的时候,我们这边拦下的大大小小活动有几十场,你问小瑞。"

童谣回头去看小瑞,小瑞冲她苦笑。

掐指一算,这好像还是童谣入队以来第一次参加这种非比赛性质的商业活动。童谣走到小瑞旁边坐下,戴上手套继续吃龙虾:"这些活动都干吗来着?"

"打打现场水友赛,签个名,合个影,和台下粉丝做个互动什么的,"小瑞说,"一般是这样。"

"哦,那还好啊,听着不算累。"

"C市最近都热成火炉了,漫展又在室内,怕人多中暑什么的,影响第二天比赛,"小瑞说着说着又叹了口气,"被坑死了要。"

童谣安慰似的用干净的手背拍了拍他的背:"没事,没事的,hold得住。"

第二周，比赛日转眼就到。

打黑曜战队比童谣想象中轻松许多——也不知道是前几周的比赛连败纪录、0积分A组小组垫底的成绩让这个队伍提不起精神还是怎么的，面对A组领头羊ZGDX战队，他们根本没有一点想要反抗的意思，下午五点开始的比赛，六点半就结束了……

童谣拿了两局MVP，还有她在职业赛场上的第一个五杀。

当比赛结束的时候，她摘下耳机站起来，正准备去跟对手握手时，突然听见台下有人在叫她的名字，她稍稍一顿，转过头，这才发现，原来台下有粉丝举了写有她名字的应援牌——那彩色的应援牌就夹杂在陆思诚、小胖等其他队员的应援牌中间，很不起眼，但是童谣就是一眼看见了。

她听见他们在喊她的名字，为她加油——有男有女，声音不整齐，却是她听过的最棒的呐喊。

童谣微微眯起眼，然后勾起嘴角笑了，抬高了手朝有自己应援牌方向的粉丝们挥挥手，咆哮了声"谢谢啊"，台下顿时哄笑一片——毕竟在比赛台上还这么不淡定的职业选手，她是头一个。

站在她身后的陆思诚翻了个白眼，大手扣住她的脑袋往下压了压："丢死人了你。"

"我有粉丝了，看见没？诚哥，看见了没有啊？那是我的应援牌啊！"

在前面那人兴奋的强调声中，陆思诚敷衍地看了眼观众席，然后"嗯"了声。

"看见了吗？看见了吗？我的应援牌！"

第二十九章

"看见了。"

"屁，你没看见，你敷衍我！"

"说了看见了，画了个白痴猫脑袋那个是不是？有完没完？"

于是在队员鞠躬完毕后，所有人都看见ZGDX战队的中单跟在ADC身后，伸手狠狠地在他背上拍了一巴掌。

因为和黑曜战队速战速决，这让童谣做完MVP采访后他们还有很长一段时间慢吞吞收拾东西，然后再慢吞吞出发前往机场。

去机场的路上，童谣闲着没事干刷了刷贴吧。贴吧把黑曜战队骂得挺狠的，说如果不想赢，那为什么还赖在HPL队伍里浪费名额，次级联赛明明有更多想赢的队伍想要来呢，就是因为有这种死皮赖脸的队伍存在，所以HPL永远打不出成绩！

童谣问了下明神，这才知道原来黑曜战队上个赛季差点保级失败，最后一局极限翻盘才留在HPL的队伍里。

童谣："那也是赢了啊。"

明神："嗯，但是我个人觉得他们的实力确实不如跟他们当时比赛的次级联赛战队——主要是次级联赛的队伍缺少经验吧，如果升上来打几局循环赛，真不见得比现在职业联赛一些垫底队伍差的。"

童谣"哦"了声，继续低头刷贴吧，然后美滋滋地发现这局比赛大概是因为拿了个五杀的缘故，她终于有了存在感，在各种骂黑曜战队的帖子里，偶尔冒出一两个"smiling真的可以啊""那个五杀拿得算有质量的吧，虽然黑曜战队是菜""我决定暂时收回女生打游戏上限很低的话"这样标题的帖子。

童谣随便选了个点进去,发现一楼楼主的头一句话就是:"看了今天的比赛,我也开始怀疑那天smiling的solo赢了诚哥不是偶然,她是真的有两把刷子的,对兵线的掌握还有对游戏出装的理解很强……"

童谣"呵呵"笑了声。

坐在她身后的人抬脚踹了踹她的椅子背:"你傻乐够了没?"

童谣转过身想要反驳,身后那人已经无情地用外套盖住自己的脸,闭目养神去了。童谣翻了翻眼睛,继续缩回座位上看自己的贴吧,这时陆岳凑过来,说道:"后天再赢红箭战队,小组内全胜战绩,你这HPL中单前三的位置大概是没人会提出异议了。"

童谣再次"呵呵",乐得合不拢嘴。

到了机场,大概是晚上八点半,众人拿了登机牌之后原地解散,童谣被小胖拉着去吃饭外加逛机场买护肤品,十点半准时回到登机口准备登机。

童谣拎着大袋小袋的东西排着队上飞机,此时因为挺晚了,飞机上人们说话的声音也小,她专心地抬头数着行李舱上的座位数,一路数到了自己的座位,然后低头一看,里头靠窗的位置坐着的是她家队长。

男人戴着耳机臭着一张俊脸,估计还在为明天要参加那种乱七八糟的活动不爽,此时大概是感觉到有人定格在自己座位旁边,他掀起眼皮扫了她一眼,然后摘下一边耳机:"看什么?"

看你。

第二十九章

"坐,你挡着后面的人了。"

童谣连忙"哦"了声,在身后被挡着的人不满的目光注视下,飞快地在陆思诚旁边的座位上坐下,此时坐在最外面的那个人还没有来,在低头系安全带时她不小心碰到了陆思诚,后者动了动,她立刻像个受惊的小动物似的弹开,然后身体往旁边一侧缩——直到她绝望地看着小胖挪动着他肥硕的身躯,犹如一座大山一般靠近,在靠走道的座位坐下来。

小胖:"巧啊。"

小胖:"估计十二点多才到,小姐姐你一会儿要是困了,可以靠在小胖哥哥柔软的肩膀上睡一睡。"

童谣窘着脸稍稍直起身子,只是身体依然习惯性弯曲,脑袋真的快要碰到小胖的肩膀。

此时低头摆弄手机的陆思诚抬起头扫了她一眼,停顿了下,两个人四目相对几秒,陆思诚语出惊人:"我是见不得人吗,离那么远?"

队长心情真的不太好,不能惹。

童谣立刻坐直了身体,低下头将耳边的碎发别至耳后——当她做这样的小动作时,手背不经意地会碰到身边人的肩膀,隔着薄薄的队服仿佛能感觉到对方的体温。

童谣顿时觉得自己身体的其他部分都消失了,只剩下手背。而她的手背仿佛已经热得快要燃烧起来。

第三十章

童谣紧张了好一会儿,直到飞机起飞才稍微淡定一点。她不是没有坐得距离陆思诚这么近过,只是这和以前不太一样,在跟今阳坦白之前,她都没怎么把陆思诚当潜在的暗恋对象看过。

就好像他突然有了性别似的。

这个比喻童谣给今阳形容过,然后被无情地大肆嘲笑了一番。

飞机飞平稳后,广播通知可以开娱乐设备,为了分散注意力,不再心心念念像个神经病似的惦记此时坐在她身边的人,童谣打开iPad看红箭战队的比赛录像——红箭这个战队前身是"暗杀军团"战队,S3争夺世界冠军失利之后解散重组,只留下一名上单队员成了今天的"红箭"。红箭战队年年稳稳地留在HPL的行列,但是自从S3拿了亚军之后,就再也没有进入过S系比赛,每次都是差一点点,导致错失门票。

去年,"暗杀军团"留下的那个上单老队员宣布退役,走的时候刚刚冲击S5门票失利,所以他走得很遗憾,也很屈辱,说得难听点,他是被红箭战队的粉丝活生生赶走的,什么"老年人""老年上单""拖后腿"各种说法都有……

但是他走之后,红箭战队的成绩并没有变得好一点,今年春季赛也就是刚好进入季后赛一轮游的成绩,而当初那些喷得起劲的喷子,也并没有哪位站出来宣布要对此事负责。

童谣换了个手,撑着下巴,稍稍抬起头看着坐在他们前面一排,正逼着老K和老猫"两口子"看红箭战队资料的明神——

不是每一个人都像明神那样走得干净利落,被人以鼓掌欢呼声相送,大多数人哪怕曾经辉煌,也是在逐渐打不动之后退居替补席,当某一天人们几乎要将他遗忘,只有在冷嘲热讽时提起时,他会突然跳出来发一条微博,宣布退役,转发几百上千,隔天便再也不会被人提及。

这是职业圈的现状。

童谣抹了把脸,转过头叫陆思诚:"队长啊,你退役以后会去做什么?"

"教练,如果游戏倒闭,就回家里公司做事——我爸每年烧香拜拜的主要内容就是虔诚希望蓝脑公司第二天就倒闭,"陆思诚不假思索道,"干吗问这个?"

"在看鬼宿以前的比赛录像。"

"鬼宿去年是被逼着退役的,打门票争夺冒泡赛生死局,一手传送没用好,实力送全队升天,"陆思诚说,"他其实本人操作没什么问题,是心态炸了。"

"被喷子喷的啊。"

第三十章

"打职业并不是你操作好、会打比赛就够了,有时候自己也要有身为职业选手的自觉——什么该听,什么不该听;什么该做,什么不该做。"

"哦,但是你干吗一言不合突然做起了素质教育?嗯?"童谣挑起眉。

陆思诚与那双好奇的目光对视片刻,良久淡淡一笑,用手指弹了弹那凑到自己跟前的额头:"没什么,是怕那些喷子在你没来得及发光之前毁了你,小姑娘。"

其实被弹这一下并不痛,童谣还是"嗷"了声,捂着额头缩回脑袋,脸微红,脑子里就剩下几个巨大的弹幕疯狂飘过:小姑娘,小姑娘,小姑娘,小姑娘……

这是犯罪级别的撩妹。

此时,童谣旁边的小胖笑嘻嘻地接住向后倒的她,同时拍了拍她的肩膀:"没事,只要听队长的,不让做的不去做,好好打比赛,就永远不会有螺旋爆炸的那一天——而且哪怕快炸了,队长也会站出来挡在你前面的。"

陆思诚盯着小胖看了一会儿,面无表情道:"谁告诉你我会这么伟大且慈悲为怀的?"

童谣一愣:"难道不会?"

陆思诚:"你们说的那是佛陀。"

陆思诚:"但是小胖至少说对了一点。"

童谣:"啥?"

陆思诚:"要听我的话。"

中辅二位对视一眼交换了一个大白眼，然后嘀嘀咕咕地凑到一起看比赛录像去了。

陆思诚嗤笑一声，翻了个身面朝窗户继续闭目养神，耳边时不时听见"他们打野也挺喜欢GANK中路的，开局给我个眼""别给诚哥了，他不会死的""他死了你也不背锅啊，让他死吧"之类的污蔑，在听见"选个牛首酋长主E（加血技能）怂在他后面疯狂奶，气死他"时，男人终于忍无可忍地睁开眼，停顿了下，最终又重新闭上——

大约二十分钟后，他的身后安静了。

隐约听见空姐推着车的声音靠近，原本看上去像是在沉睡中的男人睁开眼，眼中不见多少睡意，只是抬起头看了一眼——整个飞机上的人包括他的队友在内三三两两都睡得差不多了，他家的中单和辅助更是相亲相爱地睡成一团……

特别是他家中单。

借着身高天然优势，她直接抱着腿很合适地蜷缩在飞机狭小的座位空间里睡成不倒翁形状，整个身子歪斜向小胖，像靠着柔软肉垫一样靠在他的身上——

当空姐推着小车靠近，问陆思诚需不需要喝什么，男人要了杯咖啡，并在接过咖啡时，顺势将倒向小胖那边的不倒翁用三根手指拨弄了下——

她身体一歪，稳稳落在他的肩头，匀长的呼吸近在咫尺。

男人停顿了下，放下咖啡，将身上的卫衣顺手掀起盖在她的肩头。

第三十章

至于童谣,她只知道自己迷迷糊糊睡了一会儿。

飞机落地,童谣是整个被震醒的,抬起头又是标准的狐獴状茫然地看了看四周,在发现只是飞机落地时,她长吁一口气,抬起手擦擦嘴:"降落技术太差,我要投诉它——呃,小胖,看我脸上有口水吗?"

"没有,"趴在小桌板上脸都压出红印的小胖一脸茫然,"但是你身上有诚哥的衣服。"

童谣低头一看,自己的膝盖上确实落着一件长袖外套,是ZGDX战队去年的冬季队服,背后还有"Chessman"的ID刺绣——童谣盯着这衣服看了一会儿,直到旁边的大手将它一把拿走……

"夏天坐飞机带外套是常识,你这样的独自出门活不过三天。"

拿人手短,既然确实是被照顾了,那被人事后嫌弃两句虚心接受也是应该的。

到了C市漫展主办方安排的酒店已经是半夜两点,考虑到第二天早上八点要起床开始化妆准备活动,童谣洗了把脸就匆匆睡了。她发誓自己只是闭上眼再睁开这么一小会儿的工夫,闹钟就响了。

童谣带着一肚子的怨气外加起床气爬起来洗澡吹头,穿上干净的队服下楼,刚在早餐桌边坐下喝了口果汁,主办方的人就开始催他们去化妆。此时其他的队员都是一脸没睡醒的茫然状态,只有童谣这个早起专业户以及"没有早餐会死星人"感受到了真实的愤怒——

"不是说九点半集合去化妆的吗？现在才八点半。"

"主办方说你们人都到齐了，就早点走，免得路上堵车。"

"那么早过去，今天到底有什么活动内容啊？"

"我们也只是接送的工作人员，具体内容要到那边问展台负责人才知道的哦！"

此时童谣心想的是你们敢更不靠谱一点儿吗？人到了地方才告诉活动内容，这是要给谁surprise啊？

这是第一波愤怒，此时的怒气值为25%，读条四分之一。

坐上车，一路来到漫展现场，坐在化妆间让小瑞给自己弄了瓶酸奶，童谣一边喝一边观察周围——刚开始化妆的时候，就不停地有挂着工作人员牌子的人进来拍照，被小瑞拦下后，就改成了要签名，有些只选陆思诚还有老K、明神这样人气比较高的选手要，有些明显是"来都来了，一个都别错过"地拿着一个本子一个个要……

陆思诚这时候虽然高冷但是耐心十足，有人要就给签了，但是童谣憋着一股起床气加低血糖，这会儿看谁都像二百五，她心里默默数着，一直到有第十三个人往她这边递本子的时候，她心想这数字不错，然后就开始了今天的第一轮爆发——

她把本子往人手上一推："不签了，我这还化着妆，停下来多少次了？瑞哥，你拦下嘛。"

她故意嚷嚷得整个休息室都听见了。

小瑞一脸"你怎么才吱声"的表情，配合道："啊？哦哦，知道了啊，这就去说说。"

第三十章

此时在童谣跟前的那个工作人员是个跟她差不多大的妹子，穿着showgirl的旗袍展服，应该是大学生兼职，之前进来要了几轮签名了，估计就是帮人家带的，这会儿被拒绝，她尴尬了下，也没说什么，收起板子就走了。

"做得好，"给童谣化妆的化妆师翻了个白眼，"我这一早上被打断了多少次了，画个眼线还得分四次画——这些人就是跟朋友炫耀什么我能去后台见×××啊，要不要给你带签名，然后就跑进来要签名了！我跟你讲哦，这种人我见得多了去了，本人说不定根本不怎么清楚你们到底是干吗的，就知道是打游戏的名人。"

童谣"哦"了一声，没吭声，仰着脸给化妆师化妆。

这是第二波愤怒，此时的怒气值50%，读条二分之一。

化完妆，童谣坐在沙发上吃饼干，看着被自己拒绝之后，那个穿旗袍的妹子又陆陆续续偷偷跑进来了几次，这次直接绕过她去找陆思诚他们，童谣翻了个大白眼，心想让你们装绅士，然后抓起手机刷微博，刷啊刷，刷到一个@，点进去一看，是一个大概是粉丝的人在某条微博上@她，而微博的内容是这样的——

小猫喵嗷："今天负责××科技外设展台，听说来了个挺有名的运营商赞助的游戏战队，问了一下有不少亲友是他们的粉丝，就琢磨着给亲友带点福利，好在这些人好像还蛮nice的，要签名都愿意给——就是一个大概也是队员的妹子，人挺傲慢的，多了不起一样，化着妆就不愿帮签名了……不帮就不帮，反正也没觉得很红，嘻嘻，这么傲，活该不红吧？"

下面的评论来自一堆她的亲友：

"妹子打职业？"

"也是工作人员吧？啧啧，拿着鸡毛当令箭！"

"哈哈哈，我好像知道你说的是谁了，说实话，早看她不爽啦，不知道在跩什么！"

可以，很气。

童谣嘟囔了声，把手机往沙发上一拍。

这是第三波愤怒，此时怒气值75%，读条四分之一。

童谣摔了手机，突然感觉身后有人靠近，她猛地回过头去，正好陆思诚弯下腰捡起她的手机，她的鼻尖以飞快的速度从他的面颊一侧滑过，童谣愣了下，大脑放空，一下子没反应过来要抢回自己的手机。

陆思诚低头看了一会儿手中的手机，然后"嗤"地笑了："被人背后说坏话了啊？"

"我就看不上这种借职位之便狂蹭便宜的怎么了？"童谣翻了翻眼睛，"我高中时做漫展，见了多少大大也没这么干过，最近的时候我离某著名coser就一条手臂的距离，他还是我男神！"

"然后呢？"

"发现他并没有比我高多少，脱粉了。"

"那得有多矮？"陆思诚伸手，从身后一把捂住童谣的脑袋将她往沙发上一摁，"你今天有点暴躁，早上没吃饱啊？"

童谣靠在沙发上，用双手掰开捂在自己眼睛上的大手，然后仰着头从对方指缝与他对视："看着穿旗袍的好看妹子来要签名，你心花怒放？"

陆思诚放开她:"是习惯了。"

童谣挑起眉:"那都是你们这些人惯的。"

"不然这些人就出去嚼舌根了,你看,"陆思诚晃了晃童谣的手机,"这不就来了?下午贴吧估计就有'某著名战队女队员脾气暴躁傲慢,与平日表现不符'的帖子出现了……"

童谣愣了下,深呼吸一口气,像是这才反应过来似的,开始有点后悔。

"人家光脚的不怕穿鞋的,"陆思诚把手机往她手里一塞,"你睁只眼闭只眼过去,别被这种人带了节奏。"

"但是——"

"昨天在飞机上怎么说的?"

"什么?"

"听我的话。"

"……"

"嗯?听话。"

"你就仗着你是队长吧。"

童谣狠狠地将手机往口袋里一塞,瞪了陆思诚一眼,从沙发上爬起来,抓起梳子去梳自己被陆思诚抓乱的头发,从镜子里看见小胖嬉皮笑脸的样子和老K他们做鬼脸:"诚哥以后不打职业可以去应聘警犬训导员啊,说不定又要在另外的行业发光发热。"

陆思诚半靠在沙发上,掀起眼皮扫了这群唯恐天下不乱的队员一眼:"你们别刺激她了,再跳起来你们来收拾?"

童谣像是配合陆思诚的话似的一把扔了梳子。

小胖他们瞬间闭上了嘴。

这是第一波降温,此时怒气值65%,读条进度回落,因为队长说三思而后行,别给自己带节奏。

行行行,童谣扒拉了下自己的头发,告诉自己,要淡定,要有素质。

磨磨蹭蹭到大概十一点半,有工作人员进来把童谣他们从化妆间带到了展台旁边简单用板子搭起来的"贵宾休息室",里面一张桌子几个塑料板凳,有点闷热,周围闹哄哄的,童谣在啃一个小瑞不知道从哪儿摸出来的面包。

"这漫展不给饭吃啊?"童谣啃着面包问。

"有水喝啊,"小胖喝了口水,"有水喝不错了。"

童谣想了想,把自己的面包匀了一大半给看着好像也是饿得够呛的胖子。

在休息室等待期间,大概是小瑞终于动弹了下,这段时间内没什么人进来要签名,只是不时有工作人员忙碌地进进出出……最后,估计是展台那边的活动告一段落了,休息室门一开,一群踩着高跟鞋的姑娘说笑着走进来——

小胖他们几个大男人自然从椅子上站起来让位,其中有些妹子挺有礼貌地道谢后才坐下,童谣犹豫了下也站了起来,然后位置就被说她坏话的那位坐了,坐下之后,横了她一眼。

童谣心想说好的好人有好报呢?

童谣站在她身后龇了龇牙,几个站在她对面的showgirl小姑娘见了,估计也是觉得坐着的那位不怎么有礼貌,凑在一起咯咯偷笑。陆思诚瞥了她一眼,只是当什么也没看见,睁只眼闭只眼——

这时候,最后一波高潮来了。

主持人终于进来,将接下来的活动项目单发给每个人,包括什么互动环节、游戏环节。

童谣接过来一看就傻眼了,好好的丢手绢类安全无害的游戏不做,不知道是谁搞出个新创意,要队员公主抱一个展台妹子在展台上赛跑,从这头跑到那头,然后妹子用手里的锤子敲响锣鼓算赢。

说实在的,她看到这个游戏的第一反应是想报警,这里有人进行低俗内容哗众取宠来着。

抬头一看,这回其他队员的脸色也不太乐观,还有几个年轻小姑娘也是一脸犹豫。人家穿着旗袍的,被这么抱来抱去像什么话啊?

而且,除此之外还有更重要的。

童谣放下节目单,面无表情道:"谁想的活动?都不提前告诉我们一声?这群打游戏的个个都是有手伤在身,周末理疗师刚说做完针灸半个月之内不让干重活的,这周拧水瓶我都没让他们来拧……"

小瑞欣赏地看了童谣一眼,赶紧接上:"是是是,这个真的是,负责人呢?来换个游戏吧,这个真的不合适,影响也不好。"

有几个showgirl随声附和。

"我们游戏道具都准备好了,时间也是卡得正好,现在突然要换，不方便吧？其实也就是一下的事，也不用抱多久，忍忍就过去了……"那个主持人一脸犹豫，明显做不了主。

童谣皱起眉，走到老猫旁边，一把撸起他的外套，露出底下的护腕绷带："现在我队友就是一下都忍不了，明天还有比赛的，这要是拉伤了，换谁上？"

说完她放下老猫的爪子，一脸强势，像只护犊子的老母鸡似的横在她那几个老弱病残队友跟前。

那主持人嘿嘿笑了，见这小个子的小姑娘那么强势，也是有点发蒙，支支吾吾了几句，明显还想当和事佬再劝说一下，然而就在这时，突然从休息室一角传来娇滴滴的声音——

"我说姑娘，从刚开始你就臭着脸可劲憋着机会找碴吧？不是都已经告诉你主办方都准备好了道具还有时间也安排好了，换不了吗？"

那个从早上就跟童谣不对盘的人转过来，手里握着一瓶水。

"大家都是拿钱办事，谁比谁高贵似的？那么不乐意倒是别来啊，一边收了钱，一边又要为难人家主办方，你们这些打游戏的事儿是不是太多了点？几个大老爷们儿抱着几十斤的小姑娘在展台上跑两圈至于这么要死要活——"

她的话没能说完。

因为在她说到"要死要活"的时候，童谣已经积攒了一天的怒气值达到100%，此时，在谁也没来得及反应过来的情况下，她甩了老猫的手，一个箭步上去就踹在她的椅子上了——那塑料椅狠狠一歪，坐在椅子上的人尖叫一声瞬间摔倒在地！

童谣上前,脚尖刚撩起那塑料椅子还准备来个QW二连取她狗命,这时却被人从后面一把举了起来,她的后脑勺撞着一个结实的胸膛,还没反应过来,便被人抱着一把转过来——

"放手!"

童谣"嗷嗷"咆哮。

而与此同时,那个屁话很多的女的也从地上爬了起来,尖叫着将手中开着的水连带着瓶子泼砸过来,一整瓶水没碰着童谣一根头发,倒是泼了将童谣摁在自己怀里的陆思诚一背。

至此,休息室里彻底乱成一锅粥!

第三十一章

"你要不要脸啊?有什么话不能好好说,居然打女人?!"

在那女人的喊叫声中,童谣不理她,只是回身踮起脚摸了把陆思诚,却摸了一手水——说实在的,其实一瓶矿泉水不痛不痒的,但是愣就是把她给气蒙了,说时迟那时快,当时童谣像条泥鳅似的从陆思诚的怀里钻了出来,她刚像哥斯拉似的往前踏出一步,还没来得及动手,这时候听见陆思诚沉声叫了声小胖,他的辅助立刻很有默契地伸手再次把童谣拉住一把举起来……

平日里人人都说她胖,结果关键时刻是个人都能把她举起来。

"就你是女人,你哪只眼睛看着我像男人了?嗯?跟你好好说人话你听得懂吗?这大漫展放眼望去全是人,我去哪儿给你找条狗来当翻译?"

童谣被小胖抓着过不去,伸长了短腿在半空中踢了一脚,小胖架着她往后退了退,陆岳在旁边一边给陆思诚递纸巾擦水,一边乐不可支。

而那女的也被其他的showgirl拉着,几个人摁着她的手,也在七嘴八舌地劝——

"嘉宾有不方便的换活动挺正常的,你掺和什么?"

"大家都是拿钱的,但是嘉宾为什么要叫嘉宾啊?因为人家确实是被邀请来的啊……"

"别说了别说了。"

"真的,有你什么事,人家在和主持人商量你插什么嘴?之前给你让座也不说声谢谢……"

说着,大概也是听出一起兼职的人里也有人不赞同她,这时候那个showgirl大约是气极了,甩了捉着她的手,踩着高跟鞋就冲上来了——然而当她手刚扬起来还没落下,便被旁边一股极大的力量一把扣住,她愣了愣,抬起头对视上一双冷漠的深褐色瞳眸——高大的男人此时头发还有些湿润,他垂下眼看着她:"有完没完?"

那凌厉的目光看得她下意识地一缩。

话音刚落,在他身后有个稍微矮一些,跟这人长得极像,只是头发有几缕染成绿色的少年走上来,先将她的胳膊从男人的手里拽出来,顺势力道不轻地推了她一把,脸上还是笑眯眯道:"别找事啊。"

只是那笑也是看得人发怵,并没有比最先拦着她的人看上去和蔼可亲多少。

此时,见这么多人拦着,这showgirl也不好再说什么,一脚踹翻了旁边的椅子,扔下一句"我不做了",甩胳膊昂首挺胸地往休

第三十一章

息室外面走——

走了两步，被从旁边突然伸出来的脚狠狠地绊了下，她踉跄一步，恶狠狠地回头却发现一屋子的人个个无辜地看着自己，一时也不知道是谁干的，只能响亮地又骂了一声，转身拉开休息室的门离开又狠狠甩上！

五秒后，休息室里人人定格在原地，整个休息室处于静止与静默状态。

直到小胖抬起手拍了拍童谣的脑袋："瞎搞。"

童谣从他胳膊里蹦出来，弯腰揉揉刚才绊人时也被高跟鞋踢了一脚的腿，没说话。陆岳低头看了她一会儿，笑道："好了，你这给自己带的一波节奏，至少要扣一个月工资才说得过去。"

"没事没事，我会和俱乐部那边说一下……今天这事大家谁也不愿意看见的。"

小瑞出来打圆场，其实他在这里面的立场最尴尬，夹在俱乐部和队员之间，根本没办法主动出来表明立场——说实在的，他当然也觉得这一系列的活动安排都非常傻气，但是这种时候他却也是最没资格跳出来说话的，所以今天他一整天都很被动。

此时众人见一阵鸡飞狗跳暂时停歇，终于放松下来，几个showgirl围绕过来问童谣有没有事，主持人也在那儿打圆场，只有陆思诚拿着节目单走到角落里用手机拍了张照，然后把节目单扔了——童谣一转头见他背上还是湿的，皱起眉，从口袋里掏啊掏，掏出一包纸巾，走过去递给陆思诚。

"活动还是照着单子上来，"陆思诚接过纸巾，却没有看童谣，

"小胖和老K还有陆岳,你们没手伤的跟着主持人上去把游戏做了,剩下的事回去再说。"

童谣瞪圆了眼睛:"还做?那我刚才惊天动地的到底是在折腾什么——"

话还没说完,剩下的抱怨就被陆思诚一个平静的扫视憋回了肚子里。

而主持人经过方才那么一闹,眼下见陆思诚这边松了口,也不敢再得寸进尺说什么不行、你们都要参加这种话,就像是捏住了什么救命稻草一般连忙说好,甚至道谢,然后拉着陆岳、小胖和老K,生怕谁后悔似的匆忙上了台。

当外面活动声再次响起,休息室反而一下子显得安静下来。

陆思诚坐在角落里捏着童谣递过去的纸巾没说话,周围气压有点低。童谣和老猫惶恐地对视一眼,纷纷坐立不安,仿佛屁股底下的凳子突然都长了刺。童谣灰溜溜地将地上乱七八糟的椅子捡起来整理好,然后跟在小瑞屁股后头上了大巴车,把给陆思诚换的队服像是小太监捧龙袍似的一路小心翼翼地捧回来。

休息室里,她把衣服递给陆思诚,小声道:"诚哥,你先换衣服啊。"

陆思诚玩手机的动作一顿,抬起头看了她一眼,什么也没说,把衣服接过来,站起来就往洗手间那边走——推开休息室的门时,他点了支烟含在嘴边,也没人敢拦着他。

童谣蹲在老猫旁边道:"诚哥好久没抽烟了。"

"嗯,估计是点根烟压压惊,"老猫认真地点点头,"否则怎么释放体内那想要揍你一顿的洪荒之力,揍是不可能揍的,拿皮带抽打又舍不得,只好点支烟,扣扣工资冷静一下……"

一边说着,一边往门外看,此时男人将燃着的烟直接在转角的垃圾桶熄灭了。

老猫:"想象一下,那支烟就是你的脑袋。"

童谣不小心想起了陆思诚昨天在飞机上跟她说的话,然后,她反应过来,她的队长大人大概是真的生她气了。

这就很难搞了。

童谣从来没试图去哄过一个怒火直冲自己而来的队长大人,老司机头一次面临哑火窘境。

下午三点,活动结束。

事实证明,纸是包不住火的。

在做完活动去机场的路上,童谣冷笑着看那个叫"小猫喵嗷"的微博火了起来,连发好几条哭诉关于《英雄王座》ZGDX战队的队员多么傲慢大牌,玩个游戏也不肯配合,其中那个女队员更是一言不合就要动手——动手揍人哦!

这大概是童谣入队一个多月以来最大的新闻。

一时间,不论是微博、贴吧还是各大娱乐平台瞬间炸了,不明情况的吃瓜群众纷纷转发表示围观,一时间说什么的都有——

"哎哟,我盼着什么小姐姐代打的新闻、小姐姐是花瓶爆炸的新闻,盼了一个月都没盼到,好不容易盼到她一个节奏,你告诉我是'打架斗殴'?可以,乱拳打死老司机,在开始黑之前,先让我笑一顿?"

"这女人疯了?"

"再一次证明,一个正常的妹子是不可能打职业的,要么是变性人,要么是神经病。"

"不是,她为什么打你?你说了什么?说清楚,不可能往那儿一坐她就打你了?你说你们起争执的活动内容又是什么?"

"哈哈哈哈!这个ZGDX战队的中单位置有一言不合就打架的传统?有毒吧?"

"不管怎么样,她这样都挺没礼貌的,希望博主没事。"

"可以可以,女的打架格外激动人心!会玩,还是你们会玩!"

"看她长相就知道素质堪忧。"

童谣一条条评论和转发看过来,心如止水。

回头看了眼坐在后面的陆思诚,破天荒第一次没在车上睡觉,也拿着手机不知道在干什么——童谣希望他没有在看这些认认真真讨论她是不是疯子的八卦消息。

扭着脖子,知道自己做错事的童谣安静地缩在角落里瑟瑟发抖,坐在车上看了一会儿各大媒体关于她和showgirl干架的大同小异的消息,大概是三点半的时候,童谣终于等来了俱乐部高层的电话。上面先把小瑞骂了个狗血淋头,然后让小瑞把电话给童谣,接着两个人点头哈腰一起挨骂,最后俱乐部扣了童谣两个月的工资和奖金,并准备在官博上挂墙头斥责,顺便宣布禁赛一次。

禁赛?

好吧。

第三十一章

童谣咬着指甲皱着眉,乖乖答应回去一定面壁思过——

说不服,她也是真的不服,但是出来混,并不是所有的事都可以意气用事。俱乐部做到这个点已经算可以了,惩罚可大可小,几乎也可以说是不痛不痒。童谣挂了电话重新拿起手机刷了下自己的微博,有不少人发私信骂她,骂得难听的也有,什么小心眼啊、没礼貌啊、丢了妹子的脸啊之类的,她看过也就算了。

虽然孽是自己作的,然而被这么骂说不难过也是假的,只能跟今阳吐槽一下,不然这时候她也不知道怎么办。因为围观群众根本不知道下午到底发生了什么,只是听那个showgirl一面之词而已,她百口莫辩。

今阳听她说了几句,直接甩了电话过来:"谁不是爹妈养大的小公主怎么的?嘴贱就是欠抽啊,有问题?你当时怎么就没多打她一巴掌——艾佳,你再抢我电话?!滚远点!别闹!"

"你别搁这儿煽风点火,"艾佳的声音隐约从电话里传来,"这事不能由着性子来,你没见外头节奏怎么带的啊……"

"看见了,所以才说没多扇她两巴掌真的亏大了。"今阳的声音重新回到电话里,大概是她暴力抢回了自己的电话,"这年头要是女人都不能制裁女人了,那天底下的小贱人们岂不是要上天?跟那些没事找事的人讲素质?我说木兰,你这仿佛禁赛一辈子的沮丧语气是咋回事啊?"

童谣抬起头小心翼翼地瞥了眼自己身后,然后"咻"地回过头压低声音做贼似的说:"我们队长气得不行。"

今阳:"他气什么?"

童谣："好像是昨天刚刚苦口婆心跟我说过要好好做人,不要带自己节奏,然后十二个小时后,我就被禁赛了。"

今阳："那是挺作死的,换我估计要被你气死了。"

今阳："不过也不对啊,你怎么不解释?就闷头被人骂啊?"

童谣想了想,不是她不能说,而是她知道这时候说什么看看都像是狡辩,并没有什么说服力。

纠结地跟今阳打了会儿电话,倒了几桶苦水,童谣就这样以要将自己憋成内伤的方式憋到了下午四点半。大巴到达机场,准备返回上海。

下车的时候,她收到今阳的微信——

阿毛它娘："快去墙头看看你迎风飘荡的尸体。"

童谣抽了抽嘴角,猜到了今阳在说什么,打开微博,果不其然ZGDX战队官方微博已经将她的"尸体"挂上了墙头——

本日中午十二点,在参与C市×漫展举办的展台活动中,ZGDX电子竞技俱乐部《英雄王座》分部队员童谣@咸鱼少女smiling大大(ID:ZGDX smiling)与展台某位showgirl因为活动内容发生争执,二人在争执过程中,我俱乐部队员有过激的言语行为,造成了较差的风气影响。对此,本俱乐部深表歉意,并对该队员进行以下处罚:

1. 禁赛。除遇不可抗力的情况,勒令禁止该队员出席6月11日(明日下午)17:00的职业联赛,责其思过,望早日改正。

2. 扣除该队员两个月工资以及全部奖金。

第三十一章

望俱乐部其他工作人员引以为戒,为电子竞技事业良好风气共尽其力。

以上,是公告内容。

公关文标配的"含糊其词",然后公布惩罚是禁赛、罚工资——这么一来,虽然还是有人不依不饶地要真相,想要知道童谣发的什么疯,但是官方不理的话,已经算是给这件事落下帷幕。

然而就在这个时候,事情出现了反转。

官博的惩罚公告一出,突然在评论区出现了一个一看就是某宝买来的微博新号,它什么也没说,就是"吧唧"一下,把下午分发到嘉宾手上的那张早就被童谣不知道遗忘到哪里去的活动单子照片发了出来,并配字:"所谓真相?"

这条回复被迅速点赞顶上微博热门评论第一,下面无数人跟着回复——

"这啥?"

"咋回事?"

"这公主抱是什么玩意儿?"

"别告诉我们童谣是因为拒绝公主抱这个互动环节,惹毛了不知道想往谁怀里钻的showgirl才被扣工资的?"

"这游戏……吐了,低俗不低俗?最后真的做了吗?你们俱乐部管理层允许有手伤的队员做这种互动,脑子是不是有水啊?"

第一时间,有人把这截图搬去贴吧论坛水经验,配个标题"中单小姐姐打架斗殴事件好像反转了啊",帖子一下子回复上百!

人们表示下午这场反转大戏非常精彩!

这么一搞,更多的人站了出来,这一次更多的发声者是当时在现场的ZGDX战队粉丝,大家纷纷证明,下午真的做了这个活动,并且看得令人尴尬!

更给力的是有人直接把老K他们抱着showgirl做游戏的视频录了下来,视频里,清清楚楚地听见有粉丝在下面喊"这玩的什么啊""真恶心""别做了,我们不要看这个"。

视频里面跑来跑去的老K他们就是如山的铁证。

此时,无论是不是ZGDX战队的粉丝,大家的风向呼啦啦地突然都往之前相反的方向倒去,"恶心""俱乐部管理没脑子""本来以为比赛前一天出席活动已经很傻气了,没想到更傻气的在后面"之类的发声络绎不绝——

"我们去现场看队员,不是为了去看他们被你们当猴耍的。"

"听说互动刚开始是要全员上,别问我为什么知道——台子上站着六个showgirl,老K他们做游戏的时候,有三个就在旁边干看着……所以最后C位都没上,听说贵队的C位都有职业伤啊,如果是因为这个事闹起来,那这波我站smiling。"

"我是下午在现场的一个showgirl,我混电竞圈的!讲真,那女的活该好吗?从早上起来就来来回回在队员休息室进出不知道多少次要签名,被smiling拒绝了,回来跟我们吐槽她小气,做活动时smiling说诚哥他有手伤,要换一个人,主持人没说几句呢她跑出来问凭什么换,哎哟,当时就想一个大嘴巴子抽上去!"

"哇,楼上说的是真的吗?大节奏啊!"

第三十一章

"这剧情一秒一个变,服了。"

"不管了,为了以防翻盘被打脸,我先去把我骂smiling没素质的评论删了。"

"看到电竞队员做这些,一点都不开心。他们应该是坐在电脑后面发光发热、接受欢呼的人,而不是哗众取宠的小丑。漫展策划和俱乐部自己好好想想吧,你们的队员你们自己都不会好好珍惜爱护,还指望谁来?"

童谣大致看了看贴吧的反转帖,退出,打开微博,之前骂她特别嗨的几个人老老实实私信她道歉。

除此之外,还有不少看头像和ID大概是小姑娘的粉丝来私信向她道谢,并直言"难以想象如果诚哥或者老猫去做了这个活动会是什么样的后果"……

童谣退出微博,看了眼坐在候机室的队友们,从座位上站起来,抬起手晃了晃手机,问:"那个节目单子谁发的?"

"不知道啊。"

"不是我,当时光看热闹了。"

"我抱着你呢我的姐,哪有时间操心这种细节?"

"哪个工作人员吧?节奏大师啊,翻手为云,覆手为雨,顷刻间将舆论玩弄于鼓掌之间。"

童谣的队友七嘴八舌地讨论开来,陆岳抱着手臂似笑非笑地看着童谣说"欢迎来到我的世界"。坐在他旁边,陆思诚戴着耳机,卫衣的帽子盖着半张脸,冷着一张脸在闭目养神。

"虽然不知道是谁,大哥你是我恩人,谢谢,真的。"童谣对着队友以及所有工作人员方向弯下腰,鞠躬,"以及今天的事给大家添麻烦了,对不起。"

"别说这个。"

"别鞠躬,我折寿!"

"真不是我,谁啊?站出来,咱们中单说不定一个激动就嫁给你了呢……"

在队友们七嘴八舌嘻嘻哈哈地调侃声中,机场广播响起了登机提示。

这时候,陆思诚睁开眼,摘下耳机随便往口袋里一塞,站起来居高临下地扫视了一圈立刻闭上嘴的队友们:"登机,回去训练,准备明天比赛。"

说完,他目不斜视地从童谣身边走过,走向登机口。

童谣愣了愣,看向男人挺直且自带冰霜雪雨效果的背影——

很好。

她的队长,还在生气。

第三十二章

回到基地大概是晚上七点半,和隔壁YQCB战队约了八点半的训练赛,大家放了包,洗把脸休息一下就在电脑前面各就各位了——因为明天和红箭战队的比赛是陆岳上,所以今天的训练赛也是陆岳打,这是理所当然的。

童谣和明神站在他身后负责围观,顺便指手画脚。

童谣:"不是时间猎人就是皇帝,老哥你拿点别的吧?我舍友临死之前想看一眼你的上条人偶、黎明女神、海洋精灵……"

明神:"他就会这两个。"

陆岳:"被禁赛的中二病和退役的老年人别说话。"

话音刚落就被明神手上的手写板拍了下脑袋,陆岳抬起手挡:"不是,童谣你说的这些比赛都没人用,练他干吗啊……"

"没人用你就不能用了吗?有时候套路比游戏版本更加重要,"童谣趴在陆岳的椅子后面,看了眼对方艾佳拿了暗黑球女,挑挑眉,"之前不是一直在练暗黑球女吗?你想想啊,拿它的时候打什么你最烦?"

"海洋精灵。"陆岳回答。

"那就选啊!"明神伸手推了下陆岳的脑袋,"就算是替补,你也是打满了去年两个赛季的职业选手,选什么还要人家童谣来教,没出息。"

陆岳"哎呀"了两声,小狼狗秒变小奶狗。

他埋怨地看了童谣一眼,不情不愿地让陆思诚帮他拿了海洋精灵。此时BAN&PICK差不多结束,陆岳叫陆思诚的时候,童谣也顺势回头看了一眼,从陆岳的座位方向只能看见陆思诚的背影,不知道此刻他是什么表情。

童谣挠挠头,将整齐的头发弄得有点乱。

游戏开始后,队员开始打训练赛,童谣和明神趴在陆岳身后闲聊,明神问:"我们队长还是不理你吗?"

"嗯。"

"他是担心你。"明神说,"你别以为他就冷酷无情了,今天在飞机上我坐他旁边,亲眼看见他把手机里那个节目单的照片删掉,还让我别说出去……"

"嗯,咦?"童谣将沮丧的下巴从陆岳的椅子靠背上拿起来,转过头看着明神眨眨眼,"什么玩意儿?"

明神耸耸肩,意思是就你听到的那样。

童谣又想起下午陆思诚莫名其妙让小胖他们坚持做了展方安排的活动,这才有了后面被粉丝录像拍摄放出来,然后出现万千粉丝"爆破"官方微博和节奏帖的盛况……

第三十二章

童谣清了清嗓子,抬起手捏了下自己的耳朵,与此同时听见明神在旁边说:"不管你怎么想,首先陆思诚是这个战队的队长,他有义务照顾好你们每一个人,照顾好这战队不要出事——去年这小子(指指陆岳的脑袋)出事的时候,他也是跑断了腿才勉强把事情压下来,罚了个禁赛一个赛季,不然闹起来终身禁赛也不是不可能的。"

童谣:"哦哦。"

明神:"但是有些事他帮不了你们,也教不了你们,别太依赖他,自己明白才是真的明白。"

明神:"一群不省心的小孩。"

童谣脸微红,有点不好意思,正想说什么,这时候陆岳嚷嚷着"你们烦不烦?别在我后面说话,没看见我漏了好几个补刀,我的炮车啊",童谣和明神不约而同地翻着白眼退开了。

这一次和YQCB战队的训练赛打得非常痛苦,因为有了教皇,隔壁保级队队伍风格发生了很大的变化——这种神奇的化学反应导致现在他们三条线都和ZGDX战队基本可以说是五五开,比赛一度僵持到第五十分钟,你送一波我送一波,大家和谐发育拖后期,训练赛打成这样,每个人都有点抓狂。

"稳住稳住,哎哟老猫,别送了兄弟。"打到第五十三分钟的时候,小胖都快哭了,"我要饿死了,能不能打完了?"

最后一次团战居然是陆岳站了出来——虽然他前期疯狂漏刀,被艾佳捶成傻子,但是拖到这种大后期,大家都是六神装满、金钱溢出状态,前期那点线上优势荡然无存,而陆岳的操作好,反应快，团战时披着兔宝宝皮肤的海洋精灵真的像兔子似的蹦跶来蹦跶去，蹦跶着蹦跶着，团战就赢了！

小胖号叫着、欢呼着推掉了YQCB战队的基地，转过头看着陆岳，恨不得冲上来亲吻他。

童谣拍拍陆岳的背："忽略对线期的白金水平补刀，你的海洋精灵可以了啊！"

用的是终于看见儿子长大的语气。

陆岳哼了声。

与此同时，明神在记录板上记录下最后一笔，而后淡定道："第一次暴打，第二次轻松打，第三次感觉到了小小的阻力，第四次感觉到了困难——到现在的五五开，你们这些人清醒点，下次在联赛里遇见隔壁战队，真不一定能赢。"

老猫："说点好听的。"

明神："好听的？有啊，以后非放假时间，再在训练时间玩《连连看》、看漫画、看动画片的，统统扣工资。"

老K："麻将呢？"

明神："麻将也不行。"

老K："那是国粹！"

明神："国粹也不行。"

老K看向童谣，童谣做了个鬼脸："我等排队的时候一般看比赛录像，偶尔玩玩扫雷。"

老K："你根本不是一个合格的中二病。"

在本队上野与数据分析师兼奶爸周旋之时，小胖嚷嚷着饿了，要去吃夜宵。一堆大男人只在飞机上憋屈地吃了个飞机餐，这会儿确实饿得不行，所以小胖的提议也算是一呼百应，众人扔了鼠标，站起来一窝蜂往外走。当陆思诚站起来往外走时，童谣走到他旁边自己的位置上，弯腰打开电脑。

"童谣你干吗？"小胖问。

陆思诚弯腰穿鞋的动作一顿。

童谣不知道他是不是往自己这边看了一眼——她觉得是，但是在她看过去的时候，陆思诚已经重新低下了头，看着在很认真地穿鞋子。

"你们去吧，我不去了，不饿啊。"童谣含糊地摆摆手，"我直播一下算了，工资都快被扣光了，挥霍不起……"

陆思诚穿好鞋直起腰来。

"踹了一脚凳子十几万贵不贵？有那钱买几个包买几条裙子乐呵乐呵多好？嗯嗯，那你直播吧，一会儿我们给你带点吃的回来，"小胖说，"你开直播老实点，别乱说话。"

在童谣嘟囔着"知道了知道了"的敷衍声中，原本基地里闹哄哄的一群人走出了基地，基地里一下子又安静下来。童谣坐在电脑前发了一会儿呆，然后突然像是想起来什么似的，回过头看了一眼陆岳的位置。

她盯着陆岳空无一人的椅子发了一会儿呆，不知道为什么，好像觉得心里空落落的，哪里不太对劲。

然而还没等童谣仔细琢磨明白这来得突然且好像不太健康向上的负面情绪是怎么回事，她放在桌面上的手机亮了起来——

阿毛它娘："我家那个说刚跟你们打了一局超级膀胱局,你没来,上的那个替补小哥哥啊?"

ZGDX smiling："明天他上啊,当然他打训练赛。"

阿毛它娘："最后还是他Carry团战赢了训练赛。"

ZGDX smiling："呃呃。"

阿毛它娘："你没事吧?"

ZGDX smiling："训练赛啊,赢了就好,我能有什么事?陆岳进步挺快的,之前还英雄勺呢,我名师出高徒啊,现在他暗黑球女用得还可以,海洋精灵也能玩了,挺好的。"

阿毛它娘："哦,跟我你还装?"

盯着手机看了一会儿,顺手回了个"滚蛋",童谣扔了手机,皱着眉看着面前电脑屏幕倒映出来的自己的轮廓。又等了一会儿,她心情复杂地打开了直播——直播间一下热闹起来,大多数弹幕都在讨论今天的事。

不论是向着她的还是骂她的,这些弹幕童谣看得更加烦躁,打了声招呼就一声不吭地进游戏打RANK了,打的时候话很少,基本不跟弹幕交流,直到她打完两局游戏切出来看了看弹幕,在一堆讨论刚才那局游戏和闲聊的弹幕里,她突然看见了这么一条——

一位路人："不知道你们这些女粉有什么叫好的?这smiling打人就是打人了啊,维护队友又怎么了?这些选手年薪几十上百万,做个互动游戏能委屈死他们?矫情又娇气。"

童谣："这个一位路人,呃,等下,房管别封他,让他说话——

选手一年几十上百万是吃你的还是花你的了?打职业赚钱又不是猴子卖艺,身体不合适的活动不能叫停?"

一位路人:"矫情,打几局游戏轻轻松松赚这么多钱还娇气!"

童谣:"这钱这么好赚你也来,赶紧来,马不停蹄地!现在各大俱乐部青训还招人,谁拦着你了?"

一位路人:"就做个活动怎么了?别人都能做。"

童谣:"你有心脏病,体育老师让你跑一千五百米,你跑吗?别人都能跑啊,就你不能跑?"

一位路人:"我看小胖他们最后做了的,不也是抱着那些showgirl笑得美滋滋?"

童谣:"不笑难道还哭吗?"

一位路人:"真不想做,你们《英雄王座》分部的工作人员是摆设?让你一个人上去杠,别被人当枪使了还帮人数钱,今天出够了风头被罚开心不?"

"开心啊,很开心。"童谣面无表情道,"说真的,我一点不后悔坚持不让做这个游戏,不合适就是不合适,怎么了?这事情我们都是到了地方才知道的,临时通知,跟瑞哥没关系,他没资格说话。我唯一后悔的就是这事搞得我队友也鸡飞狗跳,俱乐部也鸡飞狗跳,连累大家跟我一起挨骂。是是是,我确实不应该踹那垃圾女人的椅子,那么多人看着,要揍她我怎么就不——"

童谣话还未说完,突然身后基地的门开了。

她愣了下,回头一看,发现她家队长不知道为啥居然提前回来了。她拧回脸,看着满屏幕的"杠得好""敬你是条汉子""我也觉得啊，嘴欠不就是该被打吗"，她脸绿了，点开游戏遮挡住大部分屏幕。

当陆思诚走进基地时，童谣清了清嗓子，扭回脑袋面不改色继续道："我做错了，真的，当时就应该温和地跟主办方沟通一下这个情况，因为是队伍里有几个人的手刚做了理疗，真的不能做这种剧烈运动……说清楚了大家肯定都能好好商量的，对吧？大家都是文明人嘛——是啊是啊，房管给那个'一位路人'发个小红花吧，他骂得对，我也觉得我太冲动了。是是是，像泼妇啊有没有？真的泼妇！真的很不应该！千不该万不该啊——哦没有小红花这个东西吗？那算了。"

当童谣忙着一本正经和弹幕检讨自己时，陆思诚从童谣身后经过，顺手将一个打包盒放在她桌子上。童谣看了眼，好像是海鲜粥，她小声说了声"谢谢"，陆思诚啥也没说，转头拍拍屁股上楼去了。

基地一层又只剩下童谣一个人。

她退出游戏界面，重新露出弹幕，然后发现自己被一波浪潮似的弹幕刷屏了——

"主播你的眼睛都快掉出来挂人家身上了……"

"唱戏呢？你翻脸比翻书还快？"

"别看了，哎哟，哈哈哈哈！笑死了这小眼神——诚哥拿鞭子抽你了啊，这么怕？"

"以后不打职业了你还能去唱戏，我觉得你应该能在这一领域继续发挥你的余热！"

第三十二章

"哈哈哈哈!我能指望你刚才的眼神笑一天,有没有谁录像了啊?微博发给@乐观与咸鱼,谢谢了!"

上百万人同时围观了她的怂,然后放肆嘲笑,童谣头疼地扒拉了下头发,想了想,不敢直接说出口,索性点开记事本,在记事本上打字——

"你们别起哄了。"

"陆思诚——"想了想好像哪里不对,于是把"陆思诚"三个字删掉,改成"队长"。

"队长已经一整天没理我了。"

"仿佛活在冰原地狱。"

"暂时没有找到拯救自己的办法,依然深处地狱之中。"

"哄他?当他三岁小孩啊,拿头哄?不干。"

"对对对对,他冰原射手是玩得好,千里之外支配得本宝宝瑟瑟发抖。"

"说要去队长直播间带我节奏的,房管干活了,封了封了——有队长房间的房管大大吗?干活了干活了,这种影响队伍和谐的害虫必须杀一儆百。"

童谣埋头在键盘上敲字,正敲得无比欢快,突然手机振动,她抬起头扫了一眼,发现是来自"阿毛它娘"的新微信内容——

阿毛它娘:"别说了傻狍子,五分钟前系统就提示陆思诚的号进了你的直播间,你还在那儿嘚瑟得停不下来,找死啊?"

童谣整个人僵硬在原地,望着手机,仿佛身体被掏空。

此时,童谣只想尖叫着扔一颗原子弹炸了自己的电脑。

第三十三章

"以上说的都是开玩笑的,我要去面壁思过了。下周一俱乐部例会上,我将带上我的万字检讨书发表讲话……嗯,现在我要去写检讨了,关直播了,再见。"

童谣放下手机,清了清嗓子,强装淡定地把话说完,眼睁睁看着弹幕变成——

"诚哥又来了?"

"好的我们知道了,说吧,陆思诚在哪儿?"

"等下,我五分钟前看到一个叫'superchessman'的高级ID进入房间,不会是……"

"五分钟前?那主播走好了。"

"冰原地狱路上一路走好。"

"点蜡。"

童谣内心崩溃,"吧唧"一下关了直播,抬起头满脸放空地看了看楼上那扇紧紧关闭的房门。几秒后,仿佛下定了决心,她鼓了鼓腮帮子，推开键盘站起来，将手机往口袋里一揣，一鼓作气"噔噔噔"跑上二楼，在那扇几乎快被她目光灼烧得燃烧起来的门前停下，抬手想要敲门，又在指节触碰到门前停下。

她听见自己的心跳声。

之前好不容易鼓起的勇气突然在一瞬间消失得干干净净。

童谣缩回手，站在门前充当雕像约五分钟，直到隐约听见房间里有走动的声音和水声——大概是陆思诚在洗澡准备休息了……之前心中那好不容易压抑下去的失落再次涌现，少女像只斗败的公鸡似的垂下脑袋转过身，失魂落魄似的摇摇晃晃地往楼下走。

经过自己的座位时，余光瞥见被放在桌上的打包盒，童谣脚下一顿，揉了揉自己空荡荡的胃。其实她早就饿了，之前拒绝跟小胖他们去吃夜宵完完全全是鬼使神差，她都不知道自己究竟是怎么了。

看到陆岳代替自己赢了训练赛时，发现自己不知道应该跟陆思诚说什么时——

ZGDX smiling："你说得对，我烦得不行。"

ZGDX smiling："我会不会就此被陆岳谋朝篡位，沦落到一辈子在饮水机旁瑟瑟发抖？然后成为队伍里面的透明人，队友只有点外卖的时候才想起来？啊，饮水机旁有一个闲着的，正好可以点外卖。"

阿毛它娘："你队友个个话多得恨不得跟空气聊几句，应该也不会冷落你一个看饮水机的。"

ZGDX smiling:"喂。"

阿毛它娘:"你估计是饿的,你队长不是给你带了吃的?吃饱了去睡吧,禁赛一场熬熬就过去了,你的首发依然还是你的首发,你队长也不可能一辈子不跟你说话。"

ZGDX smiling:"真的?"

阿毛它娘:"你们俱乐部不是发了通告只禁赛明天,还能是假的吗?"

ZGDX smiling:"问的不是这个。"

阿毛它娘:"哦。"

阿毛它娘:"真的真的啦。"

阿毛它娘:"啧啧,如果决定和一个人冷战一辈子,谁还要担心那个人饿着,给那个人带粥啊?只会想把他的脑袋摁进马桶里,谢谢。"

阿毛它娘:"明明在意的只是你队长理不理你,还非要拉上全队躺枪,真是……恋爱中的少女都像你这样神经兮兮、患得患失的吗?"

哦。

童谣"咔嚓"一下锁上手机屏幕,将手机抓在胸前沉默了片刻,她又抬起头看了看二楼那个大门紧闭的房间,踮了踮脚,无声地用口型对着那扇门说"傲娇个屁啊",说完,闭上嘴,抿起嘴唇,觉得自己真的有点神经兮兮的。

她坐回桌前,用手指碰了碰那个差点被遗忘在电脑桌上的打包盒——

四十分钟后,当ZGDX战队的其他队员回来时,开门便看见他们的"中二病"中单正盘腿坐在椅子上安静地喝粥。此时,一大碗粥已经被她喝掉了四分之三。

小胖"咦"了声:"这是三个人的分量啊,你不是不饿?!"

"后来又饿了,"童谣从粥碗里瞥了众人一眼,"你们吃完夜宵又去哪儿了,怎么这么晚才回来?"

"哪儿也没去啊,吃完就回来了。"

童谣埋头喝粥的动作一顿,举着勺子指指楼上道:"那诚哥他怎么——"

"让打包的粥做好他就带回来了,说是一会儿放凉了会腥,"小胖看了看童谣啃剩的一垃圾桶的螃蟹壳、虾壳和蛤蜊壳,"现在看也可能是怕你饿死。"

童谣保持举着勺子的姿势,眨眨眼,满脸都是问号:你说什么,再说一遍?

小胖:"你们还没说话吗?"

童谣:"没有。"

小胖:"哦,一个过于骄傲,一个过于傲娇,就这么死磕一辈子啊?看好你们。"

第二天是打红箭战队的日子。

童谣懒懒散散地爬起来收拾自己的外设包,无精打采地磨蹭到最后才走到大巴车跟前,还没来得及往上爬,就被人一把揪住外设包带子往后拉了拉。童谣挑起眉回过头,看见陆岳在她身后

第三十三章

笑得一脸不正经:"去看我表演啊?"

"怕出现不可抗力你上不了。"童谣面无表情地拉扯了一下自己的外设包带子,"乐观点,万一你手突然断了呢?"

"断也是打完比赛再断,"陆岳加大手上的力道,"哪怕半只脚踏进棺材,也要把你牢牢摁在替补席上才能瞑目。"

童谣咬了咬下唇:"做梦吧你。"

陆岳的笑容变得更灿烂了,直到争执中的两个人身后传来冷淡的低沉男声:"说够了没?"

站在车门前斗鸡似的两个人立刻表情一僵,陆岳一把抢过童谣的外设包,拎着往车上走,童谣嘟囔了声"还给我",紧紧跟着他跳上车。坐上车后大家都乖巧得像个小学生,童谣则缩在角落里,直到抵达比赛场地下车。到了化妆室,她坐在沙发上突然发现自己好像有点两手空空,一回头,这才发现自己的外设包还在陆岳手上拎着。

陆岳走进来把包扔给她,自己坐到化妆台前准备化妆。

没一会儿队员便进入休息室等待比赛,大家坐在休息室里闲聊,很快面前的液晶屏幕里出现了今天比赛场地观众席的画面,今天的两位解说开始侃侃而谈——原本童谣以为他们会大肆讨论关于她今天禁赛的事,没想到解说只是说了句"今天ZGDX战队会上律",童谣想了想,应该是俱乐部提前打过招呼才会有这样的结果。

左耳听着明神和陆岳讨论红箭战队的中单,并针对他考虑今天的BAN&PICK,右耳听着液晶屏里解说的废话,童谣时不时会插话,对今日中单提出自己的看法——

"对方的中单属于万金油型,虽然红箭战队现在成绩一般,但是他在职业联赛里也是数得上前五的中单了,他什么都能用,对上陆岳这种英雄勺真的麻烦,你们还是琢磨下怎么把他的拿手英雄BAN掉,妖姬、魔术大师、火女应该不会拿……"

直到她在液晶屏幕里看见镜头在ZGDX战队粉丝的区域一扫而过,坐在前面的几个妹子还拿着拼着她ID的荧光灯牌,童谣的声音戛然而止。

她愣了下,突然站起来,把明神和陆岳吓了一跳。陆岳问:"你干吗?"

童谣扔下一句"上厕所"便匆匆走出房间,到洗手间洗了把脸,她混在工作人员之中偷偷来到舞台靠前的位置,伸脑袋看了一眼观众席,还真的有几个人拿着她的应援灯牌来了。

而她们不可能不知道今天童谣禁赛的事。

童谣觉得自己的胃酸涌了上来,昨天那种翻江倒海的感觉又来了。

她失魂落魄地回到休息室,还要强装镇定仿佛什么也没有发生。这时,队员们陆续站起来开始登上比赛台。童谣和工作人员一起待了一会儿,比赛快开始的时候,她进入隔壁房间观看比赛——房间里空无一人,童谣独自坐在一个宽大柔软的旋转沙发上仰着脑袋看比赛,看着BAN&PICK环节果然双方都在针对中单位置展开,红箭战队上来就BAN掉了时间猎人和皇帝。

解说A:"时间猎人和皇帝!这是律用得非常好的英雄,看来红箭战队在昨天看见了smiling禁赛一场的消息后立刻对今日的比赛做出了相应的准备!"

解说B:"运营商队这边BAN掉了三只手和妖姬,哈哈,今天的中路火药味十足,而且BAN的都是奇奇怪怪的、前几周比赛很少登场的英雄——说实话我很期待,运营商队的律选手一直是以操作和稳健闻名,而他的英雄池也一直被人诟病……我非常好奇在没有了皇帝和时间猎人后,他今天会使用什么样的英雄带领队伍走向胜利!"

解说A:"是的,这是一场对ZGDX战队来说意义重大的对决,如果赢下这场比赛,他们将会以全胜记录位居小组第一……说实话,本来我以为这个全胜是稳了的,结果昨天出了那档子事……"

解说B:"是的是的,在前几周的比赛里,ZGDX战队的状态可以说是好得飞起,就连他们的队长陆思诚这样很少承诺什么的人,都对他们的中单赞赏有加,说是对这个赛季的比赛更有信心。"

解说A:"哈哈哈哈哈,现在来看这有点像是一个Flag……"

童谣皱着眉,拿过遥控器把声音关掉了。

这时候BAN&PICK环节结束,陆思诚掏出冰原射手时,童谣被自己的口水呛了下,仿佛看见了自己的死亡。中路大概是为了继续针对红箭战队的中单,陆岳拿了一手魔术大师——隔着走道,童谣都能听见外面人们的骚动以及解说高昂的声音,他们几乎从来没有看见律用过魔术大师。

别说他们,就连童谣都没怎么见过,她刚开始还担心这家伙是不是疯了,直到比赛开始,陆岳的线上补兵、耗血、走位躲技能都如行云流水般流畅，再加上他对于魔术大师每一级的伤害计算都非常精准，看上去完全不像是针对对方中单而迫不得已拿的，这样的操作，说是一句老魔术大师也不为过！

陆岳四级交召唤师技能凌波单杀红箭战队中单，拿到第一滴血，六级开大招，飞下路帮助陆思诚拿到双杀打开局面。

比赛进行到第二十分钟，有效GANK四次，助攻六个，补刀数与一直在线上拼命吃资源发育的红箭战队中单持平。

童谣打开游戏贴吧，首页都是一片惊叹——

"这个律什么时候变得那么强了！当初BAN掉一手皇帝就成了废物呢！"

"居然还藏了一手魔术大师？！"

"把沧海摁在地板上摩擦，这样的中单打替补？运营商队会不会太奢侈了点？"

"我怎么觉得smiling要走远了啊？律这表现跟她比丝毫不逊色啊。"

"我决定再认真看两局。"

"陆思诚之前还狂吹新中单怎么强，现在来说，他们的替补也不错啊，这局比赛节奏飞起，无敌Carry——"

童谣手指滑动屏幕，抬起头看了看面前的液晶屏，第一局比赛已经接近尾声。她抬起头面无表情地看着红箭战队的基地被推掉，此时陆岳的数据是7击杀1死亡13助攻。

比赛实际情况和转播有十几秒的延迟，当童谣这边看见ZGDX战队刚要推掉红箭战队基地时，她身后休息室的门被人推

第三十三章

开了,她没有回头,以为是哪个工作人员,只是听见门外传来惊天动地的声音在喊着"ZGDX战队加油"。

童谣垂下头,考虑了三秒要不要去给陆岳发一朵小红花。

第四秒,当她下定决心还是乖乖滚去给那个叫人心服口服的魔术大师一波赞时,抬起头,却发现此时被重新关上的休息室门背上,靠着身形高大的男人,他双手抱臂,背顶着门,正沉默地看着自己。

陆思诚。

他什么时候进来的?

被那堪比恶毒后妈的冷漠目光看得心中"咯噔"一下,童谣头发都快竖起来了,与陆思诚目光对视一秒后,她立刻低下头,一扭屁股将旋转椅靠背转动背对门口。她低下头,手指无意识地按在手机上,直到陆思诚突然开口问:"看见你的替补在场上接受欢呼,你自己坐在休息室里只能看着,什么感想?"

童谣没敢回头,目光放空地看着贴吧首页吹嘘陆岳的声音,还有人质疑陆思诚是不是眼光出现了问题,不然为什么ZGDX战队从来没有重视过陆岳。

"我曾经在赛后采访里说,我很高兴能够拥有smiling这样的队友,因为她的加入,今年夏天的ZGDX战队会变得前所未有地强大。"

低沉而平静的声音在身后响起。

童谣在手机屏幕上滑动的手指一顿。

她听见身后传来靠近的脚步声,与此同时,刚才还觉得见了鬼似的心情突然安静下来，她的一颗心像是无止境地开始往下沉，从隐约有温度的浅海一直沉入冰冷的海底——

她这才发现自己可能有深海恐惧症。

"现在他们质疑我的眼光，质疑我是不是判断错误，质疑我对于你和陆岳的定位是不是有失偏颇……"陆思诚停顿了下，淡淡道，"为什么？"

她低着头，让自己的背对着身后的人。

直到她看见一只大手搭在她的沙发扶手上，轻轻一用力将椅子转了回去——男人稍稍弯下腰，双手撑在沙发的扶手上，高大的身形投下的阴影将坐在椅子上的人完全笼罩了起来。

"抬头。"

童谣抬起头，于是她猝不及防地对视上一双深褐色的瞳眸，此时此刻，那双瞳眸仿佛深不见底，她努力窥探，却在其中看不见任何情绪。

她向后靠了靠，吞下一口唾液，此时的心脏和胃仿佛都已经掉在了地上。她动了动嘴，正想道歉，这个时候，她却突然听见男人的声音近在咫尺地响起："但是我不在乎别人怎么看待我的眼光、我的判断。"

童谣一愣。

"关键是你，我在乎的是你。"

陆思诚稍稍直起身，看了看手表，说："还有七分钟时间，下场比赛开始之前，给我一个不管其他所有人怎么说，我都不能放弃你的理由。"

第三十四章

童谣盘腿坐在沙发上看着陆思诚。

陆思诚稍微拉开与她的距离后,依然单手扶着她的座椅扶手,面无表情地看着她。

"实不相瞒,"童谣盯着陆思诚诚实地说,"你这样看着我,我什么都想不起来,你再多看我两眼,我就连我身份证号都背不下来了。"

陆思诚垂下眼,放开童谣椅子上的扶手往后退了两大步:"六分四十秒。"

童谣:"有一个疑问,你是以什么身份、什么立场提出这样的要求?"

陆思诚:"你的队长,你的老板,你的队友,或者随便什么街边的阿猫阿狗。六分三十秒,我要一个能够说服所有人的答案,而不是为了敷衍我而说出的花言巧语——请做到像昨天你的直播中,在记事本上打字时一样诚实。"

他果然是看见了。

陆思诚:"六分二十秒。"

童谣:"你别倒数!给我点时间!给我点提示!你这样突然问我,我一点心理准备都没有,怎么说服你?"

陆思诚停顿了下:"从那天你的行为说起。"

童谣:"我打人了。"

陆思诚点点头,想了想,开口道:"某战队打野,因为打职业之前在RANK里喷人'我是你爹',以及打职业初期喷其他选手'这么菜打什么职业?不如回家养猪',从S2被人诟病为'喷子'一直到今天,被人嘲笑为养猪场场长,现在五年过去,如今他哪怕每天直播十个小时也说不出超过二十个字的脏话,更加不会打字喷人,却依旧无法洗白;某战队中单,某届HPL夏季赛夺下冠军,在备战S系全球总决赛之前不好好训练,RANK乱玩,切出去玩第三方游戏,最终在S系兵败如山倒,被嘲笑至今,人人皆道其膨胀活该,其实哪怕明眼人都知道一年后他脾气大改,整个人低调收敛且认真,却依旧无法洗白。"

陆思诚:"感想?"

童谣:"谨言慎行。"

陆思诚点点头:"所以出事之前,我在飞机上提醒过你什么?"

童谣:"谨言慎行,以及职业选手一切行为都容易被别人放大甚至影响职业生涯,别带自己节奏。"

陆思诚:"忘哪儿去了?"

童谣低下头:"后脑勺。"

第三十四章

陆思诚向后退,靠在桌子边缘抱臂道:"继续。"

童谣:"嗯。"

"昨天训练赛第三分五十七秒,陆岳被单杀,之后一直被压制到后期,团战也没能取得很好的优势——其中,第五分三十七秒、第七分四十九秒、第十二分十一秒时,老K三次试图GANK中路,均因陆岳习惯性压兵线怂在自家塔下,对方中单警觉心极高以失败告终。"陆思诚低下头看了看手表,停顿了一下又继续道,"今天比赛,就刚才,第二十七分十一秒,小龙团战,老K抢龙之后,我们这边四个人,他们那边五个人,在对方AD前期被压制的情况下原本装备压制四打五不是问题,对方主动撤退的情况下我们追击,这个时候,陆岳却没跟上节奏,转头飞上收二塔兵线,我们一下子只剩三个人,被对方转头反打,一波三杀,对方残废AD差点起飞翻盘,这是打红箭战队,这要是打CK战队或者YQCB战队,我们就输了。"

陆思诚:"感想。"

"配合不行。"

"为什么配合不行?"

"因为训练赛你喜欢压着对方中单在他家塔下,老K为了你练了一手习惯性反蹲对方打野,所以陆岳在这种情况下反而一下适应不了,因为那波小龙团后,是你的话,你一定会立刻判断要追抢人头,所以大家没犹豫就直接上了。"

"为什么?"

"习惯性配合。"

"哪来的习惯性?"

"平常训练赛和RANK双排。"

童谣对答如流,同时恍然明白了什么——此时她听见陆思诚反问:"队伍和队友为适应你改变,你为什么可以不负责?"

"现在是不是还觉得禁赛只是你一个人的事?因为做错了,被惩罚了,所以这件事就该翻篇了是吗?你坐在后台,看着你的队友比赛,有没有想过其实在台上比赛的队友也在和你一起受惩罚?他们不得不将平日和你一起经历的所有训练视作无用功,重新开始适应。"陆思诚说着拿出一根烟,想要点燃,却在这时看了一眼童谣,将尚未点燃的烟折断扔掉,"一次禁赛,不知悔改,第二次不管不顾再犯,再次禁赛,战队怎么用?训练赛还该让你参加吗?RANK应不应该邀请你?队伍还该为了适应你,让你尽快融入然后调整自己的风格吗?毕竟玩这游戏厉害的人不少啊,操作不错等着上位的人也多了去了……"

陆思诚:"是继续用你,还是改用陆岳,还是新招个中单?"

童谣绞着手指,沉思了一会儿。

陆思诚说着看了童谣一眼:"陆岳因为一时冲动禁赛一个赛季,害了明神,害得整支队伍不能参加S系总决赛——他低着头灰溜溜地回来了,队友选择原谅他,但是你可以问问他,他现在原谅自己了没有?"

陆思诚:"感想。"

童谣头低得下巴都快碰到胸口上了:"《英雄王座》是个团队游戏,电子竞技,没有个人英雄。"

陆思诚"嗯"了声,再次抬起手看了看时间:"你还有三分钟。"

童谣猛地抬起头。

"三分钟后,我要听见你的表态——我说了,外面的人怎么说我不管,我只在乎你自己怎么看待你自己——继续,还是放弃?职业比赛,不是玩乐任性的地方,选手的职业生涯都很短,黄金巅峰更是转瞬即逝。"陆思诚目光变得凛冽,"你浪费不起自己,也耽搁不起别人。"

"而我要对我的战队负责,小姑娘。"陆思诚淡淡道,"我不知道你怎么想的,但我确定,ZGDX战队作为顶尖职业战队,找你来是来打比赛的——这圈子里某些人可能会因为你是个女生对你区别看待,轻视你,歧视你,崇拜你或者爱护你、怜惜你,但是我不会,穿上队服,你对我来说只有一个无关性别的身份——队友。"

童谣猛地咬住下唇,那原本沉入深海的心脏突然在冰冷得近乎停止跳动的时候"怦"的一下猝不及防地跳动起来——

她抬起头看着陆思诚。

陆思诚靠在桌边沉默地回望她。

一时间整个休息室里陷入了很长的沉默期——直到不知道多久的沉默过去,外面响起了人走路的声音,有人在外面拧了拧门把手,没拧开,童谣这才意识到陆思诚进来的时候锁了门。小瑞在外面敲了敲门,叫了声"诚哥啊"。陆思诚没理他,只是歪着头看着童谣。

三十秒后,他言简意赅地说了声"时间到",从桌边站直了身体,淡淡瞥了童谣一眼:"看来你是没什么想跟我说的了。"

言罢,转身要往外走。

然而就在这时,他突然听见身后传来"轰隆隆"的声音,像是什么重物突然从椅子上滚下来,男人脚下一顿,正欲转身,这时身后那人跟跟跄跄撞到他的背上,并在情急之中用双手猛地抓住了他的右手——

抓着他的那双手有些冰冷。

陆思诚瞳孔微微缩聚,却并未言语,甚至连表情都没有多少变化。他微微低下头,从他的角度正好可以看见身后拉住他的人挺翘小巧的鼻尖,捏住他大手的双手微微使力——

"我不会说漂亮的话,也不想说什么莫名其妙的对不起……"

拉着他的人低着头,嗓音沙哑。

"我只知道我想赢,想和你们一起赢每一场比赛,想要每一场比赛都不缺席,不想再让你们失望,不想成为任何人的绊脚石,想做你们的队友,直到某一天站在你们和我都想站在的那个世界的巅峰……"

童谣的眼眶发红,嗓子眼发堵,但是她没有哭。

她的目光明亮,脑海里却只有陆思诚说的那一句话——

"穿上队服,你对我来说只有一个无关性别的身份——队友。"

想要成为他的队友。

想要成为他们的队友。

哪怕有一天她必须要学会磨平自己的棱角,那也——

"你肯定也觉得很委屈,明明是维护了队友,为什么还要受到这样的对待。"

从头顶传来的声音打断了童谣的思考,她微微一怔,抬起头来,对视上那双深褐色的瞳眸——退去淡漠之后,那样的深褐色变成了巧克力般的柔和。

"大家都很感谢你的维护,所以小胖他们最终还是毫不犹豫地做了那个游戏,只是为了最后给你减少节奏提供一点能用的证据,"陆思诚停顿了下,在童谣的目光中,他缓缓道,"还有我,我也很感谢你的维护。"

"没有人要你磨掉自己的棱角,小姑娘,只是你要明白——在开始保护别人之前,你要先学会保护自己。"

"什么时候代表我能保护自己?"

"当你足够强大到没有人能打倒你的时候。"

童谣沉默了,似乎有些困惑地微微蹙起眉。

此时,小瑞在外面"哐哐"砸门催促,男人抬起手安抚似的拍了拍她的头顶,却并没有将自己的手从她的手中抽出,直到童谣放开他,他才低声嘟囔了声"去比赛了",往前走了两步——

然后再次被童谣拽住。

他回过头。

"诚哥,你是那样的人吗?"

"什么?"

"强大到没有人能够打倒你?"

陆思诚沉默了下,然后缓缓摇头:"我不是,我也会有犹豫不决、不知道该怎么办的时候。"

童谣放开了他,陆思诚的手抓住门把锁,把门锁打开,"咔嚓"

一声轻响,男人即将拉开门时,童谣背着手站在原地:"诚哥。"

"嗯?"

"最后一个问题。"

"问。"

"这两天,你为什么不理我?只是因为生气吗?还有没有别的原因?"

陆思诚拉开门,在小瑞碎碎念的抱怨和催促声中,他想了想,扔下让小瑞一脸茫然的五个字,出门,关门,留下童谣一人站在休息室中长久地出神。

他的回答是,因为会心软。

第三十五章

童谣跟在陆思诚后面溜出休息室,出来的时候正好碰到陆岳,她一把揪住陆岳的队服将他拉到自己身边:"好好打,别掉链子,不要怂,就是干。"

"干什么你?"陆岳一脸莫名其妙,"你想退役了?"说完抬起头问走在前面的陆思诚,"你把这人的意志吞噬了?"

话音刚落,还没等陆思诚回答,童谣已经一巴掌拍在他的背上:"少胡说八道,这次比赛赢了,咱们能以全胜战绩结束第一轮小组赛。你看见外面了没有?那些挥舞的荧光棒,那是朕亲手打下的江山……"

陆岳:"然后你一脚将你的江山踹翻,并赔了十二万。"

陆思诚:"你俩废话真的多。"

将陆岳的衣服从童谣手里抢回来,男人摁着她的脑袋将她塞回休息室——童谣经过刚才的精神洗礼,这会儿反而轻松了不少,心中的负担也没之前那么重了,于是索性坐着跟其他工作人员一起看比赛。说实话,在被陆思诚训话后,相比陆岳打爆对方赢了比赛,现在她更怕陆岳输。

特别是在他和队友们打不出配合的情况下输掉比赛的话,童谣觉得自己可能要跪着给队友们磕头认错才行。

坐在比赛转播屏幕跟前,童谣很紧张,第二局游戏开始,对方上来就把魔术大师BAN掉了,又因为还要防着陆思诚的灵魂射手卡莉和小胖的牛首酋长下路组合,所以这局皇帝被放了出来,陆岳顺利拿到。

ZGDX战队中路多了第三座防御塔。

童谣见陆岳拿到皇帝,整个人松了口气,靠在座椅靠背上认真观看比赛,并跟小瑞闲聊:"陆岳的魔术大师是怎么回事?"

小瑞回头看了眼明神,用下巴指了指笑吟吟的数据分析师:"你问他啊。"

童谣看向明神,后者笑容不变:"是我教的,我告诉他,HPL的国产中单必须会魔术大师,就像是HPL的打野要会扫地僧一样,这些都是老一辈选手在远古时期建立的形象——与游戏版本无关的赛区传统强势英雄,总有一天,我们要带着这些英雄重新回到世界的舞台上。"

童谣:"以前都没见他用过。"

明神:"魔术大师和他的风格不搭调,所以不用——但是掏出来就是出其不意的撒手锏,这说明他很在乎这一次比赛的机会。"

小瑞:"也是,毕竟是看守饮水机位之争。"

明神:"小瑞你别吓唬童谣啊——虽然确实是在我说了'你看

童谣的魔术大师多厉害,你怎么就不会'之后,陆岳才老老实实肯学用魔术大师的。"

童谣翻了翻眼睛。

此时比赛开始,刚开始观赛系统镜头给到下路,因为他们在二级的时候和对方拼了波换血,而童谣的目光则紧紧盯着右下角小地图,盯着中路代表陆岳的那个小小皇帝头像——

正盯得入神,突然手机振动,掏出来一看,发现是她老爸打来的电话,童谣没多想就接了,"喂"了一声还没来得及说话,就被对方劈头盖脸骂了一顿舒服的——核心内容大概是"让你去打游戏,你去打架""第一个月工资都没焐热,倒贴人家六万""一个女孩子学人家打架,你脑壳是不是秀逗了"等一系列。

要说她爹妈其实不上网,但她弟那个告状精可是贴吧等级十三级,昨天她还在奇怪出了这么大的节奏她家里怎么毫无动静,原来是憋了大招。

在经过陆思诚这个后爹的素质教育后,猝不及防又接受了来自亲爹的暴风洗礼,童谣被骂得有点蒙,举着手机目光盯着面前的比赛转播,把电话内容左耳朵进右耳朵出地过滤——比赛进行了四十分钟,她接了四十分钟的电话。当陆思诚他们开始点红箭战队的基地时,她老爸也非常配合地开始做总结性陈述,其中有必不可少的金句:"你这样的女孩,以后哪个男人敢要你?"

童谣:"我自己也挺快活的。"

童谣爸:"你还敢顶嘴?"

童谣从接电话到现在,除了"嗯""啊""哦""我知道了""我错了",这是她唯一说的一句话,结果刚开口就立刻被怼了回来,她只好继续沉默。直到她爸在挂电话前,才问了一句证明她不是从垃圾桶里捡来的话:"那你自己受伤没有?"

前后反差太大,导致童谣瞬间感动,否认之后,电话那边又扔下一句"别再惹是生非"就挂了电话。这时候陆思诚他们推门走进来,看了眼她家一脸面瘫的队长,童谣想了想,这才发现自己好像又被亲爹套路了——

今天仿佛全世界的男人都会玩"打一巴掌再给颗糖"这一招。

陆思诚找到自己的咖啡杯,喝了口咖啡,转过头看看自家中单正用黑白分明的眼睛盯着自己,他动作一顿,问:"看什么?"

童谣满脸麻木地收回目光。

陆思诚问小瑞:"她怎么回事?"

小瑞:"你们打了四十分钟比赛,她被她爹教育了四十分钟。"

陆思诚挑起眉。

小瑞补充道:"亲生的那个爹。"

陆思诚的眉毛又放回了原位。

这个时候陆岳因为拿了第二局的MVP,所以正在外面接受采访。童谣走出去站在选手通道边缘听了一会儿,就听见主持人问陆岳久别战场重新回归的感觉怎么样。

"挺好的,"陆岳的声音中带着笑意,"所以用了新练的英雄。"

"对,律今天突然拿出与自己的打法并不那么搭配的魔术大师,实在是叫人惊讶,请问是不是事先准备好的呢?"

"嗯,也不算事先准备好,只是我们数据分析师——"下面一片尖叫声,有人在叫明神的名字,陆岳笑了笑,继续道,"我们数据分析师说国产中单一定要会用这个英雄,不然很丢脸,所以我就练了。"

"这么说smiling也会魔术大师。"

"对,她魔术大师玩得很好,事实上我总觉得她什么都会,刚开始皇帝不怎么会,后来也玩得不错。"

"哦,那看来我们运营商队首发和替补之间的关系并不是那么紧张?"

"没什么好紧张的,风格不一样,该谁上就谁上……可能有人看了我今天的表现,觉得我替补是委屈了或者怎么样,但是就现在而言,她是比我更适合首发的,但是以后我也会变得更强,这是肯定的。"

"看来律选手这是在回应网上一些对于ZGDX战队的质疑。"

"我相信我们队长的判断力,如果有什么想要的,我会自己去争取的。"

童谣听了一会儿,默默地给陆岳扣上一顶"护兄狂魔"的帽子,然后转身穿上外套和队友们一起先收拾东西去停车场了。停车场那边有很多看完比赛就跑出来提前等在车子前面的粉丝,还有电竞媒体记者——以前只有粉丝,今天多了几个记者,所以看上去队伍特别庞大。

那些记者看见童谣就像是猪看见了可以拱的白菜,扛起摄像机特别兴奋地跑了过来,手里的摄像机和采音器都快伸到她鼻孔下面去了。

"请问对于这次禁赛你有什么看法?"

童谣:"我活该。"

"是不是觉得特别委屈呢?外界传言你是为了维护队友才做出那样的举动!"

童谣;"不委屈。"

"说一下说一下?"

童谣:"说啥?"

"会不会担心从此被陆岳取代?"

童谣:"我就禁赛一次。"

"为什么会出手打人?难道没有想过这样会对形象造成影响吗?还是因为知道自己作为唯一的女选手,一举一动都会造成大家的关注,为了博得关注,所以就忍不住这样做了呢?"

童谣心想你以为我是大明星啊,还要随时保持曝光率吗?然而还没等她来得及找到一个稍微温柔的措辞再开口,那伸在她面前的话筒便被从她身后横空伸出来的大手推开,身后男人嗓音冷淡地传来:"差不多行了,这种问题你让她怎么回答?你是哪家媒体的?"

那记者被这么一问,整个人都怂了,下意识地往后一缩,这时候正好被蜂拥而上的粉丝拉开,一堆妹子像是小鸟似的叽叽喳喳:"你这是不是在侮辱人?"

"你问的这是什么问题啊?有没有道德?"

稍微凶一点的就直接说:"博什么关注?神经病。"

童谣眨眨眼,感觉到了来自粉丝的温暖,接过笔和本子给几个粉丝签了名。过了好一会儿,挡在她面前的人群稍稍散开了,童谣松了一口气正想往车上走,结果刚走两步,就听见旁边有人说:"什么职业选手啊?都不知道怎么做到的直接首发,一点实训消息都没有就上了。我听说之前是签了合同……就算真的厉害,之前直播也是没开摄像头,鬼知道是不是自己打的,俱乐部就直接给合同了,啧啧,你说啊——"

是刚才被推开的那个男记者。

此时他靠在墙边,一边低头看刚才拍到的照片,一边一脸暧昧地跟旁边的同行说话。说着说着,他突然感觉到有个人走到自己跟前,还没来得及抬起头就看见一只白皙纤细的手一把扣住了他的相机镜头,那人微微一愣抬起头,随即便看见比自己矮一个头的人站在面前,黑色瞳眸明亮又闪烁。

她猛地抬起手——

那个记者吓了一跳,连忙往后缩了缩。

没想到她只是伸出一根指头,在他鼻子跟前比画了一下,同时扬起下巴咬着后槽牙道:"你该庆幸的。"

童谣:"现在我爸不让我惹是生非,放你一马。"

童谣说完,不顾记者目瞪口呆,狠狠收回手,脚下踏着火焰转身离开,"噔噔噔"爬上了大巴车,一把拉上窗帘,气呼呼地坐在靠窗的位置。直到大概三分钟后,陆思诚跟在后面上了车,经过童谣时顺手拉起她外套的帽子扣在她脑袋上,同时拍拍她的头。

童谣拍开他的手。

旁边的小瑞伸过脑袋问:"不让你惹是生非的是哪个爹?"

童谣面无表情地看着小瑞。

沉默中,陆思诚站在那儿,突然从粉丝送的礼物袋子里掏了掏,掏出一小盒旺仔牛奶,拿出来插上吸管,递到他家气呼呼的中单嘴边:"粉丝让我给你喝了消消气。"

童谣接过牛奶两口喝光,将空的纸盒往车上的垃圾袋里一扔。

陆思诚:"还气吗?"

童谣:"气。"

陆思诚:"带你去吃火锅吧。"

童谣:"吃。"

陆思诚:"还气不?"

童谣:"气。"

陆思诚把袋子里剩下的一排牛奶都拿出来塞进她手里,然后拎着空袋子往后排走去。

小瑞见状挤过来:"喏,牛奶给我一瓶。"

童谣立刻抓起那排牛奶往身后藏:"不给。"

小瑞:"又不是诚哥给的,宝贝什么?"

童谣想了想好像也是,于是将身后的牛奶拿了出来,看着小瑞心安理得地瓜分她的食物。突然,她想起来什么似的从座位上爬起来看向后排:"是吃一盘牛肉八百八十八元的那家火锅吗?我要吃龙虾。"

后排沉默了一下,良久,平静的男声响起——

"随你高兴。"

第三十六章

到了童谣惦记的火锅店时,她脑海里的两个小人已经快为了要点大龙虾还是点八百八十八元一盘的牛肉打起来了——

一个小人说:"土包子,没吃过龙虾啊?"

另一个小人说:"土包子,没吃过牛肉啊?"

一个小人说:"牛肉哪天不能吃?"

另一个小人说:"八百八十八元的牛肉你凭啥天天吃?你以为你没被扣十二万元的工资吗?"

一个小人说:"吃了八百八十八元的牛肉你能飞天吗?"

另一个小人说:"我不知道,所以试试,万一能呢?"

童谣单手支着脑袋,哈喇子都快淌出来了。等车一停,她从座位上站起来就往下走,走了两步被陆岳叫住,她回过头,听见那狗嘴里吐不出象牙的人问:"你脚怎么了?瘸了?"

童谣"哦"了声,低头翘起脚,右脚脚后跟红通通一块,还被磨出了水泡——也没别的原因,就是新买的队鞋打脚,把脚后跟磨破了而已。

童谣："破了,新鞋打脚。"

陆岳："哦,矫情。"

"破了都不知道说,你哑巴了?"

陆思诚从后面走过来,看童谣深一脚浅一脚地要下车,干脆双手一拎将她拎起来放到车下平地上。

"新鞋都这样啊,有什么?回去的时候在基地门口的超市买个创可贴贴上就行了。"童谣瞥了他一眼,"我朋友创下过在拉斯维加斯逛街十二个小时,从第四个小时开始脚就磨破了,然而她仍旧继续逛了持续八个小时的纪录,宛如刀尖上跳舞的人鱼。"

小瑞："有购物癖的人鱼。"

明神："你说的这条人鱼是隔壁队中单的女朋友吗?"

童谣点点头,剩下一群直男顿时露出非常统一的表情——同情艾佳。

唯独陆思诚和陆岳两兄弟表现得相当淡定,看上去对于女人的这点习性已经非常习以为常。陆思诚没说话,陆岳说："撒钱能减少女人老没事找事找碴的时间,变相使人长寿,这么一想就觉得这钱花得值。"

童谣抬起脚踹了他一下："是啊,女人都这样,是不是很可爱啊?让我去我也可以,主要还是没钱——啊,别提钱,突然觉得胸口好痛。"

"该。"

陆思诚扔下这么一句,抬起手拉了拉私房火锅门前的铜铃,

第三十六章

那扇紧闭而令人向往的神秘大门打开了,一群人进入,站稳了一看,发现今天这里好像是电竞圈包场。

除了刚刚进门的童谣他们,里头还坐了HW战队,以及隔壁B组的DQWL战队,两个桌子离得很近。HW战队的打野李恒硕正趴在DQWL战队打野身上,手里举着酒杯,嘴巴里用韩语嗲兮兮地喊着"哥哥",在他身后,一个看着像是工作人员的妹子使劲拉他的衣袖还偷偷用手机给两个战队的打野拍照,俨然一副"叠叠乐"的三人夹心饼干状。

陆思诚:"你看。"

童谣:"看啥?"

陆思诚:"这小崽子身边永远有女人。"

然而此时童谣的注意力根本没放在李恒硕身上,她光注意那个被压在最下面的、身穿DQWL战队队服的人了。童谣没记错的话,下周他们跨组第一轮就打DQWL战队,这个战队在职业联赛是上一届的季军队伍——四个国人一个韩国人的搭配,唯一的外援就是这会儿被李恒硕当大腿挂着的那个ID是"dragon"、人称龙哥的暖男型选手。

为什么这么说?

童谣看过他们的比赛,私心认为这韩国人的中文好像比陆思诚还好,因为人家起码会在劣势的时候告诉队友没事、能赢、大家加油、别放弃。

不像陆思诚,劣势局说话少,优势局说话更少,要不是比赛的时候有小胖在,前期各自对线时,大家偶尔会有今天下路根本没来比赛的错觉。

嗯，话说回来，因为有了这么个优秀的打野，所以DQWL战队整个队伍S5还在保级赛瑟瑟发抖，今年春季赛全靠此人盘活三路，直接拿了季军。

于是现在满脑子都是下周怎么赢的童谣盯着即将面对的对手战队主要Carry点有些出神，这时候脑袋突然被人从后面一把摁住扭过来，门神一样站在她身后的男人面无表情道："你盯着谁看？"

"龙哥啊。"她不假思索地回答。

"什么龙哥，你们很熟？那是个打野，而且从来不玩中单，你们不可能对线过，更不要说很熟，又想集邮，你。"

"没有，集个屁！我就在想，这人春季赛才来HPL，中文进步这么大还盘活一个队伍，真的厉害。"童谣说，"你要不要考虑下让人家教你中文？别整天就会一句'小胖你往前走两步卖一下血，我收割'。"

陆思诚一脸沉默，站在童谣和陆思诚身后的小胖乐不可支，对童谣比了比大拇指。

这时候，李恒硕抬起头发现了童谣。

他眼睛一亮，立刻甩开身后跟着的工作人员妹子，在对方不满的眼神中往童谣这边走，先跟她身后的陆思诚打招呼，然后就捉着童谣不肯撒手了："姐姐，你怎么也来了？"

"来吃饭。"童谣笑了笑。

陆思诚在后面扯了她衣服一下。

童谣不动声色地挣脱开他的手。

第三十六章

"昨天我直播了,有人在直播间说你,"李恒硕一脸耿直,用生硬的中文道,"我骂人,我让他们不说你,你很好。"

童谣看着那张"快夸我"的脸,真的挺想摸摸他的小脑袋夸他的,奈何现在有个管家公站在她身后盯着,她只能含蓄地说"谢谢",然后小声说:"下次别这样,万一他们连你一起骂,就连累你了。"

李恒硕腼腆地笑:"听不懂。"

听不懂"连累"这个词是什么意思。

他问陆思诚,陆思诚说你猜啊,完全没有要给人家解释的样子。他又跑回去问龙哥,龙哥听了,用韩语解释给他听,同时抬起头看了童谣他们这边一眼——龙哥和陆思诚算是差不多一个时期的选手,准确来说,他在韩国赛区的资历比陆思诚还深一些,所以见到陆思诚,他还挺矜持,就点了点头算是打招呼了,然后和李恒硕不知道说了什么,把李恒硕这小鬼激动得哇哇大叫。

李恒硕蹿回童谣身边:"泰伦哥说你有趣,我说不行,这是另外一个哥哥的女人,哪怕不是了,我也排第二。"

童谣哭笑不得,不知道该怎么给这小孩说明白男人夸女人"有趣"等于"对她有兴趣"这种事只出现在霸道总裁文里,多数情况下,对方这么夸,估计是把她看作拉都拉不住的哈士奇了,要么就是猴子请来的二傻子。

告别了眼巴巴的李恒硕和其他人,童谣他们战队又往里面的桌子走去。

小胖听见刚才李恒硕那小孩凑过来和童谣说的话,笑嘻嘻地说:"你怎么这么招这群打野喜欢——要么是把你当祖宗的前男友,要么喜欢喝你喂的'毒鸡汤',要么喜欢看你'屎意盎然',现在连打架都能招揽人气了是怎么回事?"

"不知道,大概是长得好看。"童谣在陆思诚左手边挨着坐下,心不在焉地拿过菜单,"你别听李恒硕那小孩乱说。"

陆思诚:"他有说错?"

童谣从菜单后面伸长脖子抬起头:"啥?"

陆思诚:"要几只龙虾?"

童谣:"好多只。"

陆思诚:"眼大肚子小。"

童谣:"吃不完打包,大饼还没吃过龙虾,吃完就成猫仙了,能自己铲屎。"

吃完晚饭回到基地已经是晚上十点多。

童谣将吃饱喝足想睡觉的精神发扬光大,上车就外套一蒙呼呼大睡,什么时候车停下,什么时候到基地一律不知,直到被小胖摇醒,她掀开衣服迷迷糊糊看了看四周:"咱队长呢?"

小瑞:"睁开眼就知道找你爹。"

童谣脸一红:"喂。"

小胖:"诚哥买烟去了。"

童谣"哦"了声,嘟囔着"他不是戒烟了吗"爬起来,往外走出一步,右脚脚后跟传来的刺痛让她"嘶"了一声,她这才想起来忘记叫车停下买创可贴了。

第三十六章

童谣跳下车,走进基地踹了鞋:"小胖,帮我打电话给队长让他帮我带下——"

小胖面无表情地举起手中陆思诚的外套,陆思诚的手机就放在外套最显眼的地方。

童谣:"一会儿我自己去买。"

气哼哼地甩了外设包在椅子上,看了眼正睡在陆思诚椅子上呼哧呼哧的大饼,童谣把脸埋在猫肚子里发了发呆,此时大饼的肚子毛有点湿,童谣以为它喝水弄上的也没放在心上,抬起头习惯性开电脑,且习惯性地扫了眼陆思诚的桌面,她漫不经心地问小胖:"哎,小胖,诚哥的金鱼儿子怎么剩两条了?"

不是悉心照顾吗?不是拒绝各种意外死亡吗?不是人渴死了也要记得给鱼缸换水吗?

"没有啊,"小胖的声音远远传来,"今天下午比赛出门之前还是三条。"

童谣:"不对啊,你来看哦,明明是——"

童谣的声音戛然而止。

她突然想明白什么似的低下头看了一眼躺在陆思诚椅子上一脸安逸的猫。她把十几斤的猫拎起来,摁住它的脑袋,鼻尖凑到它嘴边嗅了嗅——满满的鱼腥味差点让童谣一个紧张把胃里的龙虾都吐出来!

说时迟那时快,童谣用队服给猫擦擦嘴,然后一把抄起它噔噔噔冲上楼,踹开自己的房间门把猫往自己的床上一扔,转头关上门。

此时基地大门传来有人进来的声音。

陆思诚拎着超市的购物袋走进来,还没脱鞋站稳就看见一个黑影犹如旋风一般从二楼刮下来,他停顿了一下,举起手中的购物袋:"矮子,你的刨——"

话还没说完,那人已经整个人满满撞入他的怀中,双手张开给了他一个前所未有的热情拥抱!

陆思诚抬起手,大手罩住那张埋在他怀中的人的脸往后推:"怎么回事?"

童谣撒开手,后退半步:"仔细想想,还没好好感谢我们队长对于我的思想教育,教育意义之深远犹如第二父母再生之恩,而我们队长宅心仁厚,心软如菩萨,对生灵万物充满爱,尊重大自然因果规律,尊重每一条食物链,不强求,不抱怨——"

陆思诚:"童谣。"

陆思诚:"说人话。"

童谣:"我的猫遵循自然规律以及食物链的基本法则,吃了你的鱼。"

她刚从冰原"地狱"回来,如今,她有预感,自己好像又踏上了去往"地狱"的不归路。

第三十七章

陆思诚将购物袋往童谣怀里一塞,脱了鞋看他儿子去了。

童谣打开袋子伸脑袋看了一眼,里面啥也没有,就一包薯片、一盒创可贴,就像是挂了个"童谣专场"的牌子似的,这让童谣更内疚了,拎着袋子"噔噔噔"跟在陆思诚屁股后头,看他单手拎起鱼缸看了眼,童谣"哎"了声——

陆思诚转过身。

童谣往后退了一大步。讲真,她还是有点怕男人一怒之下把鱼缸扣在她头上。

她一脸紧绷地看着陆思诚,从牙缝里挤出"我错了"三个字。

这时候,意识到发生了什么的小胖很有队友爱地前来救场:"乐观点,想想万一是你的鱼长翅膀飞走了呢——北冥有鱼,其名为鲲……"

陆思诚掀起眼皮扫了他一眼,他很没骨气地闭上了嘴。陆思诚将鱼缸放回去,戴上耳机,将设备重新插回主机,动作利落,举手投足之间透着不怎么愉悦的气息。

童谣全程夹着尾巴当王八,屁都不敢放一个。

等陆思诚坐下来,开了一局游戏,她这才在自己的位置上坐下来,把椅子往旁边挪了挪,同时听见陆思诚那边传来三个字:"创可贴。"

童谣抬头看了眼身边的人,眼睛盯着屏幕并没有挪开过,她"哦哦"了两声,从购物袋里拿出创可贴,把自己那血肉模糊的右脚脚后跟糊上,然后打开直播——

直播间很快热闹起来,摄像头里的观众们发现今天的smiling大大整个人都坐得很歪,几乎快要掉出摄像头边缘,于是纷纷问她这是咋回事。

童谣:"旁边位置有杀气,气息之凛冽,快要割伤我了。"

"你这样子到底是怎么虎得把那些人揍得嗷嗷叫的呢?不过我喜欢。"

"女神咋回事啊?"

"你还没从冰原地狱回来吗?"

"下午有粉丝说你们明明和好了啊?在停车场,你队队长护犊子护得飞起。"

童谣:"是是是,有那么一瞬间我是从冰原地狱回来了的,然而现在我又回去了——不过这次不是我的锅,是大饼那个小毛东西——对,就是那只作死的猫,它趁着基地没人,GANK了我队队长的鱼……"

童谣说着看了一眼旁边戴着耳机打排位的陆思诚,吞咽了一口唾液,又扫了眼弹幕。

童谣:"我道歉了,道歉必须是要的,不然呢?"

童谣:"然而道歉有用的话还要警察干什么?"

童谣:"所以大饼坐牢了,嗯,我把它关在笼子里啦——面壁思过,责令改正,再有下次就把它遣返回乡下了……不是我狠心,人家金鱼先来的,好好在这儿游来游去游了几个世纪,你凭啥一言不合吃了人家,对吧?"

童谣一边说着,一边看了眼陆思诚的鱼缸,鱼缸水面上还漂着几根猫毛,童谣看得一阵心虚,伸手将鱼缸拖过来——

陆思诚摘下耳机:"干什么?"

童谣用手指在水面上搅了搅,然后拿出来:"猫毛……我给你换个水去。"

陆思诚面无表情道:"放下。"

童谣将鱼缸端端正正地摆了回去。

晚上临睡之前,她用陆思诚戴着耳机也能听见的声音告诉所有人大饼被关禁闭,没有自由也没有罐头,直到它认识到自己的错误——经过猫笼子时,大饼的猫脸挤在猫笼子上,肥肉横飞喵喵叫,童谣咬咬牙狠心地从它身边路过了。这时候如果还护犊子,明天看不到新生太阳的大概就不止大饼一个了。

童谣上楼洗澡,洗完澡出来看见今阳的微信——

阿毛它娘:"大饼作死了?"

阿毛它娘:"你队队长在某宝搜食人鱼活体鱼苗搜得好认真,我笑得手机都砸脸上了。"

这一夜对童谣来说是个不眠夜。

她不仅必须习惯"猫没睡在身边"的孤单，还要随时随地担心她的猫和她的队长单独被关在楼下会不会搞出什么血色事件。

整夜噩梦，于是第二天一大早她就爬起来了。

下楼的时候发现大饼的笼子是空的，应该在里面面壁思过的猫不翼而飞。童谣心里咯噔一下，生怕自己在马桶里看见猫冲下去一半的尸体——着急忙慌地在基地里找了一圈，最后在公共沙发上找到了她的猫。此时此刻它身体发肤完整，正安静地蹲在一个人的身上，冲着昨天把它塞进笼子里的童谣龇牙咧嘴，俨然一副小白眼狼的臭德行。

越狱还敢瞪人。

大饼如此嚣张或许跟此时它脚下的尊贵脚垫有关系——此刻在它毛茸茸的屁股下，ZGDX战队的队长正仰躺在沙发上，他闭着眼，眼底下有淡淡的青色，腹部均匀起伏，每一次起伏都会引来睫毛的微微颤动。

他大约是正睡得安稳，连一只十几斤的猫蹲在他肚子上把他当脚垫都不知道。

童谣看了眼他的电脑还开着，游戏账号还停留在RANK排位模式的画面……大概是几次排进去都没有点确认的关系，此时他的号已经掉出排队列表之外。

估计是通宵排位，打完发现天亮了，就随便找了个地方倒下睡了。

童谣放轻脚步走到电脑前给他退了游戏关上电脑，转身从另外一个沙发上拎了个小毯子,挥手赶走大饼,猫"喵"的一声蹬着男人的肚子跳到地上。童谣弯下腰正要把毯子在男人身上盖好,这时候,一只大手伸过来,插进她的头发扣住她的后脑勺,一把将她脑袋摁下。与此同时,她听见不远处男人的声音迷迷糊糊道:"要趴就趴好,再乱动就滚。"

说完,就像是撸猫似的,抓了抓童谣的头发。

童谣整个人僵硬住了,双手扣在沙发边缘。

这时候要是来个人,我大概是跳进恒河都……

童谣还没想明白怎么样,突然楼上传来了开门声,小胖睡眼蒙眬,穿着白色背心加奥特曼大裤衩,说:"诚哥,你咋还没睡?我都睡醒一觉——"

小胖的声音突然戛然而止。

因为后脑勺的大手还稳稳压着,童谣甚至没机会抬起头跟小胖解释一句,下一秒,小胖已经嘟囔着"我还没睡醒啊,现在是梦游"转身回到房间。

几秒后,陆思诚的手机响了。

童谣挣扎着伸出手,将他的手机从沙发上拿起来,看了一眼——

圆滚滚的胖:"没想到你是这样的队长,怪我太天真。"

第三十八章

圆滚滚的胖:"为什么被我看到?"

圆滚滚的胖:"为什么又被我看到?"

圆滚滚的胖:"我一年三百六十五天大概只有不超过五天的时间会早起,为什么就偏偏要选这几天残害我的眼睛……等下,还是其实你们天天都……"

圆滚滚的胖:"我要去报警。"

手中的手机一直在响,童谣眼睁睁地看着它的内容越跑越歪越过分,终于忍无可忍地扔了陆思诚的手机,反手把摁在自己脑袋上的手往旁边拉。

陆思诚做梦梦见有面目狰狞的女鬼拉着他的手要跟他卧轨殉情,心中咯噔一下,猛地一惊反手扣住那女鬼冰凉的手,并在同一时间从睡梦中惊醒。他猛地睁开眼,一眼看见基地那只大猫正蹲在茶几上炯炯有神地瞅着他,而他手中反手扣住的是——他家中单的手。

此时，她一只手撑在沙发边缘，身体倾斜，发丝凌乱，像是刚遭人虐待，另外一只手的手腕被他牢牢扣在手中，白皙的手腕赫然被捏出了红红的五指印。此时童谣俯身，两人离得极近。

陆思诚："喂咦！"

那张习惯性面无表情的俊脸难得显出一丝慌乱。男人惊慌地扔开了手中拽着的手腕，整个人弹起来后退缩到了沙发的角落里，就好像他受到了多大的惊吓似的。

陆思诚："干什么你？别人睡觉的时候你干什么凑那么近？"

童谣抬起手看了眼自己手腕上的红爪印，又看了眼满脸受到轻薄一般的队长，强忍住一大嘴巴抽过去的冲动，指指楼上，面瘫着脸道："早上我从楼上下来想看看我的猫是不是还活着……"

陆思诚深褐色的瞳孔微微缩拢，还是一副不信任的模样："没事看猫是不是还活着，这是什么借口？好好的猫为什么会死？"

童谣"哦"了一声，点点头，心想我还说得不够清楚是吧？于是又重读道："早上我从楼上下来想看看我的猫是不是被你掐死了塞马桶准备冲走，结果发现你开着排位睡着了，直播时间混了几个小时，满直播间的问号和打斗地主的人，我就替你关了——然后出于滥好心，又怕你冻着，于是我找了个毛毯给你。"

童谣指了指陆思诚膝盖上的毛毯。

童谣："正给你盖的时候，你一言不合就摁住了我的脑袋，还揉乱我头发。"

陆思诚："怎么可能？"

童谣："你以为我是大饼。"

第三十八章

陆思诚："怎么——"

童谣："最后，落幕戏是小胖看见了。"

童谣捡起陆思诚的手机，扔给他——男人伸手稳稳接过，看了一眼自己的微信，脸色由茫然变惊讶最后归于沉寂。在童谣严肃的目光注视下，他拨通了一个电话，电话那边响了两声被人接起，陆思诚"喂"了一声，说："胖子？你刚才看错了，我们什么也没做……你没带脑子，我带了。"说完挂了电话。

童谣："你语气要是不那么凶巴巴的，可能更有说服力——就连我听起来都觉得你在胡搅蛮缠。"

"哦，"陆思诚说，"你觉得小胖以为我们在干什么？"

童谣："……"

陆思诚："还胡搅蛮缠吗？"

童谣低下头，安静了。

陆思诚打了个哈欠，掀开身上的毯子站起来，走到冰箱跟前打开冰箱拿出一听冰可乐，喝了一口，看着这会儿稍稍侧身正认真看着自己的人，停顿了一下，这才想起来什么似的问："找我有什么事？"

童谣："今天周二。"

陆思诚："嗯。"

童谣："没有训练赛。"

陆思诚："嗯？"

童谣抬起手，显得有些不自然地将耳边的发别至耳后，阳光从外射入，从陆思诚的角度可以看见她白皙得近乎透明的面颊的一侧——此时此刻,她的耳垂正泛着可爱的粉红色。

陆思诚挪开眼,仰头喝了口冰可乐,凸起的喉结咕噜滚动。

良久,他才听见不远处他家中单慢吞吞道:"原本说反正今天大家都没事,要不咱们去逛花鸟市场,我赔你一条金鱼,但是昨晚你又通宵排位一晚上没睡,我看还是——"

哐——

男人将手中喝空的可乐易拉罐扔进垃圾桶里,发出的清脆响声打断了童谣说的话,他抬起头扫了坐在沙发旁边地毯上的小姑娘一眼,良久,淡淡道:"好啊,等我半个小时,洗澡换衣服。"

陆思诚低头看了看自己的手,手指搓了搓,而后无情地说道:"麻烦你也去洗个头再出门。"

直到陆思诚上楼,开门,关门,"咔嚓"的门声响起,僵在沙发边的少女这才反应过来什么似的哆嗦了一下,大脑不听控制地艰难运作起来,良久她才反应过来,陆思诚答应她了,要去,花鸟市场。

脑海里仿佛有什么炸裂开来,甚至忘记反驳男人她头发一点都不油,满脑子被"他答应她要去花鸟市场"这几个大字占据,童谣幽魂一般站了起来,飘上楼时,仿佛脚下踩着七彩祥云——

踩着它说不定可以从天而降迎娶哪位盖世英雄过门的那种。

上楼,洗澡,洗头,擦面霜,吹头,擦身体乳,化妆。

童谣打开自己的衣柜看了一眼,满眼的大T袖、短裤让她绝望地关上了衣柜——几秒后,她意识到自己确实只有这些东西,于是又默默地将衣柜打开,将所有具备"不是黑色也不是白色""胸

第三十八章

前没有印着奇怪的字和面目狰狞的丑陋卡通人物""不是队服""看上去不是给男人穿的"等特征的衣服翻找出来,最后面对堆在床上的一堆连高中生都觉得了无生趣的衬衫时,她陷入了沉思。

衣到穿时方恨少,裙到用时悔当初。

将床上的衣服用脚全部踢开,童谣蹦跳着跳上床,在床上滚了一圈,抓起手机"呜呜呜"地给今阳发微信"我到底是不是女人",最后,在发送出去的那一刻,她的动作忽然一顿,双眼前所未有地放出光来。

她一个鲤鱼打挺从床上跳起来,翻箱倒柜地把行李箱拖出来打开,从箱子最底下拖出一条蓝白细条纹西装衬衫,还有一条深色的百褶裙——去年生日的时候今阳送的衣服,衬衫和百褶裙是一套的,裙摆上和衬衫上分别有一个卡通的小熊脑袋,这是今阳所谓的"最后底限"。

童谣三两下将衬衫和裙子套上,冲到镜子前把衣服塞进裙子里,拉平整又在镜子前面转了一圈,纤细的腰,笔直的腿,以及还没吃早餐所以没来得及凸起来的平坦小腹……

很满意地自我欣赏了一会儿,她看了看时间后连忙一把抓起平日很少用的黑色链条包正想出门,结果在手碰到门把手时,突然又退了回来。

回到镜子前,确定眼睫毛没有苍蝇腿,腮红颜色正好,唇膏不浓不淡。她抓过放在梳妆台上的精油,将毛燥的发尾抓了两下,护发精油淡淡的清香钻入鼻中。

童谣拎着包,从床底拖出一个崭新的黄色鞋盒——打开鞋盒,里面是一双黑色的厚底拖鞋,方头,木耳边,木耳边背面是玫红的,鞋子后半部分有根黑色系带,系带正好钩住脚侧的骨骼,将侧面曲线勾得正好……

这是上次山茶花拖鞋坏掉之后,今阳受不住她这个小抠门整天嘤嘤嘤而送来的替代品。

童谣胡乱套上看了一眼,很满意,眼睁睁看着自己的腿好像无形间增长了五厘米,而且厚底鞋走着也不累,对她这种高跟鞋无能者异常友好——满意地将鞋脱下来拎在手中,打开门,泥鳅似的从门缝里滑出去,轻手轻脚地跑下楼。

心跳很快,期待自己站在那个人面前的样子——

此时基地一层已经有几个人醒了。

小瑞见童谣下来,连忙将半个身子挂在笼子边上的大饼一把塞回笼子里,将手中的罐头往身后一藏,正想说些什么,眼睛却落在了蹦跶着下楼的少女飞舞的裙摆和雪白的笔直的腿上。

小瑞:"这啥?我们基地啥时候来了个姑娘?"

童谣没来得及回答,只是举起手做出要扔鞋的动作,恍惚之间小瑞看见了鞋上的标牌——

此时陆思诚那边的门也开了。

男人身穿黑色T袖,深色牛仔裤,宽阔的肩和窄腰显露无遗,牛仔裤的优秀剪裁将其长腿的优势尽数展现——他的头发还有些湿润,明显是刚洗了澡,几天没刮的胡子消失得干干净净,趴在栏杆上看了一会儿站在楼下的童谣:"等很久了?"

童谣:"刚下来。"

第三十八章

童谣放下鞋,弯腰穿鞋。

陆思诚走下楼,扫了一眼童谣手里拎着的鞋子,转身没有选择跑鞋或者拖鞋,而是从鞋柜里摸出一双画着一对黄色三角怪物眼的黑色休闲鞋,低头穿上。

穿个鞋还要选一个牌子是什么鬼?

战队经理持续一脸问号中。

直到两个人穿好鞋并肩走出基地大门,小瑞还站在原地保持原本的姿势风中凌乱道:"这是什么情况?"

在他身后,冰箱门后那个一扭一扭翻找食物的屁股停顿了下,小胖抬起头:"什么什么情况?"

小瑞:"我队双C这是干啥去了?"

小胖:"说去花鸟市场买鱼。"

小瑞:"啥?"

小胖:"说去花鸟市场买鱼啊。"

小瑞:"是民政局旁边的花鸟市场,还是花鸟市场旁边的民政局啊?"

小瑞:"夏天到了,又到了小动物们蠢蠢欲动的季节……是约会啊,呆子,是约会!我呸,这两个人,真是明目张胆,虽然俱乐部没说不许……但是……哎呀,为啥觉得好气?这年头'智障'和'小学生'都能烂锅烂盖地去约会了,而我,我这种正常人却还是单身狗!"

《你微笑时很美2》完